FROMENTAL ET L'ANDROGYNE

Les ouvrages de Jean-Pierre Croquet
et Alain Demouzon figurent en fin de volume.

Jean-Pierre
Croquet

Alain
Demouzon

Fromental
et
l'Androgyne

roman

Fayard

ISBN : 978-2-213-63449-4

Prologue

NOCTIUM PHANTASMATA

> *Procul recedant somnia,*
> *Et noctium phantasmata.*
>
> « Que s'éloignent les rêves malsains,
> Et les impurs fantômes des nuits. »
>
> *Hymne des complies.*

C'était chaque fois la même chose.

Au profond de la nuit, le rêve le possédait.

Il pensait alors *la* reconnaître. Mais aucun mot ne parvenait à éclore sur ses lèvres. Aucun mot capable de nommer cette nudité dont les chairs se décomposaient, aussitôt remodelées par cette cire livide qui pleurait d'un candélabre suspendu au zénith de ce qui ressemblait à un temple grec... À moins que ce ne fût un très antique lieu de culte des Atlantes, un sanctuaire babylonien... védique... hyperboréen... Difficile à dire quand tout se mêlait comme dans la chute en cascade d'un empilage de tableaux. Au moment où il pensait pouvoir enfin poser un nom, des ailes acérées griffaient le contour de l'énigmatique visage, et ses traits se dérobaient inexorablement.

Mais toujours persistait la vision de ce corps opales-
cent, si dénudé qu'il en paraissait désincarné. Un linge
en masquait le sexe et ondulait au souffle d'un halète-
ment retenu. Des marches d'ivoire et de corne écha-
faudaient des degrés où bouillonnaient des draperies
d'émail et de jaspe. Au loin, des corridors aux pavages
barbares fuyaient vers des salles vouées aux mystères
sacrificiels, aux contemplations défendues, aux immo-
lations...

Sans cesser pour autant de se repaître de la mise en
place de ce décor meurtrier, ses pensées glissèrent,
cette nuit-là, vers l'un des hôtels particuliers qui finissaient alors de se bâtir dans la plaine Monceau.
Quelques jours auparavant, un commanditaire lui
en avait exhibé, avec une satisfaction de parvenu, les
projets d'un goût nauséeux : plafonds immodérés,
façades éruptives, cheminées marmoréennes, incrus-
tées des échantillons de toutes les carrières de l'Adria-
tique et du Pont-Euxin. Et ces bronzes repus, ces
torchères, ces nymphes de biscuit au mystère intime
improbable et hermétique, rond comme un genou...
Ah, tous ces enrichis qui postulent que la Beauté
s'achète et que l'Art se négocie !
La tuerie s'avérait nécessaire, le temps était venu, le
glaive était prêt.
Il allait falloir purifier ce monde où la laideur triomphait dans l'apothéose du mercantilisme.
« *Le beau n'est autre chose que la cime du vrai...
Aimer la beauté, c'est vouloir la lumière !* »

Qui lui criait ces mots ?

Un homme, un géant de granit, une ombre immense au large front pensif, à la barbe blanche, aux doigts agiles à tresser les mots et les idées : Victor Hugo ! Oui, c'était lui qui lui parlait dans son rêve : « *Tout est bien pourvu que la lumière revienne et que l'éclipse ne dégénère pas en une nuit... Point de départ : la matière, point d'arrivée : l'âme. L'hydre au commencement, l'ange à la fin !* »

L'ange, il l'avait contemplé. Il avait eu la vision de la poitrine lisse aux pectoraux indécis, la révélation du ventre d'albâtre. Cet être irréel, qu'il avait cru reconnaître, il devait à tout prix le protéger. Oui, le protéger des immondes candidats à la possession de la Beauté ! L'hydre qu'il fallait décapiter : eux !

Et déjà flottait à quelques mètres du sol une première tête hallucinée, telle celle de Jean le Baptiste dans le tableau de Gustave Moreau.

Une cloche sonna à la chapelle de l'hôpital Saint-Georges. Son tintement dans l'air frisquet de l'aube parisienne dispersa les songes du dormeur qui s'éveilla, les membres glacés dans une camisole trempée de mauvaise sueur, un goût de sang dans la bouche.

I

QUAND ON RETROUVE UN AMI SI FIDÈLE...

> Ce que je reproche au naturalisme, ce n'est pas le lourd badigeon de son gros style : c'est l'immondice de ses idées.
>
> Joris-Karl HUYSMANS, *Là-bas*.

Février 1892

L e chapeau à la main, un quidam arpentait les rues de la capitale à l'heure où les fantasmes de la nuit enfièvrent encore bien des dormeurs. Souvent rattrapé et dépassé par des travailleurs hâtifs, cet homme dans la trentaine semblait dériver dans des courants invisibles, au rythme de ses pensées. On le voyait ébaucher une pantomime, tapoter le pavé de sa canne en jonc verni, s'immobiliser tout à coup et remuer les lèvres avant de repartir en quelques bonds de criquet. Un observateur sans perspicacité aurait cru deviner un fêtard ivre de fatigue ou de punch.

Mais Georis Fromental s'était couché tôt et levé dès potron-minet. Il affectionnait ces déambulations pensives et charnelles. C'était un garçon d'une taille modeste, vêtu avec l'honnêteté la plus commune :

pèlerine taupée ayant traversé plus d'un hiver, costume sombre en drap de laine fine, fatigué aux coudes et aux genoux, chemise blanche au col cassé peut-être un peu jauni, cravate noire, bottines à guêtres. Un commis d'administration, sans doute. Une courte barbe aux reflets cuivrés buissonnait au bas d'un visage carré, aux oreilles larges et aux tempes dégagées, que couronnait une coupe à la Bressant, drue et rase. Le retroussis d'une fière moustache tout autant que les épais sourcils un tantinet diaboliques donnaient un air conquérant à ce visage au nez fort et à la bouche narquoise, que deux grands yeux vert-de-gris tempéraient d'on ne sait quel étonnement d'enfance ombré de nostalgie.

Dans l'éclatement doré du petit matin, Fromental ne s'était ébloui qu'un instant du foisonnement de pierre neuve de cette bâtisse boursouflée qu'épinglait à son horizon, sur les hauteurs de Montmartre, un fagot d'échafaudages hérissé comme une couronne d'épines. Ses pensées l'avaient détourné de ce paysage trop distant sur lequel il réglait parfois ses promenades les plus éloignées. Ce matin-là, il songeait avant tout à cette surprenante rencontre de la veille...

Cyprien ! Abel Cyprien ! Ce vieux Cyprien !... Sur le boulevard des Italiens, dans l'entre chien et loup du crépuscule, les deux compagnons d'autrefois s'étaient heurtés de l'épaule sous l'auvent du café Tortoni. Ils s'étaient reconnus dans l'instant, malgré la pénombre, dans la lumière fulgurante d'une ancienne amitié que le souvenir avait su garder fidèle.

Un mince sourire caché sous sa barbe, Fromental continuait sa promenade désordonnée. Là-haut, la basilique en construction... Près du ciel, on bâtissait donc pour « réaffirmer la confiance du peuple de France envers la miséricorde divine » après la terrible défaite de 1870 qui avait entraîné l'écroulement de l'Empire, la famine du siège de Paris, les horreurs réciproques de la Commune.

Fromental se souvenait... Un passé d'enfance aux couleurs de sang et de poudre.

Abel Cyprien et lui avaient douze ans quand leurs pères étaient venus les arracher aux tristes murs de cette institution où le littérateur Jules Vallès avait été autrefois répétiteur. Pour ces deux jeunes garçons naturellement épris de bravoure guerrière et d'horreurs sublimes – inculquées à grand renfort d'humanités classiques –, la Commune de Paris n'avait été qu'une façon de divertissement supplémentaire. On s'était efforcé de les en tenir éloignés sans que le fracas pût leur en être entièrement étouffé. Ce qu'ils n'avaient point vu, ils l'avaient entendu, murmuré, et l'imagination avait suppléé au réel censuré. Il avait suffi de se souvenir du défilé des pantalons garance de « Badinguet » partant pour la Lorraine, juste au bout de la rue (avant que ne caracolent en retour les uhlans de Prusse), pour que l'imagerie des fastes militaires retrouve les couleurs de vitrail des planches de l'imprimerie Pellerin, ces chatoyantes gravures d'Épinal qui récompensaient alors les satisfaisants bulletins de notes.

En souriant à toute cette bêtise, Georis Fromental retournait chez lui par des ruelles propices aux maraudes du souvenir. Il avait délaissé les boulevards et les avenues pour raser les façades de plâtre parisien que le baron Haussmann n'avait pas eu le temps d'éradiquer. Le grincement des enseignes aux peintures naïves le ravissait.

... Avec Cyprien, ils avaient concouru au baccalauréat (que M. Jules Vallès avait proposé de supprimer), décrochant ensemble leur « peau d'âne » au lycée Charlemagne, avant de « faire leur droit ». En fils d'assez bonnes familles au modeste enrichissement, ils n'avaient guère de certitude sur une carrière, mais savaient seulement qu'ils ne seraient ni tonnelier ni typographe, comme leurs pères. Leurs passions avaient été la poésie, le théâtre et d'impossibles amours : rien ne les différenciait des condisciples de leur génération. Le romantisme était mort. Les révoltes étaient passées : celles de 1830, de 1848, de 1871... L'aventure coloniale de la France qui, ayant perdu son empire en Europe, voulait s'en tailler un autre à travers des dunes et des jungles, ne les avait point tentés.

– Alors, que devenez-vous ? avait demandé Fromental en riant.

Cyprien avait regardé son ami d'autrefois avec une parfaite assurance, tout en sourire matois, comme s'il guettait l'étonnement qui n'allait pas manquer de se manifester. Il avait avoué :

– Je travaille à la Cité du Palais...

14

– Allons bon !... Avoué ? Avocat ? Magistrat debout ou assis ?

– Nos bureaux se trouvaient rue de Jérusalem, mais nous déménageons pour partie sur la rue de Harlay, et bientôt quai des Orfèvres...

Cyprien ne s'était pas aventuré plus loin, scrutant avec la même jovialité les réactions de son ancien condisciple. Finalement, il avait baissé le ton pour conclure :

– Je suis à la Sûreté générale...

Fromental avait accueilli cette révélation avec ébahissement :

– C'est une blague !

– Mon vieux, j'y suis inspecteur de police ! Dans l'espoir d'accéder au grade de commissaire, au mérite ou par ancienneté... Il m'aura manqué quelques trimestres de faculté de droit pour y parvenir plus aisément. Si, de votre côté, vous n'aviez pas renoncé si tôt, notre amicale émulation m'aurait sans doute incité à persévérer. Mais d'autres circonstances en ont décidé...

– Faut-il en être arrivés là pour nous vouvoyer ainsi ? Ce métier n'est pas plus honteux qu'un autre ! s'était exclamé Fromental avec un paisible détachement.

Pour celui qui suivait l'exigence d'une *vocation*, toute espèce de *métier*, en effet, en valait n'importe quelle autre.

– Alors, c'est tant mieux ! avait ri Cyprien.

15

– Tu vas me raconter. Cela m'intéresse. Au plus haut point !

– Vraiment ?... Et, toi, cher Fromental, quelle noble tâche exerces-tu ?

Fromental s'était froissé. Il aurait voulu croire que sa petite réputation était parvenue aux oreilles de son ami.

Cyprien s'était amusé – comme du reste – de cette réaction qu'il avait malicieusement provoquée. Ses yeux finauds restaient plissés tels ceux d'un Asiate, et ses pommettes saillantes lui modelaient une mine de bébé joufflu qu'un trait de moustache charbonneuse, comme tracée au bouchon brûlé sous son nez rondelet, rajeunissait au lieu de le mûrir. Avec son macfarlane à carreaux et son chapeau Cronstadt, ce cher Cyprien avait malgré lui comme un petit air de carnaval... Ayant noté ces traits, Fromental ne s'en était pas mieux sorti dans sa définition de lui-même :

– Eh bien ! Je suis... heu !... comment dire ?

– Littérateur... Je le sais bien, va ! Je te fais marcher ! J'ai lu quelques-uns de tes articles dans *La Chronique illustrée*, dans *Gil Blas* ou *Le Magasin des Arts*... et au moins deux de tes romans.

– Je n'en ai publié que deux, en effet... La police sait tout, il fallait s'en douter.

– Mais oui, nous épluchons la presse ! Nous traquons les propos séditieux et les outrages aux bonnes mœurs ! Il suffit de quelques saisons dans ce cabinet de lecture-là pour devenir un homme de haute culture, crois-moi... Mais, sois tranquille, je ne t'ai lu que par pur plaisir. Tu penses que je n'ai pas oublié nos passions et nos chimères ! La littérature que nous avons dévorée, tous ces romans que nous avons lus et ceux que nous allions écrire, sans parler de la poésie, des drames, des comédies... Oui, mon cher Fromental, je t'ai lu. En me disant qu'au moins l'un des deux compagnons avait poursuivi nos rêves. Je t'ai lu à mes frais, si j'ose dire, de retour à la maison, tandis que ma toute-bonne faisait réchauffer le fricot... Tu imagines bien que les « mouches » n'ont pas d'heure, et ont fort peu de loisirs. Je t'ai souvent savouré sur un coin de table.

— Allons bon ! Serais-tu donc marié ?

— Je le suis, et heureux de l'être.

— C'est bien gênant pour ton travail, sans doute...

— Ce n'est pas ce mariage qui a contrarié mon métier, mais, au contraire, c'est la nécessité d'un métier qui aura gêné mes amours... Mon père est mort ruiné. Il n'a laissé que des dettes, une veuve, une fille sans époux, un fils marié mais sans ressources. J'ai dû retourner en province pour régler ce qui pouvait l'être. Il m'a bien fallu saisir une opportunité, devenir petit Javert et monter sans impatience les premiers échelons, avant de revenir ici... À la mine que tu fais, à ta voix qui s'éteint, à toute cette physionomie de consternation, je suppose que le célibat est ton lot ?

— L'Art peut-il nous laisser d'autre choix ?

— Diable ! Je flaire que le chemin que tu as choisi est bordé de quelques roses, mais surtout de beaucoup

17

d'épines ! Te voilà devenu écrivain, ce qui n'est pas une sinécure... Il me semble pourtant que tu n'étais pas de ceux que les obstacles attirent ?

— Plus d'aisance dans le quotidien serait bienvenue. Mais la précarité est le sort de l'homme de lettres qui n'est pas d'abord rentier... C'est, disons, sa seule vraie compagne. La littérature, vois-tu, est mon amante. Ma mère, souvent marâtre, en même temps que l'épouse dont j'espère avoir de beaux enfants qui ne seront le fruit que de l'Art le plus résolu.

— Eh bien ! tu y crois, au moins !... Buvons quelque chose.

Ils s'étaient attablés à un guéridon tranquille, avaient commandé un gloria. Fromental avait réclamé qu'on lui épargnât l'habituelle mélasse trempée d'une eau-de-vie plus propre à récurer les cuivres qu'à enchanter le palais. Le garçon, qui ne connaissait de toute éternité que le gloria de café sucré additionné d'alcool, avait suggéré à Monsieur de prendre autre chose : une infusion, peut-être ? Renonçant à ce sirop douteux, Fromental s'était rabattu sur une banale demi-tasse de café.

— Tu n'as pas changé ! avait souri Cyprien. Toujours cerné par les empoisonneurs !

La discussion s'était vivement engagée sur ce terrain du crime qui pouvait être un point commun à leurs métiers. Fromental avait trouvé là de nouveaux motifs d'exaspération, mais aussi matière à réfléchir.

— Pourquoi t'en tenir au plus médiocre du fait-divers ? avait reproché Cyprien. Comme tous tes coreligionnaires dans cette façon de faire des livres que vous appelez « naturalistes », tu succombes à la banalité du constat social. Des romans d'un noir convenu, tranquillement sordides et frappés de toutes les malédictions de l'hérédité. Ah ! ce sempiternel exotisme des bas-fonds, ces crimes passionnels sans passion, ces étripages de raccroc et ces noyades dans des baquets d'eau croupie, c'est à en vomir soi-même ! La coupe en est pleine, ne trouves-tu pas ?

Fromental s'était mollement défendu :

– Il s'agit d'aller vers le vrai, au-delà des « nobles sujets » par trop faisandés.

– Mais les lourdes épices de ton naturalisme nous accommodent une vérité bien indigeste, elle aussi. Tiens, prenons ton Zola !... Il nous met en scène des meurtres tels qu'on nous les rabâche déjà assez dans les suppléments illustrés du *Petit Journal*. Dans *Thérèse Raquin*, l'amant et sa maîtresse tuent le mari, la belle affaire !... Et dans *La Bête humaine*, on s'égorge, on s'empoisonne, on fait dérailler le train et on se suicide !

L'écrivain voulut faire remarquer que, dans ce dernier roman, Zola s'éloignait quelque peu de sa manière habituelle. Mais Cyprien n'écoutait pas.

– Ce qu'il nous faudrait, vois-tu, mon cher Fromental, ce serait de belles affaires moins communes, et même moins « naturelles ». Des façons de rêves tragiques et sanglants qui ne soient pas invariablement cette mauvaise odeur de sueur qu'on retrouve le soir dans vos chapitres, après une journée de travail qui nous a déjà assez imbibés de nos propres remugles et de ceux de nos tristes frères de misère... Crois-tu élever ton lecteur en le ravalant sans cesse au plus abject de l'humanité ?

— Si je comprends, avait grimacé Fromental, tu souhaites une littérature à l'eau de Cologne...

— Fichtre non ! Le monde n'est pas rose, j'en sais quelque chose. Mais des assassinats un peu plus fignolés pourraient en exalter la noirceur par un je-ne-sais-quoi de plus... heu... artistique ? Il y faudrait de l'inattendu, de l'insoupçonné, des dossiers qui sortent de l'ordinaire... Oui, de l'extraordinaire, c'est ça ! C'est exactement ça !

— Des « histoires extraordinaires »... Hum ! il semble que... Edgar Poe, déjà...

— Cela a été fait, oui, comme le reste ! Mais tirons parti de cette rencontre : je peux te mettre en contact avec des affaires criminelles qui enrichiront la matière de tes romans.

Fromental était resté boudeur. Il n'aimait guère que quelqu'un qui ignorait tout des exténuantes difficultés de l'écriture (cette « atroce ratatouille » évoquée par Gustave Flaubert) se mêlât de lui indiquer un chemin différent de celui qu'il avait déjà si péniblement décidé d'emprunter. Les lecteurs imaginent trop facilement les romanciers menacés par le manque d'idées et la panne d'inspiration (les écrivains ont eux-mêmes fabriqué cette légende), et ils submergent les malheureux gendelettres de leurs secours, dès qu'une occasion le leur permet. La vérité, c'est qu'il y a toujours trop d'idées, une énorme incertitude et beaucoup de paresse.

Fromental avait abandonné son adresse à son ami retrouvé avec une vague promesse de se revoir bientôt, pour mieux se débarrasser de lui. Mais il ne s'était pas libéré pour autant des questions que cette conversation avait suscitées. Les coups d'éventail de son chapeau tenu au poing le montraient assez, redoublés du tapotis irrité de sa canne sur le pavé.

II

PORTRAIT DE L'ARTISTE EN CÉLIBATAIRE

> Célibataires : Tous égoïstes et débauchés.
> On devrait les imposer. Se préparent une
> triste vieillesse.
>
> Gustave FLAUBERT,
> *Le Dictionnaire des idées reçues.*

En arrivant rue de Sèvres, le soleil abandonna
Fromental au bas de l'escalier. La lumière mor-
dorée qui avait enjolivé sa tenue ne fut plus là
pour masquer les râpures du tissu et les égratignures
du cuir. Une noirceur « naturaliste » rendait les
marches presque invisibles et enténébrait les murs d'un
glacis fuligineux, accentuant la fatigue du costume.

Un soulagement inaccoutumé le saisit dès qu'il
glissa sa clef dans la serrure de ce meublé dont il prétendait pourtant maudire l'arrangement mesquin, les
plafonds déhanchés, la torpeur rassise et, pour tout
dire, « célibataire » : il allait pouvoir se mettre à écrire
sans tarder. Et s'enfuir à nouveau. S'enfuir non plus
sur les trottoirs de la ville, mais dans un labyrinthe

romanesque dont les dédales l'éloigneraient de cette odeur de poussière, de feu éteint et d'on ne sait quelle mixture humaine, tabagique et paperassière. Il naviguerait bientôt dans les soubresauts de la phrase et s'en irait pêcher les mots au chalut, ou au harpon – selon les heures, selon les jours, au gré de l'« inspiration » ; l'écriture savait aussi s'offrir ou se refuser.

Avec un haussement d'épaules, il toisa le lourd effondrement des rideaux, la brillance érodée des parquets, les plissures des carpettes et cette stupide inertie de meubles sans doute arrachés au mont-de-piété. Sur les murs de chintz cramoisi délavé, quelques peintures offraient des échappées plus chatoyantes mais où se lisaient encore des tourments, des symboles mythologiques et sacrés peut-être révolus. Parfois, une aquarelle un tantinet naïve fleurissait dans un recoin, telle une herbe sauvage tentant de coloniser un univers hostile. Et puis il y avait les objets, les bibelots, du bric-à-brac d'époque, tout un fatras propre à épuiser un inventaire d'huissier. La plupart de ces choses semblaient avoir été abandonnées par les locataires précédents ou remisées ici par un propriétaire lassé. Ayant loué « en garni », et, de ce fait, institué « gardien des meubles », Fromental ne pouvait se séparer de rien. Il aurait voulu pouvoir tout jeter et ne conserver que ce qu'il avait lui-même « chiné » : une statuette de malachite censée avoir été rapportée d'un voyage en Orient par un poète désargenté ; un « bronze » de tôle creuse représentant une nymphe poursuivie par un satyre ;

un perroquet naturalisé dont les plumes verdâtres s'effeuillaient sous un globe de verre... Il imaginait le jour où ses pas le conduiraient en flânant jusqu'à la rue de Seine : il ne s'attarderait qu'un instant devant les vitrines qui lui renverraient alors le reflet de sa fortune, il entrerait chez Victor Prouté, marchand d'estampes et de curiosités, et s'entendrait appeler « maître » avec déférence ; il achèterait cher de belles choses inutiles.

Il délaissa cette songerie, déposa son chapeau, remisa sa canne et échangea son veston contre une jaquette d'intérieur doublée de sauvagine. La porte du cabinet de travail était restée ouverte sur le bout de couloir de l'entrée. Un matou des chartreux somnolait près de l'âtre dont les braises blanchies dégageaient encore un peu de chaleur. Le chat plissa les yeux, bâilla de tous ses crocs et vint sans hâte frotter aux jambes de son maître sa fourrure d'un gris bleuté. Puis il sauta d'un bond gracile sur la table de chêne aux pieds torsadés où il s'allongea en miaulant à mi-voix.

— Mais oui, je suis en retard ! admit Fromental. On ne peut pas être fécond à chaque instant. Les beaux jours arrivent, mais il ne fait pas bien chaud. L'encre reste figée dans l'encrier...

Il s'assit à son bureau, fixant la cheminée, hésitant à faire repartir le feu, à remettre une bûche. Le bois coûtait cher et il fallait le monter. Le propriétaire assurait que l'installation d'un calorifère à charbon serait une imprudence pour un écrivain confiné dans sa tanière, un artiste qui ne vivait pas comme tout le monde et souvent dormait aux heures où les honnêtes gens travaillent. Les exhalaisons perfides en avaient tué plus d'un parmi les poètes et les rapins ! Mieux valait un bon froid qui fouette le sang et aiguise la plume.

Fromental demanda son avis au félin qui miaula une kyrielle de « ni oui ni non » sans enthousiasme. Qu'en penser ? Il se rendit compte qu'il s'adressait au chat Odilon sur un ton confiant et découragé, comme s'il se livrait à un ami ou s'épanchait auprès d'une maîtresse. La solitude le tenaillait. Il ruminait les confidences conjugales de Cyprien. Peu de chose, en vérité, des mystères entrevus, suggérés, affirmés avec une satisfaction simple. Un petit fumet de fricot mijotant sur un coin de cuisinière, et des draps frais sous une couette joufflue remise à son meilleur volume, chaque matin, de quelques bonnes claques rieuses. Le bonheur ordinaire n'a pas grand-chose à dire.

Fromental avait éprouvé d'instinct une bouffée de tristesse dépitée envers cette boubouille ménagère qu'il dédaignait par soumission à la vie d'artiste, mais dont la nostalgie ne l'avait jamais quitté. Car il avait tout de même connu un beau printemps au cœur de l'hiver de solitude qui était désormais son unique saison : Marthe ! Une petite demoiselle de magasin qu'il avait su envelopper par quelques compliments caressants, un souper mince et une volée de mazurkas au bal Bullier...

Marthe l'avait conduit chez elle, sous les toits, et l'avait aimé, sans doute. Elle lui avait lavé ses chemises et préparé ses repas, régalant ses nuits de délicieuses privautés, ensoleillant ses matins d'une fringale de baisers. La félicité de ce bonheur simple ne lui était apparue qu'après la rupture, inévitable : l'affection pour une grisette qui déjà se rêvait en bobonne, et bientôt comploterait des marmots, était inconciliable avec l'ascèse de la création littéraire.

Il avait quitté Marthe mais ne l'avait pas oubliée, malgré toutes ses résolutions de ne plus songer à elle. C'était moins à sa peau qu'il songeait qu'à son pas dans l'escalier, quand elle revenait des courses, un lourd panier au bras qu'elle déposait, alerte et joyeuse, comme elle l'était toujours, et noyant au fond de ses yeux pâles la tristesse que Fromental avait malgré tout pu y surprendre – et où il avait lu que sa compagne acceptait par avance la faillite de ce collage somme toute banal.

Du parfum imaginaire du fricot des Cyprien au souvenir du printemps de Marthe, Fromental frissonnait dans d'anciens désirs épicés et charnels qui s'imposèrent comme les vraies convoitises du moment. L'imagination qui le submergea n'était pas celle qui pouvait le conduire à reprendre son œuvre. Et la pénombre de son logement, autant que celle de ses rêveries, fit naître l'illusion d'un jour qui déjà s'achevait...

Pourtant, ses randonnées vigoureuses du frais matin auraient dû lui broyer les genoux et lui rompre l'échine ! Il en espérait cette saine fatigue qui aurait gommé

toute velléité de repartir pour une de ces déambulations nocturnes où s'impose le commerce des tentations vicieuses. La nuit aux mille regards de filles, la
nuit luisante et charbonneuse, la nuit aux sifflets de
serpent entre des lèvres de sang verni... Hélas ! dans le
froid soleil du petit jour, il avait suffi d'une ouvrière
sautant un caniveau et dévoilant dans la pirouette d'un
jupon l'éclair blanc de sa cheville, pour que la journée
qui s'annonçait ne soit féconde que de rêveries et de
regrets... Qu'est-ce qui l'empêchait, pourtant ? Pour
dix sous, elle l'aurait suivi ; pour vingt sous, elle aurait
montré son ventre. Il n'avait qu'à courir derrière elle...
Une petite commissionnaire d'ouvrage à façon qui
portait le travail de la veille et allait rapporter à domicile la besogne du jour. Il savait ce qu'on paye à ces
cousettes pour leurs heures laborieuses, et combien est
facile la tentation du monsieur qui fait tourner
quelque pièce entre ses doigts gantés de chevreau... Il
n'avait même pas entraperçu son visage... Une cheville
dévoilée dans un sursaut avait suffi comme appât au
dévergondage. Le visage qu'il prêta à l'inconnue fut
celui de Marthe, imprécis désormais dans sa mémoire.
Et il en vint à échafauder une série de petits romans
obscènes et sentimentaux qui le menèrent peu à peu à
l'idée saugrenue que Marthe avait sans aucun doute
épousé Cyprien. Ensemble ils riaient de ses défaillances passées, et ridiculisaient ces érections intempes-
tives qui durcissaient vainement le pantalon de
cheviotte de ce moine étrange, confiné dans sa tour
que nulle brillance d'ivoire n'éclairait...

28

Des coups à sa porte arrachèrent Fromental aux tur-
pitudes de ses pensées. Il se dressa, coupable et traqué.
Figé un instant, doutant de ce fracas dont la brève
brutalité pouvait venir aussi de sa conscience diva-
gante. On heurta à nouveau. Sans bruit, il glissa jusqu'au bout du corridor, espérant pouvoir deviner...
Mais il dut bien finir par demander :

– Qu'est-ce que c'est ! Qui est là ?

Ce questionnement le fit se sentir plus coupable
encore. Pour compenser, il ouvrit vigoureusement,
sans attendre de réponse.

– Est-ce bien ici le domicile du sieur Fromental ?
demanda un petit homme chaussé de redoutables bro-
dequins. Êtes-vous le susnommé Georis Fromental ?

Dans l'ombre de la cage d'escalier, une longue silhouette se tenait en renfort.

– À qui ai-je l'honneur ? demanda Fromental sans
excès d'émotion.

– Sûreté générale ! asséna le nabot en esquissant
vers l'échancrure de son pardessus le geste d'y saisir
une carte de police qu'il ne montra pas. Veuillez nous
suivre, je vous prie ! Prenez un vêtement, il ne fait pas
si chaud...

– Mais... je n'ai rien fait ! se défendit Fromental.
Que se passe-t-il ? Il est arrivé quelque chose de mal ?

Odilon se faufila avec nonchalance pour s'arrêter à
quelques pas des intrus. Et là, tranquille et résolu dans
la nécessité de défendre son maître, il se mit à cracher
en creusant l'échine. Ses canines paraissaient bien plus

29

considérables, et il avait dans sa gueule pourpre bien plus de dents que d'habitude.

— Toi, mon minet, tu la boucles ! proféra le grand maigre d'une voix molle. Sinon, on t'embarque aussi !

III

MORT D'UN PHILISTIN

> Philistins, épiciers,
> Tandis que vous caressiez vos femmes
>
> Jean RICHEPIN,
> *La Chanson des gueux.*

L e trajet se fit en voiture fermée. Fromental fut poussé aux reins pour gravir le marchepied d'une sorte de berline couleur d'araignée, et qui n'avait rien d'un fiacre, avec ses meurtrières grillagées, son cheval de bronze et son cocher de pierre. Voulait-on seulement l'aider à monter en le bousculant de cette manière ? Assis sur la banquette de vis-à-vis, le plus grand des deux sbires le mesurait avec un sourire crispé, comme s'il supputait le moment où son prisonnier allait tenter de lui échapper. Acagnardé sur son flanc gauche, l'autre roussin le serrait au plus près, tout en reniflant et s'excusant d'avoir oublié son mouchoir. Aucun encombrement des carrefours ne fit rouscailler le cocher.

Ce voyage n'avait décidément rien d'ordinaire. Fromental s'en accommoda, attentif à profiter d'une expérience aux sensations inédites qui lui permettait d'engranger des détails de première main sur les usages de la police. Il se trouva heureux de se donner ainsi le sentiment de travailler quand même, en véritable romancier frotté aux mystères de la vie. Il comprit qu'on traversait la Seine, qu'on remontait le quai du Louvre, qu'on s'enfonçait dans le quartier Saint-Eustache. Après des bifurcations dans un dédale assombri, on s'arrêta quelque part dans le Marais.

– J'espère que tu ne m'en veux pas ! exulta Cyprien en ouvrant du dehors la porte de la voiture. Je te force la main, mais j'ai senti qu'il le fallait. Te connaissant, si je t'avais envoyé un petit bleu par pneumatique, tu aurais médité et hésité des heures, et peut-être des jours avant de te décider à bouger. Là, te voici à pied d'œuvre ! Il ne peut y avoir meilleure illustration à notre conversation de café... J'espère que Courtin et Grandier ont su se montrer à la hauteur ! (Les deux argousins se tenaient à distance, sans renoncer à leurs mines suspicieuses.) J'ai ordonné la plus grande correction en même temps que la plus absolue discrétion !

– Ils sont restés muets comme des carpes. Sans même me faire connaître ce qu'on pouvait avoir à me reprocher...

– Routine du métier ! Ne rien révéler aux suspects de ce dont on les suspecte ! Silence qui incite à la méditation, à l'inquiétude ou à la terreur. Ainsi voit-on des coupables avouer avant même qu'on ait pu leur poser la moindre question.

– Aussi ai-je cru qu'on allait me conduire à Vincennes, comme au temps du premier Napoléon, pour m'y fusiller dans un fossé, tel ce pauvre duc d'Enghien !

– Tu as trop d'imagination et pas assez de noblesse, sourit Cyprien en lui donnant une bourrade. Mais je veux te montrer quelque chose qui va réactiver ta veine naturaliste, dans le sens plus « artistique » que je souhaite pour toi.

Il poussa Fromental vers un large porche où deux atlantes supportaient un blason de pierre aux armoiries à demi burinées.

– C'est le ci-devant hôtel de Saint-Fontenay-Laferté. Racheté il y a quelque temps par Gustave Auduret-Lachaux, le maître de forges, roi du calorifère nickelé... Tu connais la réclame : *Il dure et il tient chaud !*

– J'imagine qu'une aussi fière devise sera bientôt gravée au fronton de cette remarquable architecture Grand Siècle ! Il y a de la place sur le blason... Et si ton roi nickelé peut m'avoir un prix sur un calorifère, j'arriverai peut-être à convaincre mon propriétaire de...

– Trop tard pour les ristournes ! proféra Cyprien en escaladant d'un bond les marches d'un perron en haut duquel un factionnaire à képi le salua.

Grandier et Courtin imitèrent leur chef, dépassant Fromental, pour se ruer sur les parquets en point de Hongrie qu'ils firent grincer de leurs inflexibles godillots.

Avec circonspection, Fromental avait suivi le mouvement. Il se trouvait bien incapable d'afficher cette désinvolture conquérante qui était sans nul doute une autre routine de ces gens de police habitués à piétiner n'importe quelle société, sordide ou fastueuse.

Visiteur indésirable bénéficiant d'un passe-droit, l'écrivain s'arrêta au seuil d'un salon qui aurait pu abriter sans peine le fourgon et le cheval qui l'avaient amené, en compagnie d'une demi-douzaine d'autres attelages. Avec ses ors figés et ses indigos rosés qui se contorsionnaient dans la pénombre, la hauteur du plafond l'oppressa. Il entrevit des nuages tourmentés, des nymphes dépoitraillées, des angelots bouffis, des grappes de fleurs, de fruits, de feuillages. Toutes ces profusions indistinctes lui rappelèrent certaine ambiance de cathédrale païenne qui l'avait troublé, dans des tableaux esquissés du peintre Gustave Moreau à qui il était un jour allé rendre visite dans son atelier de la rue de La Rochefoucauld.

– Avance donc ! lui cria Cyprien. Ce n'est pas un musée qu'on visite.

Il était déjà au sommet d'un monumental escalier et se penchait par-dessus un garde-corps de fer ouvragé. Brusquement immobilisés à quelques degrés inférieurs, Courtin et Grandier lorgnaient Fromental avec sévérité.

– J'arrive ! clama le littérateur en se lançant dans une escalade impétueuse.

Sa voix résonna comme dans un tombeau. Il arriva au seuil d'une chambre où la stupéfaction le figea.

34

Sur un lit immense et chamboulé, un homme à la sombre barbe frisée semblait vouloir retenir d'une main une espèce de turban qui prêtait une nuance ridicule à cette scène tragique. L'autre main, à demi masquée dans les pliures d'une longue chemise de nuit, tentait d'arracher du bout des doigts le manche damasquiné d'un glaive oriental. Cette lame courbe était plantée en plein cœur. Et, dans la pénombre bistre où s'affairaient quelques serviteurs de la loi et autres gardiens de la justice, le romancier n'aurait su dire si le rouge impérial de la courtepointe était la couleur de fabrique du tissu ou celle du sang qui l'imbibait.

— Alors, qu'est-ce que tu en dis ? Voilà qui change de tes taudis naturalistes, de tes venelles à prostituées, de tes terrains vagues et de leurs cadavres misérables ! La pose a de l'allure, non ? Et le décor met en scène... avec un peu d'emphase, je l'admets... la pompe qui convient à la situation.

Comme la plupart de ces auteurs qui peignent le crime et ratiocinent sur des meurtres imaginés, Fromental n'avait jamais côtoyé de près la mort violente. Hagard, son regard restait fixé sur un volumineux coussin repoussé au coin du lit et dont les bourrelets tumultueux semblaient dessiner une tête d'éléphant goguenard. La cordelière d'une robe de chambre, jetée à l'autre bord des draps, sinuait tel un serpent mort. Sur les murs, des tableaux dévoilaient des corps féminins, bousculés et offerts, ployant sous les assauts d'agresseurs invisibles.

– Je vois ton œil qui furète ! persifla Cyprien. Tu engranges des indices ? Peut-être aurait-on pu faire de toi un enquêteur acceptable... Ce turban grotesque, as-tu soupçonné qu'il avait sans aucun doute été ajouté par l'assassin pour parfaire la mise en scène de sa tuerie ? Ce sont de ces choses que l'expérience vous fait ressentir avant même qu'on les ait devinées... et bientôt prouvées !

Le ton cuistre de Cyprien agaçait Fromental.

Alors que lui ne s'était aucunement vanté de sa position d'écrivain en passe d'être bientôt connu et reconnu de tous, ce petit flic obscur ne cessait de vouloir l'épater. Il l'avait embarqué de force dans la contemplation de cette scénographie sanglante où sa façon de se tenir et de parler laissait entendre qu'il en contrôlait exactement chaque détail. En toute chose il semblait s'amuser beaucoup de la candeur bouleversée de son ancien condisciple.

– Approche-toi, mais surtout ne touche à rien ! continua-t-il en entraînant Fromental jusqu'au chevet du lit.

Sous une lampe en forme d'aiguière tenue par une esclave, un bristol avait été disposé, vierge de toute éclaboussure. On pouvait y lire, tracé en belle anglaise aux pleins et déliés appliqués : *Mort d'un philistin*.

Fromental se redressa – il s'était penché pour lire et gardait les mains jointes dans le dos comme un petit élève bien sage.

– Comme je ne prétends aucunement au titre d'enquêteur futé que tu me fais miroiter, puis-je te demander ce que tout cela signifie ?... « Philistin » est un mot trop à la mode, qui sert à stigmatiser tout ce qui est bourgeois et méprise l'art... au sens où l'entendent les vrais artistes..., c'est-à-dire ceux qui se disent tels.

— Eh bien, n'est-ce pas une première piste, une excellente hypothèse ? Quelque bohème anarchiste aura voulu signer son crime... Mais ce n'est pas tout !

Cyprien fit volte-face vers la victime qu'un homme à barbe grise s'efforçait d'examiner au mieux, « sans trop toucher à rien », comme on le lui avait demandé. La main qui semblait retenir le turban de mousseline laiteuse était retombée sur un des trois oreillers et paraissait avoir été écrasée, brisée, mutilée. L'inspecteur échangea quelques paroles à voix basse avec le médecin, puis répéta pour Fromental ce qu'il savait déjà :

— Deux doigts tranchés à la main gauche. Médius et annulaire... qu'ornait, paraît-il, une bague de grand prix. Blessures *post mortem*. Quelques sérosités résiduelles. Le cœur ne battait plus, la pompe était morte, les tuyaux étaient vides !... Os coupés nets, rosâtres, nacrés, bien propres.

— Pourquoi deux doigts ? Une maladresse, de la précipitation ? demanda Fromental d'une voix blanche, comme s'il sortait d'une longue séance d'écriture qui l'aurait rejeté dans le réel, exténué, exsangue lui aussi.

— Vu la précision du *modus operandi*, je ne le pense pas.

— Alors, peut-être une autre bague, à l'autre doigt... ?

– Rien de tel n'a été signalé par ceux qui connaissaient bien M. Auduret-Lachaux... Viens avec moi !

Sans attendre, Cyprien passa dans une pièce voisine. Au passage, il fit signe à ses deux acolytes de ne pas broncher et de l'attendre sur place. Fromental arriva en pressant le pas, comme il avait déjà dû le faire, et s'imaginant sans plaisir sous les traits d'un toutou docile. Mais le vide de la grande pièce où il déboucha chassa cette image.

Les murs, où se lisait la trace des boiseries anciennes, déposées dans un coin, paraissaient monter plus haut encore. Les fenêtres sans rideaux ni voilages étaient immenses, elles aussi, et des traces enchevêtrées se lisaient dans la poussière plâtreuse des parquets. Cyprien avait ouvert une autre porte à deux battants, puis une autre, une autre encore. Les pas résonnaient comme dans une cave ou un grenier. Cette enfilade de chambres, d'antichambres, de cabinets, de boudoirs et de salons n'était habitée que par le vide.

Qu'est-ce que cela peut bien vouloir dire ? se demanda Fromental. Le riche industriel n'était-il qu'une façon de noble ruiné, vivant en solitaire dans une trompeuse apparence de somptuosité ?

– Voilà, c'est ici la garçonnière de ce bon monsieur Calorifère ! grimaça Cyprien. On nous a dit qu'il avait l'intention de venir habiter ici avec toute sa petite famille, mais les travaux ne faisaient que commencer. Alors, en attendant, pourquoi ne pas s'aménager un agréable lieu de plaisir, n'est-ce pas, qui ne soit pas l'habituel entresol exposé aux loucheries et racontars des voisins ?... D'après le concierge, qui a découvert la tuerie, son maître avait coutume de retrouver en ce lieu, chaque mardi et vendredi, en fin d'après-midi, une certaine jeune personne vêtue d'une robe mauve...

— Oh ! ces portiers ! Pour un éclat de verroterie sur une bague qui paraît en or, ils vous éventreraient n'importe qui ! fit remarquer Fromental en songeant à son concierge qui, chargé de balayer son appartement et mettant à profit ses absences, faisait étrangement baisser le niveau des bouteilles de liqueurs et la population de la boîte à cigares.

— Notre concierge est hors de cause. Tout au plus peut-il être complice. C'est un vieillard affaibli qui a perdu un bras à la bataille de Gravelotte, qui sait à peine signer son nom avec la mauvaise main qui lui reste, et qui serait bien incapable de tracer avec autant d'élégance ce mot de « philistin » dont il ignore le sens autant que l'orthographe... Et cette mise en scène, c'est trop futé pour lui ! Non, vois-tu, le meurtre banal d'un voleur de petit bijou nous ramènerait encore à ta manie naturaliste.

Cette manie était plutôt celle de Cyprien. Fromental soupira de lassitude. Lui-même cherchait une autre voie dans l'écriture. Mais c'était de ces choses qu'il voulait garder en lui, tant que ses interrogations n'avaient pas abouti à quelque réponse incarnée dans une œuvre.

— Alors, cette jeune personne... ? risqua Fromental.

— Elle est venue, hier mardi, comme à son habitude. Le gardien l'a aperçue, se faufilant par la poterne qui donne dans la rue des Blancs-Manteaux et dont la serrure n'est pas fermée dans la journée, afin de permettre les allées et venues des ouvriers.

— Je n'en ai vu aucun.

— Tout le monde a été renvoyé, au moins pour aujourd'hui, tu penses bien. Inutile de s'encombrer de gens qui brouilleraient les pistes. Il y a déjà assez de traces de pas en tous sens, et rien d'exploitable... Bien qu'à mon avis il ne soit pas impossible que le vrai découvreur du crime ait été un de ces ouvriers, qui est ensuite allé avertir le portier.

— Une piste à ne pas négliger.

— Je sais bien : des Italiens, pour la plupart, qui n'ont pas de papiers en règle et ne jargonnent qu'en charabia. Bien sûr, aucun d'entre eux ne sait lire ni écrire, mais...

Cyprien ne voulut pas terminer sa phrase que son ami acheva pour lui :

— ... mais tous sont anarchistes ou presque, c'est ça ?

— On le dit... Mais leurs exactions et leurs meurtres ne sont guère subtils : ils boivent, ils tuent au couteau ou à coups de poing, ils se font prendre au bistro du coin, en train de proférer des litanies vengeresses envers l'ignominie de la société telle qu'ils la perçoivent et la condamnent. Naturalisme encore, tudieu !... Nous verrons cela plus tard. Grandier et Courtin s'en occuperont : ils ont l'obstination bornée et taciturne qui convient. Moi, j'aime autant chercher du côté de la jeune personne, affirma Cyprien en lissant sa moustache d'un air entendu.

— Sait-on qui c'est ? demanda Fromental avec un vague sourire de connivence. L'as-tu déjà retrouvée et interrogée ?

— Le concierge a eu le loisir de lui faire adresser quelques commissionnaires, à la demande de son patron. Il a peu d'écriture, mais une bonne mémoire qui a su garder l'adresse et le nom. C'est une demoiselle de l'Opéra, un « petit sujet » qui se fait appeler Junie de Kerval. Elle partage une grande chambre avec deux de ses amies, rue de la Michodière. Un sergent fait la mouche là-bas, en attendant. Car cette fleurette était déjà partie en répétition quand nous avons voulu la cueillir. Nous n'avons pas estimé urgent d'aller semer le trouble dans la vénérable institution. Ainsi pourras-tu assister à l'interrogatoire en ma compagnie. (Il tira sa montre de son gilet.) Il n'est que temps d'y aller !

IV

UNE ROBE ET TROIS DEMOISELLES

> La mode est la littérature de la femme.
> La toilette est son style personnel.
>
> Octave UZANE,
> *Parisiennes de ce temps.*

Ce nouveau trajet se fit dans le même fourgon à l'opacité funèbre. Fromental s'attendait à voir des signes de croix saluer leur passage. Côte à côte, à contresens de la marche, la paire d'ombres silencieuses de Grandier et Courtin paraissait se recueillir douloureusement sur les chagrins de l'existence, tandis que Cyprien contait quelques anecdotes policières que Fromental fit mine d'apprécier. Mais il savourait surtout l'étrangeté de la situation et les émotions qu'elle lui procurait.

Ainsi donc, il était passé de l'autre côté de la barrière ! Comme c'était facile ! Et excitant en diable ! On l'avait intronisé dans le cénacle des pourchasseurs de crimes, et Cyprien lui avait donné par osmose comme une âme d'inspecteur. Bientôt, même, de commis-

saire ! La barbe cuivrée de Fromental, son air méditatif
et courroucé suffiraient à en imposer aux suspects. Et
déjà tous les vivants de la terre lui paraissaient suspects ! Quant au malheureux maître de forges entur-
banné (son premier cadavre judiciaire), il savait devoir
le considérer désormais avec une désinvolture blasée,
copiée sur celle de Cyprien.

— Tu ne peux pas imaginer le nombre de corsets
qu'on retrouve dans les taillis du Bois ou sous les ban-
quettes des fiacres ! ricanait l'inspecteur. À mes débuts,
comme on m'avait chargé de la collecte de ces inattendus objets trouvés, je n'y comprenais rien. Comment
avait-on pu oublier ainsi un vêtement si intime et si
délicat à ôter ? Un vieux briscard m'a mis au courant :
« C'est que l'enlever, ça va encore, une fois la robe
dégrafée ; mais rajuster ce falbalas, c'est toute une
affaire, presque impossible dans l'étroitesse d'un fiacre
ou la fragilité d'un buisson ! » Et celles de ces dames
qui étaient plutôt de la bonne société, où l'on ne
regarde pas à la dépense d'une nouvelle gaine, ne voulaient pas se donner l'air de repartir avec leur corset
sous le bras ! J'ai objecté qu'un tel déshabillage n'était
pas absolument nécessaire au cheminement du plaisir.
Le brigadier m'a rétorqué : « Béjaune ! c'est que tu
n'en sais pas encore bien long sur ces choses de
l'amour !... » Mais j'ai vite appris. Les amants sont toujours à réclamer quelque chose de neuf, surtout s'il y
a obstacle. Chez plus d'un, c'est le seul vrai moteur
du désir : l'obstacle, le refus, rien d'autre... Il y avait

cette ordonnance qui interdisait aux filles publiques d'arpenter en cheveux, tu te souviens ? Alors j'ai dû en interpeller plus d'une qui n'avait pas de quoi s'acheter un chapeau, même chez le fripier. Ça aussi, c'était une corvée de débutant. Dans ces affaires de décence publique, on finit par causer avec ces pierreuses, sans trop de vergogne, car le péril de la société n'est pas bien grand. Les filles, elles en ont à raconter...

Par son soudain silence, il laissa entendre qu'il avait connu maintes bonnes occasions de s'en faire raconter de belles !

– Ah ! nous y voici ! dit-il quand la voiture se fut rangée le long d'un caniveau.

Ils sortirent avec une tranquillité déterminée, inspectèrent d'un coup d'œil la façade, firent mine d'ignorer le salut du « mouchard », avant de l'interroger d'un coup de menton. C'était un rougeaud à la moustache broussailleuse et au regard vicieux.

Est-ce que je pue la rousse à cent pas, comme eux ? se demanda Fromental avec un tremblement inquiet autant qu'amusé.

– La demoiselle est là-haut, rapporta l'homme de garde. Elle a été prévenue de ne plus bouger. Elle vous attend.

– Quelles sont les issues ?

– On ne sort dans la rue que par ici. Il y a une cour de l'autre côté, mais bordée par des immeubles derrière. Le couloir de service débouche à droite de l'escalier.

45

– Parfait... Courtin, ici. Grandier, au bas de l'escalier. Ou bien là-haut, derrière la porte de service.

– Est-ce que vous avez encore besoin de moi ? s'inquiéta le rougeaud.

Cyprien parut réfléchir avec une mine préoccupée à ce problème où l'heure d'un repas proche devait jouer un rôle crucial.

– Vous pouvez aller déjeuner, accorda-t-il avec magnanimité.

L'homme fila sans demander son reste, pour tourner vivement au premier coin de rue où un éventuel contrordre peinerait à le rattraper.

– C'est au sixième, dit Cyprien. Allons-y !

Avant même qu'ils soient arrivés au dernier palier, une jeune fille aux blonds cheveux vaporeux vint leur ouvrir, prévenue sans doute par le raffut de leurs souliers dans l'escalier. Elle arborait un air d'effronterie sans malice et un buste compact, bien protégé par une longue enfilade de minuscules boutons d'améthyste cousus sur son haut de robe lilas. Pour le reste, elle était en bas et jupon.

– Junie est très affectée, dit-elle, dissipant toute équivoque sur son identité. La brutalité avec laquelle on lui a annoncé cette nouvelle horrible...

Un visage pointu aux grands yeux effarés se montra un instant dans l'embrasure avant de disparaître, comme harponné de l'intérieur.

– C'est notre amie Violeta. Elle est très farouche. Ne l'effrayez pas trop.

Mais Violeta s'était éclipsée et ne se montra plus. Cyprien et Fromental échangèrent un regard complice, appréciant ce matin-là leur triste travail : ils faisaient peur, trois jolies jeunes filles étaient à leur merci : ils étaient des hommes !

Le logis n'était qu'une grande pièce partagée en alcôves par des paravents. Effondrée sur un lit de fer, le visage enfoui dans un édredon, une jeune femme en négligé vert céladon sanglotait. Sa chevelure d'ébène, serrée en bandeaux, se défaisait insensiblement sur sa nuque.

– C'est qu'elle avait beaucoup d'affection pour son monsieur. Elle comptait sur lui pour être installée dans ses meubles, avoir une bonne et un piano...

– Tais-toi un peu, Babeth ! On pense ces choses, mais sans les dire, s'insurgea la pleureuse en se retournant avec beaucoup de grâce. (Les gestes de sa douleur conservaient une élégance chorégraphique.) Ces messieurs sont de la police.

– Heu... à vrai dire, en ce qui me concerne..., voulut se défendre Fromental, mais Cyprien le contra :

– Voici monsieur Georis, et je suis l'inspecteur Cyprien... Abel Cyprien. Permettez-moi de vous demander quelle robe vous portiez, hier, pour votre visite coutumière à... disons... la victime – il n'est pas adéquat d'ébruiter trop vite votre liaison avec ce nom trop connu.

– Mon Dieu, la même robe que d'habitude ! Nous n'en avons qu'une de cette qualité : lilas avec des boutons d'améthyste. Ce midi, c'est Babeth qui la prend pour son rendez-vous. Et ce soir, ce sera Violeta.

– Ah !... Trois demoiselles pour une seule robe ! Voilà qui n'arrange pas notre affaire, grommela Cyprien. Et hier, vous la portiez donc bien, cette robe, en vous rendant rue des Blancs-Manteaux ?

– Hélas, non !

– Mais vous venez de me dire...

– Oui, toujours la même robe ! Mais, hier, un gamin m'a apporté ce mot de billet annulant notre rencontre « en raison d'un fâcheux contretemps d'affaires ».

Sur une tablette, Junie de Kerval arracha une enveloppe coincée entre deux livres et la tendit à Cyprien. Fromental s'approcha des volumes pour y lire le nom des auteurs rangés sur l'étagère.

– Vous avez bien reconnu son écriture ? demanda Cyprien après avoir pris connaissance du message.

– Je ne la connais pas trop, moi, son écriture... C'est l'écriture de tout le monde, chez ceux qui sont allés aux écoles... Ces gens-là n'hésitent pas à tracer leurs lettres et font des arabesques avec la plume, comme nous avec nos jambes.

– La signature... *Gustave A.-L.*, c'est bien lui ?

– Ben oui !... « Gustave Auduret-Lachaux », c'est pas dur à comprendre !

– Vous avez reconnu sa signature ? C'était bien sa manière de signer ?... Pourquoi ne pas avoir envoyé un petit bleu ? C'est si pratique quand on veut se faire passer pour quelqu'un d'autre.

– Il faut se rendre au bureau du télégraphe ou du pneumatique, ou y envoyer un commissionnaire : trop de gens peuvent alors connaître le contenu de votre message.

Cyprien apprécia cette juste remarque.

– Vous avez gardé d'autres mots de lui, des lettres ? demanda-t-il.

Elle se leva avec des positions de pieds numérotées dans le lexique des danseuses et des mouvements du corps également répertoriés. Entre les pages des livres, elle dénicha quelques vestiges de ce que l'inspecteur espérait.

– Il n'y a pas si longtemps que je le connaissais, vous savez, mon Gustave. Et il n'était pas du genre « lettres d'amour ». Alors, pas grand-chose pour vous faire plaisir : des rendez-vous en forme de convocations et des annulations de rendez-vous, c'est tout.

Cyprien plissa les yeux comme un fauve à l'affût.

– Et toujours signés d'une simple et unique lettre *G* !

– Qu'est-ce que ça change ?

– Hum ! ça peut changer beaucoup de choses !

Il se tourna vers Fromental qui semblait ne plus s'intéresser qu'aux ouvrages de l'étagère dont il effleurait les titres d'un doigt ganté, choisissant parfois un volume, bientôt replacé avec soin après qu'il en avait parcouru quelques lignes. Cyprien fut sur le point d'interpeller son ami, mais se ravisa.

L'inspecteur avait renvoyé Courtin et Grandier. Fromental s'en trouva soulagé : il avait eu la conviction atroce que ces deux sbires n'étaient là que pour lui, collés à ses semelles et comptables de tous ses gestes. Leurs regards suspicieux l'avaient rarement lâché. Il avait fini par se sentir coupable, sans savoir de quoi.

En poussant la porte d'un bouillon de hasard, il s'était alors senti si léger que l'appétit lui était venu, presque une fringale. Hélas ! les bonnes résolutions de son estomac regimbèrent bientôt, submergées par une vapeur grasse et recuite. À la table où une fille de cuisine les avait enfournés, repoussant à coups de mamelles les convives déjà installés comme sur un banc de galériens, des mâchoires alignées mastiquaient des viandes filandreuses. Fromental lorgna avec consternation la charcuterie que Cyprien avait commandée et qui maintenant rebiquait dans son assiette : un hachis grossier de ventrèche et de cartilages, empoissé d'une trouble gélatine aux irisations bleuâtres rehaussées d'un persil fané, et où surnageait parfois l'inattendu bout de langue rosé d'un salpicon de vraie viande.

– Tu n'aimes pas le museau de porc ? se désola Cyprien. Alors, qu'est-ce que tu prends ? Décide-toi.

Fromental avait vu circuler des assiettées d'un consommé intensément limpide où surnageaient d'accidentels débris de volaille et de minces échardes de légumes. C'était sans doute le moins risqué. Mais la marmite était vide quand il en réclama enfin. Une serveuse à mine de bonne sœur bourrue lui dit que ça ne serait pas bien long avant qu'on en refasse du neuf. En effet, toute cette vaisselle cochonnée qui repartait en cuisine par piles coagulées devait bien enrichir de tous ses sucs le potage clairet qu'on pouvait en attendre !

Pour en finir, il opta pour une omelette qu'il exigea solidement cuite. Elle lui parvint translucide et visqueuse. Il n'avait rien mangé depuis la veille. Avec un désespoir de survivant acculé à sa dernière chance, il tapissa cette flaque glaireuse de bouchées de pain qu'il poignarda de coups de fourchette et goba comme des mollusques.

— Donc, pour toi, cette Junie de Kerval est hors de cause ! asséna-t-il en revenant à leur enquête, maintenant que son estomac ne criait plus famine mais se cabrait sous les coups d'éperon d'une digestion acide.

— Hors de cause, c'est aller trop vite... Il faut croire qu'elle ne s'est pas rendue chez son monsieur. Je lui accorde pour l'instant ce soupçon de vérité.

— Mais n'aurait-elle pas pu forger elle-même ce billet d'annulation ?

— Si c'était le cas, je la crois assez fine mouche pour agir avec plus d'habileté. Elle aurait su utiliser le même papier et signer d'un simple *G* majuscule. L'assassin, si c'est bien lui qui a aussi écrit ce mot, est allé trop loin en signant *Gustave A.-L.*, comme si la petite n'allait pas comprendre. Or, même sans signature, elle aurait compris.

— À moins qu'un autre galant...

— C'est vrai, tu as raison, ces demi-castors ont souvent plusieurs fers au feu... Mais une demoiselle de l'Opéra n'est pas si mal lotie. Auduret devait pouvoir suffire à son entretien. Elle n'en était qu'à l'amorçage de la pompe. N'est-ce pas ce qu'elle a dit ?

Fromental suivait avec ébahissement le va-et-vient confiant par lequel son ami engloutissait maintenant des morceaux d'aloyau dont les tranches diaphanes, disposées en éventail au pourtour du plat, faisaient songer à une serpillière effilochée.

— Et la robe ? demanda-t-il d'un ton rêveur en pianotant le souvenir des petits boutons d'améthyste.

— Une robe lilas, oui ! C'est bien ce que le pipelet a aperçu de loin, et cela lui suffisait. Il n'est pas allé y voir de près... Un chapeau à large bord, un peu capeline, avec des plumes retombant sur un visage masqué d'une voilette à grosses mailles...

— À croire que tu étais là !

— La discrétion, mon cher Fromental... Indispensable et nécessaire ! Je dirai même plus : foncière et radicale ! Dans la bicherie comme dans le crime !... Est-ce qu'on ne reprendrait pas un peu de vin ?

— Si tu veux, admit Fromental qui n'avait pas bu une seule goutte de cette menaçante teinture.

Il fit signe d'apporter un autre carafon. L'aisance de Cyprien l'estomaquait — et ce verbe convenait exactement à la situation. Il avait connu autrefois un collégien timide, un lycéen réservé, un étudiant inquiet qui lui ressemblait assez. Et cette gaucherie partagée avait cimenté leur amitié. Voilà qu'il retrouvait un gaillard bien vissé dans la vie, sachant mener son monde et se tenant comme chez lui dans ce genre d'établissement auquel lui, Fromental, n'avait jamais pu s'acclimater, même si la modicité de ses ressources l'obligeait trop souvent à en pousser les portes.

Le bouillon se désertifiait. C'était l'heure où ne traînaient plus que des courriéristes et des littérateurs, et donc aussi quelques policiers à l'oreille quémandeuse de ces bonnes « indications » que livraient sans y prendre garde tous ces incorrigibles bavards. Les gens qui travaillaient *honnêtement* avaient regagné leurs bureaux, leurs échoppes et leurs ateliers.

— Ne crois-tu pas que l'une ou l'autre de ces petites ait pu être complice ? continua de ruminer Fromental en allumant une première pipe sans attendre le café.

— Hon-hon ! Je vois que tu te prends au jeu, bien au-delà de ce que j'aurais pu penser.

— Cette Violeta qui se cachait derrière son paravent... et nous observait, je le parierais, par un petit trou... n'avait-elle pas mauvaise conscience ? Nous aurions dû l'interroger. Chiper la robe lilas n'était pas bien difficile, sans doute.

— Navets que tout cela ! Il y a plutôt quelqu'un qui, connaissant la situation et les habitudes de M. Auduret-Lachaux, a su en profiter. Quelqu'un qui se sera fait passer de loin pour Mlle de Kerval.

— En tout cas, il n'y a pas d'autre piste que cette cocodette, hormis le suisse et les maçons. Moi, je l'aurais fait arrêter, tout de même !

— Eh bien, pas moi ! Je ferai mon rapport au commissaire : il verra bien, avec le juge... Mais toi, avec tes livres ?...

Fromental soupira : il y avait ce roman en cours, et deux autres projets pour l'instant délaissés. Et puis un drame en cinq actes dont seules les quatre premières scènes étaient ébauchées ; une comédie bouffe en sept tableaux ; quelques levers de rideau, une poignée d'articles, un argument de vaudeville, des embryons de poèmes... Il n'écrirait décidément rien aujourd'hui.

— Je ne te parle pas de ça ! rigola Cyprien. Les livres de la fille...

— Quelle importance ?

— Je vais toujours y voir, comme tu l'as fait. C'est un bon indice sur la personnalité de nos protagonistes. Comme un portrait chinois. Dis-moi un peu...

Pour rattraper ces récents souvenirs qui menaçaient déjà de partir en fumée, Fromental souffla vers le plafond quelques lourdes volutes d'un bleu de zinc.

— Il y avait là... Balzac, bien sûr : *Splendeur et misère des courtisanes*, *La Femme de trente ans*. Et puis Zola : *Nana*, il fallait s'y attendre. Alphonse Daudet, *Sapho*... La *Manette Salomon* des frères Goncourt, *Les Contes de la bécasse* de Guy de Maupassant, *Manon Lescaut*... Voyons encore un peu... Ah oui ! *Les Deux Orphelines*... *Chaste et flétrie*... *La Pucelle de Belleville*...

— Adolphe d'Ennery, Charles Mérouvel, Paul de Kock...

— La Sûreté est décidément au courant de tout... Tu les as lus, toi, ces romans pour midinettes ?

— Avec plaisir et amusement. Mais je t'ai vu noter dans un carnet, quand nous repartions, à mi-chemin de l'escalier.

Fromental rougit sous sa barbe.

— On ne sait jamais ! parut-il se défendre. J'enquête à ma façon, tant qu'à faire. Si j'écris un jour l'histoire d'une petite danseuse qui assassine son protecteur, je pourrai lui installer sur un rayonnage... (Il lut dans son carnet de toile verte :) *La Sténochorégraphie*, par Arthur Saint-Léon, et le *Manuel complet de la danse*, de Carlo Blasis. Elle ne peut pas ne s'intéresser qu'aux romans sentimentaux et sociaux mettant en scène de malheureuses jeunes filles, n'est-ce pas ?

— En tout cas, la voilà prévenue de ce qui l'attend dans la galanterie !

— Sans doute pense-t-elle pouvoir se soustraire aux tristes dénouements mis en scène par les romanciers.

— À croire qu'aucun enseignement moral, mon pauvre Fromental, n'est à tirer de vos œuvres !

L'écrivain opina gravement tout en se lissant la barbe d'une manière solennellement pensive. Il n'avait pas voulu révéler que se trouvait aussi sur la tablette ce roman de Joris-Karl Huysmans qui s'appelait *Marthe, histoire d'une fille*. Car ce prénom le troublait encore. Et puis, M. Huysmans était un voisin. Il habitait à l'autre bout de la rue de Sèvres. Un jour que Fromental l'avait salué, au carrefour de la Croix-Rouge, l'écrivain s'était figé en marmonnant : « Mais vous êtes mon personnage ! Cette démarche, cette silhouette.

Vous lui ressemblez exactement... ou plutôt, je vais le faire vous ressembler ! De près ou de loin, je ne sais pas. Nous autres, gens de plume, nous savons dépouiller les passants et culbuter les réputations. Ne m'en veuillez pas ! Nous partons de quelque part et nous arrivons ailleurs. Personne ne va vous reconnaître. D'ailleurs, c'est à moi que je songe, et vous me servirez de truchement... Vous écrivez toujours pour le *Gil Blas* ? Un prochain roman, peut-être ? Il faudrait que nous trouvions un jour le temps de prendre un bock... » Fromental n'avait su répondre qu'un presque inaudible : « Ce sera avec grand plaisir, maître. » Et il en rougissait encore, craignant que sa barbe ne prît feu.

V

LES IRRÉDUCTIBLES DE LA BIÈVRE

> Le monde ne vaut que par les ultras et
> ne dure que par les modérés.
>
> Paul VALÉRY, *Cahiers*.

Contrairement à ce qu'on pouvait en attendre,
l'affaire ne fit pas grand bruit. Ce fut comme
si s'était propagée à toute la presse la manière
étouffée avec laquelle l'inspecteur Abel Cyprien avait
mené ses premières investigations. La personnalité de
la victime autant que la réputation de l'Académie
nationale de danse avaient dû modérer les ardeurs
journalistiques. Fromental n'était au courant de rien,
mais soupçonnait de ces recommandations discrètes
mais fermes qui peuvent tempérer les volontés trop
entreprenantes. Certes, le meurtre de l'industriel avait
été révélé au grand public, mais les plus intéressants
détails manquaient aux comptes rendus. De bristol et
de turban il ne fut pas question ! On parla seulement
d'une bague onéreuse et d'un doigt coupé. Peu de
mystère, donc. Une crapulerie presque banale. « L'en-

quête suit son cours », conclurent avec une belle una-
nimité les gazettes avant de n'en plus parler.

Fromental se remit au travail. Mais son roman lui
pesait. Ou plutôt, tout ce que Cyprien lui avait fait
entrevoir par cette affaire le parasitait. Son imaginaire
– s'il fallait encore l'appeler ainsi – ne cessait d'encombrer ses paragraphes de danseuses mystérieusement
apparues, de cadavres mutilés, de lugubres rôdeurs
dont on ne savait s'ils appartenaient à la pègre ou à
ceux qui la combattaient. Ces étranges silhouettes
n'avaient rien à faire dans le descriptif scrupuleusement nuancé de l'inéluctable déchéance spirituelle et
morale d'un... d'une... de qui... de quoi ?... il ne savait
plus.

Le chat Odilon fuyait ces mouvements d'humeur
qu'annonçait une litanie de soupirs dépités au bout
de laquelle l'écrivain renversait sa chaise, froissait ses
feuilles, agitant en tous sens le noir goupillon d'encre
de sa plume et hurlant, à la folie, son impuissance à
se rendre maître des idées et des mots.

Du fond de sa cour, inquiet du danger, le concierge
criait. Ce brave homme réprobateur et apitoyé redoutait la fatidique crise syphilitique qui avait déjà
emporté plus d'un locataire parmi les peintres et les
poètes auxquels un propriétaire se voulant ami des arts
s'obstinait à louer par priorité. Quand il était d'humeur irrémédiablement néfaste, Fromental se plaisait
alors à ébaucher une altercation d'en haut, avant de
succomber bientôt aux bassesses redoutées.

Il filait droit par la rue du Four, traversait le boulevard Saint-Germain, continuait jusqu'au carrefour de
Buci et, arrivé rue Mazarine, entrait à La Botte de
paille. La marche vivace réussissait à le calmer, mais
l'atmosphère du lieu réactivait d'autres irritations. Il
tentait de s'en dégager en se tenant coi au plus sombre
du salon. On le voyait fumer un régalia étriqué, puis
siroter une demi-fine, discuter à voix basse avec un
confrère, un familier, une nouvelle tête provinciale ou
banlieusarde qu'un croquis vigoureux et hâtif garderait
en mémoire dans le carnet de toile verte. N'importe
quelle fraternité de hasard lui faisait croire encore à la
possibilité d'échapper. Mais il revenait près du piano
pour y tourner la partition qu'une pensionnaire
désœuvrée s'évertuait à déchiffrer. Malgré ces diver-
sions, il finissait par suivre une fille aux chevilles fines
et au corps mince. La sous-maîtresse, qui connaissait
ses goûts et son cérémonial, s'amusait chaque fois de
sa démarche qui s'évertuait à l'assurance d'un héros
malheureux montant à l'échafaud.

Malgré tout, le roman avançait. En valses-hésita-
tions, comme depuis son début. Et c'était ainsi, sans
doute, qu'il fallait le mener à terme, puisqu'il racontait
justement les affres successives d'un jeune homme
incapable de se décider avec la promptitude virile
qu'exigeait sa situation. Tout était prétexte à tergiver-
ser chez ce svelte lieutenant de cavalerie (7e hussards)
qu'une suite d'indécisions menait finalement, d'une
manière rocambolesque, vers des succès inattendus. Ce

roman n'avait plus rien de « naturaliste », mais para-
phrasait plutôt la littérature du siècle précédent. On y
trouvait une très belle scène dans un hôtel aristocratique du Marais où la jeune Julie de Valquère devenait... Mais il fallait attendre la suite !

Au matin, alors que Fromental venait de s'abattre
sur son lit après une nuit non pas blanche, mais noire
de tous les feuillets rédigés, on gratta à sa porte.

C'était elle !... « Oui, c'est elle ! » sursauta le romancier qui flottait encore entre veille et sommeil, réel et
imaginaire. *Elle* ?... Qui, *elle* ?

Il noua une robe de chambre, ratissa de ses deux
mains épuisées sa barbe hirsute et ses cheveux ébou-
riffés, et ouvrit sa porte à la double bonne fortune de
l'inattendu et de l'espéré.

Grandier et Courtin, au coude à coude, formaient
comme un mur de brique bloquant tout l'espace
assombri de la porte.

— Monsieur, bonjour !... N'est-il pas trop tôt ?

— L'inspecteur Cyprien souhaiterait vous entretenir.

Dans un estaminet de la place Dauphine, Cyprien
fit venir un pot de café et de quoi se tailler des tartines.

— Lis donc le journal en déjeunant ! invita-t-il en
déposant devant son ami une feuille de mauvais
papier.

Il avait voulu s'exprimer d'une voix sans malice,
mais son regard furetait alentour. L'endroit, trop

proche du Palais de Justice et du Quai des Orfèvres, était truffé de gens dont il fallait se méfier : greffiers, substituts, avoués et avocats, huissiers et gendarmes, inspecteurs et commissaires, et même des présidents d'assises. C'était le pire voisinage pour y comploter. Coincé par d'autres tâches qui le maintenaient sur place, Cyprien n'avait pu songer à mieux.

L'écrivain tourna et retourna la feuille. Il reconnaissait un de ces succincts journaux anarchistes qui ne cessaient d'éclore pour se faner bien vite avant de disparaître en leur premier printemps. Celui-ci se nommait *La Purée*. L'impression en était soignée, car beaucoup de typographes, sensibles aux idées sociales, composaient les publications libertaires « en perruque », dans le dos de l'employeur et pendant les heures de travail. Il n'était d'ailleurs pas rare que le patron lui-même fût de la partie. Bien sûr, l'obligation légale d'indiquer le nom de l'imprimeur était détournée dans une moquerie fantaisiste. « Imprimerie royale d'Abomey », était-il stipulé. Depuis plusieurs années, Béhanzin, roi d'Abomey, résistait aux troupes coloniales françaises engagées dans la conquête crapuleuse du Dahomey...

– Tu ne vois donc rien ! s'énerva l'inspecteur. Le premier titre...

– « Mort d'un philistin... » Oui, j'ai bien remarqué. Mais ce mot de « philistin » est devenu presque banal dans nos milieux artistes... Et il l'est aussi chez les libertaires, qui l'utilisent à tout va.

— Mais lis donc, bon sang !

Fromental se racla la gorge et éleva le ton.

— « Mort d'un philistin... *La Purée* ne va pas dégouliner de chagrin à cause que le patron Gustave... »

— Grands dieux, pas à haute voix... Surtout ici !

Fromental continua silencieusement, tout en remuant quand même les lèvres pour taquiner Cyprien.

— « *La Purée* ne va pas se faire un gros chagrin, à cause que le patron Gustave, roi du calorifère, s'est fait tailler quelques boutonnières et planter une rouge en plein cœur. Croix d'honneur ou croix d'horreur, c'est comme on voudra ! Mais qu'est pas de celles qui s'achètent chez nos habituels marchands de breloques décorationneuses [1]... Le Gustave, on le connaît, chez nos compagnons. Il ne va pas nous manquer, et c'est pas une mauvaise chose qu'on l'ait dégommé. Ses calorifères qui chauffent le cul des richards, nous autres on n'en a jamais vu. Sauf les prolétaires qui les rétament, dans ses fabriques où ce qu'on attrape la crève, car on va tout de même pas chauffer les ouvriers, ça serait la fin du monde ! Eux, ils en ont vu passer, de ces putains de calorifères ; mais la paye honnête et respectueuse, ça non, ils l'ont pas vue. Un salaud reste un salaud, même bien chauffé. Dynamite ! Tiens, ceux qu'auront chaud au cul, c'est les nègres de Béhanzin !

---

1. En 1887 avait éclaté le scandale d'un trafic de décorations (dont la prestigieuse Légion d'honneur) mettant en cause des personnalités haut placées, dont le gendre du président Jules Grévy, lequel fut contraint de démissionner.

Car le Gustave, il fabriquait aussi de l'escopette et de l'alliage à balles pour fusils Lebel... » (Fromental leva le nez.) Auduret-Lachaux était aussi fabricant d'armes ?

– Quelle entreprise sérieuse, vouée au bonheur industriel de tous, ne l'est pas un peu ?

Fromental tourna et retourna le journal.

– Encore deux pages d'invectives, et sans doute d'appels au meurtre... mais qui arrivent après la bataille.

– Tu liras la suite à la maison, si ça te dit. Gustave Auduret-Lachaux y est présenté comme un affameur du peuple et un noceur notoire qui tenait avant tout à passer pour un honnête homme et un brave père de famille.

– Comme il se doit... C'est ainsi qu'ils font tous. Donc, tu soupçonnes les anarchistes ?

– Il faudrait voir... Nous n'avons guère de piste sérieuse, autant l'avouer. Tout est à explorer. Et, dans ce cas, une aide extérieure pourrait nous être précieuse...

Fromental dévisagea son ami au regard fuyant dont la moustache lui parut soudainement démoniaque.

– Toi, tu as une petite idée derrière la tête ! rumina-t-il à haute voix.

– Comme tu es abonné à *La Révolte*...

– Tiens donc !

– La Sûreté est en possession de la liste des souscripteurs, qu'est-ce que tu crois ?

– Qu'importe ! renâcla Fromental. Des gens mieux connus que moi sont abonnés à cette publication fondée par le doux prince Kropotkine et qui se dit maintenant anarcho-communiste. Rien à voir avec ces feuilles vindicatives autant que bon enfant où l'on aime jaspiner l'argot et poétiser dans la grandiloquence. Cette *Purée* propose aussi son lot de couplets sur la nécessité de tout foutre en l'air – sans trop savoir ce qu'on mettra à la place, si ce n'est la rage dans le cœur du populo afin qu'il sorte de sa soumission léthargique. Dans *La Révolte*, tout de même, on réfléchit plus sérieusement à la réalité de la misère populaire et aux remèdes qui peuvent y être apportés. Les contributions littéraires y sont de qualité. Je me souviens de textes d'Alexandre Dumas, d'Hégésippe Moreau ou de Villiers de l'Isle-Adam... Et parmi les abonnés dont je parlais et qui ne s'en sont pas cachés figurent M. Huysmans, mon presque voisin de la rue de Sèvres, et aussi MM. Anatole France, Leconte de Lisle, Mallarmé et bien d'autres qui sont sans doute suspects à la Préfecture ? À moins qu'il ne s'agisse d'agents larvés de la Sûreté...

– Justement, nous y voilà ! exulta Cyprien. J'avais dans l'idée de te proposer une petite mission à peine spéciale, puisque tu connais déjà ce milieu, au moins par tes lectures. Comme tu le sais, les réunions libertaires sont ouvertes à tous et sans contrôle. « Entrée libre » : la moindre des choses, puisqu'il s'agit de promouvoir la liberté à toute force, d'abolir les hiérarchies et les distinctions, et, par-dessus tout, de refuser le flicage et les pouvoirs... *La Purée* est la seule feuille anarchiste à avoir évoqué l'assassinat de notre pauvre Gustave en reprenant ce *Mort d'un philistin* que nous sommes théoriquement les seuls à connaître... Une réunion de « libre parole » est organisée ce soir, dans le quartier Mouffetard, par une faction qui dit s'appeler « Les Irréductibles de la Bièvre ». Ces « irréductibles » semblent être des tanneurs, des mégissiers et des teinturières des fabriques des bords de Bièvre, entre la Glacière et le bief des Gobelins. Des gens qui se disent en rapport avec cette fausse rivière devenue un égout à ciel ouvert et dont la disparition prochaine est aussi certaine que celle de leur gazette. Les adhésions se font sans justifications, ça n'est pas le Jockey Club, il suffit de vouloir en être. Et j'aimerais que tu en sois... Pour un soir, au moins.

Fromental fixait sombrement son ami qui lui demandait de devenir un mouchard. Cyprien souriait, car il n'aimait rien tant que savoir lire dans les pensées de ceux qu'il avait à interroger ou à convaincre :

— Tu n'auras personne à dénoncer, voyons ! assurat-il au mépris de la vraisemblance. Il ne s'agit que de renifler une atmosphère, de sentir ou non l'odeur de la poudre et de mesurer si certaines paroles meurtrières sont soupçonnables de quelque début de réalisation. Surtout, savoir qui aurait eu vent de ce *Mort d'un philistin* déposé par l'assassin sur le lieu de son crime.

— Y aurait-il à la Sûreté pénurie de rapporteurs ?

— Nos suppléants sont souvent assez frustes... Des Grandier, des Courtin... Tout va assez lorsqu'il s'agit de dénombrer les participants d'une conjuration, à condition que le total n'en dépasse pas les doigts de leurs deux mains. J'ai autant de rustauds qu'il est nécessaire. Mais là, cher Fromental, il me faut de l'esprit de finesse autant que de géométrie. J'ai besoin d'un appui mieux policé... (Il ricana silencieusement, Fromental resta de glace.) De l'intuition, de la psychologie... Des qualités d'écrivain, non ? Et, pour toi, l'occasion de parfaire ta connaissance des milieux sociaux tout en rendant un service civique à la justice poursuivant le crime ! Qu'en penses-tu ?

— Il n'est pas question que je devienne un délateur ! un cafard ! un sycophante ! pérora un Fromental outragé.

À la nuit venue, il se présentait « en bourgeois » à la salle de noces et banquets de l'hôtel de la Moselle, rue Gérard, où était annoncée la réunion des « Irréductibles de la Bièvre ». Cyprien lui avait déconseillé de se déguiser en ouvrier comme savaient si bien le faire les mouches de la Préfecture. Ayant l'air de n'être rien d'autre que ce qu'il était – un travailleur de l'esprit aux fines mains blanches et au costume fatigué –, l'écrivain n'attirerait pas les soupçons. On ne lui demanda d'ailleurs rien, sinon dix sous « pour la location de la salle et le soutien aux camarades nécessiteux » qu'un diable jovial lui réclama en lui tendant sa casquette immonde, à mi-chemin de la rue Bobillot. Il s'avéra bientôt que ce quêteur fraternel n'était qu'un resquilleur individualiste mettant à profit l'aubaine de cet inhabituel afflux de société dans le quartier. Le gredin fut bientôt pourchassé, délesté de son maigre butin qui fut mis au profit des motifs mêmes qu'il avait invoqués. Sa punition supplémentaire fut de se joindre à l'assemblée et de causer avec ses frères de misère en posant toutes les questions qui lui passaient par la tête.

Rien ne débuta à l'heure fixée, et c'était de ces choses que Fromental supportait mal. L'impatience le rongeait. Il ne connaissait personne et, avant de se renfrogner dans son coin, avait parfois levé le poing pour répondre aux arrivants qui le saluaient ainsi. Un bonimenteur monté sur une chaise annonçait par moments l'arrivée de compagnons de différents groupes anarchistes parisiens dont Fromental avait déjà lu les noms dans *La Révolte*. Certains regroupaient des métiers, comme les tailleurs syndiqués de L'Aiguille. D'autres affirmaient leur implantation territoriale, comme La Panthère de Belleville, ou leurs origines provinciales, comme Les Sangliers de la Marne ou Les Watrineurs de l'Aveyron. La Ligue des Antipatriotes voulait s'opposer au militarisme chauvin, et Les Antipropriétaires s'étaient spécialisés dans les déménagements « à la cloche de bois ». D'autres clans, enfin, affichaient résolument leur programme dans leur dénomination : La Vengeance... La Dynamite... Les Sans-Patrie...

– Dites-moi, compagnon : quand la réunion va-t-elle commencer ? s'informa Fromental auprès d'un gavroche râblé qui ne parlait à personne mais écoutait tout le monde en circulant, hilare, de groupe en groupe parmi un brouhaha enfumé.

— Mais elle est commencée, compagnon ! Est-ce que tu n'entends pas la libre parole ? Ça fuse et ça bouillonne !

— Tout le monde en même temps...

— On s'échange des nouvelles, on fait passer des idées. Dès que le père Grave sera là, il y aura du silence et du respect, c'est sûr. Il a promis de venir, on l'attend.

— Mais, pour venir de la Mouff, c'est à deux pas ! s'étonna Fromental. Cette librairie au coin de la rue Pascal et de la rue de Valence, je la connais...

Le gamin s'éloigna en haussant les épaules. Il n'en savait pas tant. Jean Grave était l'un des pères d'un « parti anarchiste » qui voulait affirmer son autonomie dans le mouvement ouvrier, mais peinait à l'organiser. Réfractaire à l'idée même de parti, l'esprit libertaire ne lui facilitait pas la tâche. Le père Grave, on l'acclamait fort mais on ne le suivait guère.

Fromental entreprit de s'informer, puisqu'on l'avait envoyé en « informateur ». Il prit le sillage du gavroche et musarda de coterie en coterie, ouvrant bien ses oreilles.

Soumis dans la journée aux volontés des contre-maîtres et des ingénieurs, les prolétaires se goinfraient de la parole qu'on leur interdisait à l'atelier. On parlait beaucoup, en effet, et l'on rêvait à l'excès. Dans les conversations, tous les monuments de pouvoir de la capitale explosaient les uns après les autres. Les bouches étaient pleines de revolvers, de bombes, de vitriol et de dynamite.

Fromental écouta, tria, s'orienta, jusqu'à dénicher un compagnon qui se vantait de rédiger pour *La Purée*. Avec une science toute romanesque, il mit l'homme en confiance sur des banalités, avant de glisser une allusion à la « mort d'un philistin ». Que savait-on au juste de l'éviction à l'arme blanche de ce Gustave Auduret-Lachaux ? Des camarades étaient-ils passés à l'action directe ?

Comme le visage grêlé de son interlocuteur se tordait en une grimace évasive, un remous signala l'arrivée de celui que tout le monde attendait. Une des rares femmes de l'assemblée entonna en son honneur *Le Chant des trimardeurs* qu'un chœur exalté reprit dans l'instant :

> *Nos exploiteurs veulent jouir sans cesse :*
> *Dans tous nos maux, ils trouvent un plaisir,*
> *Nous travaillons pour créer la richesse,*
> *Et de misère, ils nous font mourir.*
>
> *Allons, debout les trimardeurs !*
> *Tous les hommes, enfin, veulent l'indépendance ;*
> *Supprimons donc nos exploiteurs,*
> *Afin d'avoir le droit de vivre dans l'aisance...*

VI

SCÈNES DE LA VIE CONJUGALE

> L'enclos où le glaïeul fleurit auprès du chou...
>
> Georges FOUREST, *La Négresse blonde.*

L'inspecteur Abel Cyprien et sa femme habitaient une petite maison quelque part entre le port d'Austerlitz et l'ancienne barrière de la Gare. Un peuplier frissonnait dans une cour, repoussant dans l'ombre froide un potager maigrelet qui cherchait son soleil contre un mur de pierre rousse. De la fenêtre d'en haut on apercevait la Seine, on entendait les appels des bateliers dont les barges à futailles cabotaient entre les chais de Bercy et les entrepôts de la Halle au vin. Au plus près, c'était le roulement des attelages sur la route pavée qui longeait le quai, les haros des charretiers, et, par-derrière, les grondements enfumés du chemin de fer d'Orléans.

Mais, aux heures où l'inspecteur revenait chez lui, quand avait cessé le fracas du labeur environnant et que le peuplier en paraissait plus grand, c'était un

71

endroit apaisé et presque bucolique qui gardait comme un parfum coloré de ces rivages de maraîchages et de guinguettes que Fromental et son ami avaient connus dans leur jeunesse. Cyprien, tel un châtelain pointant fièrement la cime de grands arbres plantés bien avant lui sans que cela le dissuadât d'en revendiquer la paternité, présentait cette solitude temporairement silencieuse comme un succès personnel.

— Et dire que des gens vivent à Paris ! plaisantait-il avec une fausse compassion.

Fromental, qui était venu à pied en suivant la berge depuis le pont Saint-Michel (ce qui lui avait demandé moins de deux heures), hocha la tête.

— Tu as bien de la chance ! dit-il en suçotant le tuyau de sa pipe éteinte qu'il trouvait encore trop chaude pour la fourrer dans la poche de son paletot de velours. Tu vis presque à la campagne.

Le sifflet d'une machine à vapeur ulula dans la nuit de ce crépuscule précoce de fin d'hiver. Un convoi invisible ferraillait derrière les murs.

À la campagne aussi, les trains se faisaient de plus en plus fréquents, et les vaches semblaient les apprécier. Auduret-Lachaux, à ce qu'en avaient dit les journaux, était actionnaire des Chemins de fer de l'Ouest.

— Et toi, tu penses que les anarchistes n'y sont pour rien ! dit Cyprien en revenant à un fragment de conversation perdu en route tandis qu'ils faisaient le tour du propriétaire.

— Je te le répète : il y a dans la mise en scène de ce meurtre quelque chose de trop concerté, de vengeur, avec des arrière-plans retors. Les libertaires, autant que j'ai pu en juger, me semblent plus abrupts. Les procédés qu'ils se proposent de mettre en œuvre sont sans nuance, radicaux, d'une brutalité toute bête... Des procédés « naturalistes », si j'ose relancer notre querelle littéraire qui n'en est même pas une !

Ils firent trois autres pas dans la cour, avec une extrême lenteur, comme s'ils étaient las d'avoir parcouru un si vaste domaine. Cyprien insista :

— Donc, ce message... *Mort d'un philistin*... ne viendrait pas d'eux ?

— Le « camarade » avec qui j'ai pu discuter m'a convaincu d'une pure coïncidence. Le vocable « philistin » est à la mode, je te l'ai dit. Curieusement, il vient d'Allemagne où, sous la forme *Philister*, les étudiants de Heidelberg auraient été les premiers à l'employer avec obstination.

— Je ne vois pas ce qu'il y a de curieux, là-dedans ! « Flic », qu'on me dit dériver de *Fliege*, au sens de « mouche », vient aussi d'outre-Rhin et commence à s'entendre de plus en plus.

— Depuis la débâcle de 70 et le rapt de notre chère Alsace-Lorraine, n'est-on pas censé réprouver et détester tout ce qui vient des Prussiens ?

— Oh ! vingt ans après... Encore dix, et nous serons amis avec l'Allemagne !

— Vraiment ?

Perdue dans l'obscurité et invitant à passer à table, la voix de Mme Cyprien fit tourner court une conversation qui n'était pas sans risque. Malgré les opinions de certains individus trop attachés aux prophéties réconciliatrices – tristes sires que l'opinion la plus générale prenait l'habitude, non sans mépris, de traiter d'*intellectuels* –, le cœur des « vrais » Français restait tourné vers la sacro-sainte « Revanche ». Fromental, qui avait de la sympathie pour certains aspects de la réflexion libertaire (quand il y avait réflexion libertaire...) et se sentait pacifiste honnête plutôt que patriote haineux, n'avait pas encore abordé cette question avec son ami. Depuis leurs retrouvailles, ils ne s'étaient pas encore assez fréquentés. Sur ce terrain, il fallait se méfier des provocations. Autrefois, Abel et Georis avaient aimé les soldats pour leurs tambours et leurs plumes. Mais maintenant ?

Jeanne Cyprien était blonde et rondelette, avec des yeux noisette. Ses bonnes joues de paysanne, son corsage potelé et ses paupières lourdes lui donnaient une physionomie idéale de génisse puissante et sereine comme un artiste célibataire pouvait en souhaiter pour lui tenir son logis. Elle ne ressemblait aucunement à la Marthe efflanquée d'autrefois dont l'imagination énervée de l'écrivain avait eu l'étrange et vaine prémonition.

Au moment des présentations, en ne retrouvant dans ce solide visage aucune des inquiétudes de son rêve biscornu, Fromental avait éprouvé ce soulagement désordonné qui lui avait fait oser, sans réfléchir, un baiser « d'entre cousins » auquel Jeanne avait répondu par quatre bises claquantes. Elle venait d'une province aux récoltes grasses, à la cuisine robuste, aux mœurs vigoureuses. Mais, tandis que Cyprien augmentait alors à l'excès son enjouement naturel, un sentiment de réprobation frustrée était venu ternir l'allégresse de la première sensation éprouvée par Fromental : dans une efflorescence de soupe aux choux fermement confortée de poitrine fumée, une ébauche romanesque venait de s'évaporer ; et le visage d'oiseau volage de Marthe eût été mieux venu que celui de la Jeanne placide et replète.

Une lampe à pétrole éclairait la table où fumait la soupière.

— Le gaz n'arrive pas encore jusqu'ici, fit en souriant Cyprien. Et dire qu'à Paris certains s'éclairent déjà à l'électricité dont on prétend que tout le monde finira par l'avoir ! Cela prendra du temps.

— Le procédé fait de grands progrès, commenta Fromental.

— Oui, mais les gens s'en méfient. La plupart n'y voient guère d'avantages. Regarde, il y a tout ce qu'il nous faut : une huche à pain, une cuisinière à charbon, une pompe dans la cour, un poêle Godin pour l'hiver, un garde-manger en toile métallique, une brouette et un baquet pour la lessive... Que rêver de mieux ?

Fromental se tourna vers la femme de son ami. Ne rêvait-elle pas d'une machine qui lui laverait son linge à la maison au lieu de devoir aller se rougir les mains au bateau-lavoir ? Et d'une glacière qui garderait ses aliments au frais ? À l'ombre de cet ahurissant chandelier perforé de la tour Eiffel (que les pétitions des « intellectuels » n'avaient pas réussi à faire démonter), la grande Exposition en avait présenté des modèles qui n'étaient pas tous des chimères surgies de l'imagination de M. Jules Verne.

– Acceptez que je vous serve, proposa Jeanne sans prendre garde aux sous-entendus de la conversation.

Elle mouilla d'une louchée odorante la grande tranche de pain rassis qui garnissait le fond de chaque assiette. Le fumet qui s'éleva vers les cieux, comme rendu palpable dans les spirales d'une buée ardente, submergea Fromental. Tout le bonheur qu'avait laissé entendre Cyprien s'était concentré dans le cercle de faïence de cette assiettée paysanne liée au pain sec et ocellée de beurre frais. Mets des plus simples, pourtant, et d'une grossièreté campagnarde qui aurait dû exciter l'ironie de l'écrivain en alertant la méfiance du dyspeptique : sous la même appellation, on servait, dans les restaurants indignes où la nécessité confinait trop souvent le malheureux célibataire, de sinistres brouets dont l'odeur féroce n'était promesse que de ballonnements et de pétarades.

– Que regardez-vous donc ainsi, monsieur Georis ? demanda Mme Cyprien.

Fromental savourait sa soupe dans le recueillement, portant chaque cuillerée à sa bouche avec une gourmandise retenue, avant d'avaler en fermant les yeux.

76

Il laissait maintenant flotter son regard vers les songes réactivés de cette vie conjugale qu'il ne connaissait pas. Une chaumière et un cœur ! La maison du bonheur ! C'était bien ce dont Cyprien avait voulu lui administrer la démonstration la plus élémentaire.

– Chère madame, je me réjouis de la bonne tenue de votre maison, de la belle ordonnance des choses, de la beauté de ces fleurs cueillies sur les chemins, et de tout ce qui paraît simple comme bonjour, mais dont beaucoup ne mesurent pas la magnificence... Si vous saviez dans quel désordre empoussiéré je végète ! Mon concierge promet beaucoup et tient fort peu. Chacune de ses soudaines lubies de nettoyage s'abat aux pires moments. La saleté voltige et s'en retourne bientôt là d'où l'on avait prétendu la chasser. Les « moutons » ne font que changer de pacage, on ne les conduit jamais à l'abattoir. Ces pires moments dont je parlais sont ceux de l'écriture d'un chapitre crucial, d'une fin délicate ou d'un rebondissement ardu, qui exigent la plus impitoyable concentration et dont ce fatal agitateur de poussier me prive avec une inflexible cruauté.

– Mon pauvre monsieur, vous parlez comme si vous écriviez encore !... Pourquoi ne pas faire vous-même votre ménage aux heures qui vous conviennent ?

Cette stupéfiante suggestion provoqua le silence ébahi de Fromental qui regarda Cyprien avec embarras. L'heureux mari souriait aux anges, spectateur benoît de sa satisfaction domestique modestement célébrée.

— Déjà que j'ouvre moi-même ma porte ! se défendit l'écrivain. Aucune gouvernante, aucun valet ne se dérange quand on sonne. C'est assez montrer mon peu de situation. S'il fallait en plus qu'on aille raconter en ville que je manie le plumeau et secoue les carpettes ! Les journaux refuseraient mes papiers et les éditeurs dédaigneraient mes manuscrits. On aurait tôt fait de colporter que je n'ai aucun talent...

— Voilà un métier bien compliqué, soupira la bonne Jeanne en remportant la soupière. Je vais servir le rôti et ses légumes. Après, il y aura du fromage de Brie qu'un pailleux de Jouarre m'a vendu ce matin et qui vient de sa ferme. Avec nos dernières pommes qui ont passé sagement l'hiver sur leurs clayettes, j'ai préparé une tarte qui profitera bien du four encore chaud.

— Heureux homme, joyeux capitaine ! murmura Fromental en lançant un clin d'œil à son ami.

Dans la pénombre d'une porte entrouverte, il devinait un lit ventru comme un navire hauturier, bordé de toiles blanches sous sa couette plumeuse et solidement amarré par quatre pieds en boules à un parquet ciré qui luisait comme un océan lisse sous une faible lune. Il n'y aurait qu'un court sillage de la cuisine à la chambre, en passant par cette pièce à vivre où l'on soufflerait le phare de la lampe... Cyprien était-il aussi satisfait qu'il semblait vouloir l'afficher ? Fromental eut le sentiment que son vieux camarade d'enfance ne se posait pas toutes les questions que lui se posait. En acceptant l'ordonnancement de la vie conjugale, Cyprien s'était dégagé de l'harassante obsession des tâches ménagères et des nécessités culinaires. Ainsi échappait-il à toutes sortes d'embarras de la pensée que lui, l'artiste, subissait pour rançon de sa liberté supposée. Ces viandes au four et ces soupes au lard punissaient le vieux garçon de passage. Le parfum flambé de la tarte creusait un désespoir muet derrière sa gratitude affichée de convive bientôt rejeté dans la nuit de solitude qui l'attendait.

– Tu sais, avoua Cyprien au bout de ce temps méditatif, ce n'est pas toujours si facile. L'harmonie n'est qu'apparente. Je ne suis pas toujours à la maison aux bonnes heures. Ce soir, nous avons de la chance : la viande est cuite sans brûler et je suis déjà là, et bien là !

Comme s'ils eussent guetté cette fin de réplique pour rentrer en scène en quittant le décor derrière lequel ils attendaient, Courtin et Grandier s'en vinrent crier sous les fenêtres que le commissaire demandait sans délai l'inspecteur : il y avait eu un crime.

VII

MORT D'UNE BÉOTIENNE

> La mort n'est que pour les médiocres.
>
> Alfred JARRY, *Gestes et opinions
> du Dr Faustroll, pataphysicien.*

À l'exception d'une écharpe de mousseline qui voilait à peine son sexe lisse, la femme était nue. Elle paraissait toute jeune, adolescente, étroite d'épaules et de hanches. Un lourd bandeau de cheveux d'or tressés en couronne sous sa nuque soutenait son visage d'une joliesse un peu fade dont les yeux mi-clos reflétaient encore une ombre de tristesse songeuse. Elle reposait au niveau du sol sur une tenture d'un noir de jais arrachée à l'une des hautes fenêtres de cet élégant hôtel particulier de la plaine Monceau. Sa main droite menaçait d'une dague affilée les petits seins pâles de son corps longiligne. Et c'était comme si elle voulait se poignarder, comme si elle l'avait déjà fait. Mais c'était sous le flanc gauche que le poinçon l'avait mortellement percée, d'une unique morsure qui n'avait guère saigné.

– On a dû la maintenir sur le ventre pour la frapper, expliqua d'un ton distant un médecin en redingote. (Fromental avait reconnu le physicien à barbe grise qui était déjà intervenu lors du précédent meurtre.) À moins qu'elle n'ait été frappée debout et ensuite basculée au sol. Le poumon a sans aucun doute été déchiré. Des spumosités rosâtres auraient dû être constatables. Il n'y a rien. Tout est propre. Hémorragie interne, sans le moindre doute. L'assassin a nettoyé sa victime avant de disparaître... Ah ! il nous manque une oreille, à gauche, et fort proprement tranchée... Quelqu'un a-t-il vu une oreille quelque part ?

Des silhouettes silencieuses se croisèrent lentement en cherchant au sol, hochant négativement ou basculant la tête de droite et de gauche.

Le commissaire qui avait fait mander Cyprien était en habit de soirée. Sa volonté de repartir au plus vite était flagrante. Avec une délicatesse respecteuse des usages, il tenait son haut-de-forme du bout des doigts tandis que la plupart des hommes présents gardaient leur melon vissé sur la tête.

— Cyprien, je vous demande de relier cette enquête à la précédente et de coordonner les investigations autant que les hypothèses, ordonna-t-il. En raison des similitudes avec l'affaire Auduret, n'est-ce pas ? Je suis sûr que vous l'avez reniflé au premier coup d'œil.

Il présenta un bristol dont Fromental imagina qu'il devait justifier l'invitation à la soirée à laquelle le commissaire était pressé de se rendre.

— *Mort d'une béotienne*, murmura Cyprien.

Il tourna et retourna le carton.

– La même écriture, apparemment. Sans la moindre tentative de la contrefaire...

– À quoi bon, puisque la mise en scène est elle-même une signature, une écriture !

– J'allais vous le dire, monsieur le commissaire.

– Eh bien, puisque vous êtes toujours aussi futé, inspecteur Cyprien, prenez donc les choses en main. Je suis attendu.

Après l'ébauche d'une seconde de recueillement devant la victime, il s'éloigna et disparut.

– Au moins, on est tranquilles ! marmonna Cyprien.

D'instinct, Fromental s'était maintenu dans l'ombre familière de Courtin et Grandier. Sans vraiment se connaître, ces compagnons d'aventure pouvaient désormais se côtoyer sans se gêner. Cyprien s'approcha.

– « Mort d'une béotienne », tu comprends ça ?

– Les Béotiens, paysans d'une des provinces de la Grèce antique, étaient réputés, à tort ou à raison, comme lourdauds et gloutons...

– Il ne s'agit pas de cela.

– Bien sûr ! Les « béotiens » de notre temps ne sont que des bourgeois lourds d'esprit et qui trouvent l'art indigeste. Ignorants et fiers de l'être. C'est ainsi qu'on emploie ce mot depuis les romantiques, n'est-ce pas ?

– Justement, ici c'est tout à fait le contraire. Cette malheureuse dame s'appelle Isa Ermont. Elle a l'air d'une petite demoiselle, mais n'en est pas vraiment une, si tu t'approches un peu mieux... Ce n'est plus une gamine. Elle se trouve être la seconde épouse du collectionneur d'art Charles-Népomucène Ermont : irréprochable en matière de goût artistique. Sauf peut-être cette bizarrerie de s'être entichée, il y a une vingtaine d'années, de ce Hollandais dont plus personne ne voulait. Tu vois qui je veux dire ?... Des tableautins représentant des gens sans importance dans des intérieurs flamands... des petites scènes anecdotiques... et aussi des paysages de villes. Un peintre du XVIIe siècle jugé d'un médiocre intérêt et presque oublié. Hein ! tu vois qui je veux dire ?

— Vermeer de Delft, sans doute...

— C'est ça, Vermeer de Delft ! Maintenant à la mode et devenu bien coûteux. Peut-être à cause de Charles-Népomucène... La cote des peintres, c'est presque toujours une affaire de snobs. Quelques petits cercles qui décident pour les autres de ce qui en vaut la chandelle. Les prix montent, montent... Puis, un jour, un mouvement contraire et on considère que ça ne vaut plus un clou.

Fromental écoutait en boudant. Cyprien l'avait déjà assez agacé à propos du naturalisme en littérature, et maintenant voilà qu'il glissait peu à peu, en matière d'art pictural, vers des propos qui finiraient par en faire un « philistin » et un « béotien », si on n'y mettait le holà.

— La collection Ermont n'a aucune réputation de snobisme, s'insurgea l'écrivain. En dehors de toute querelle sur la valeur des peintres contemporains, Charles-Népomucène Ermont ne s'est intéressé principalement qu'à la Renaissance italienne et au XVIIIᵉ siècle français... Malheureusement, je n'en vois ici aucun exemple.

Il fit tourner son regard vers chaque horizon de l'immense pièce. Les toiles accolées les unes aux autres n'avaient rien à voir avec les chefs-d'œuvre espérés. Hormis un ange musicien dont la grâce vaporeuse, sur un arrière-plan de collines à cyprès, sentait sa Renaissance italienne, tous les tableaux paraissaient d'une exécution récente, pas toujours heureuse et souvent d'une facture laborieuse. À mieux y regarder, ce n'étaient même pas des Meissonier, des Cabanel ou des Bouguereau qui étaient épinglés sur l'amarante qui tapissait les murs, mais des imitations de ces maîtres académiques par des apprentis « pompiers » encore mal formés et aux noms inconnus. Il y avait là beaucoup de scènes tragiques où périssaient des filles de rois et des amantes de poètes, des esclaves au puits surprises à demi nues par des Levantins farouches, des harems langoureux et des bains turcs alanguis, des fiancées vendues, des reines décapitées, des vierges saintes subissant leur martyre avec des regards chavirés.

– Ce sont tous des connaissances de Madame, murmura une voix douce mais un peu rauque. Les modèles, surtout, étaient des amies de Madame. Les collections de Monsieur, je pourrai vous les montrer si vous le souhaitez. Mais le moment est bien mal choisi, n'est-ce pas ?

Fromental se retourna. Cyprien grinçait déjà :

– Qui êtes-vous ?

Une silhouette intimidée se tenait dans l'ouverture de la porte principale. Serrée dans un manteau noir à parements rouges, elle présentait l'extrême minceur galbée de ces officiers de dragons qui portent le corset sous leur vareuse afin d'obtenir cette rigidité gracile qui fait chavirer le cœur des femmes. Une chapka de loutre, qui semblait démodée, ou n'était pas encore à la mode, confirmait cette allure innocemment martiale. La jeune femme, qui pouvait avoir une vingtaine d'années tout au plus, salua avec une grâce un peu garçonnière. Son visage d'une blondeur lumineuse et encore enfantine, aux traits nets, à la mâchoire fermement tracée, fit briller le regard de Fromental.

– Je suis la secrétaire particulière de Mme Ermont, dit-elle (et la sensualité un peu rugueuse de sa voix sourde fit naître un frisson sur la peau de l'écrivain). On m'a prévenue. C'est affreux. Le meurtre a eu lieu cet après-midi, cette nuit ?

– Ce soir, oui, grommela Cyprien. Qui vous a prévenue ?

– Seriez-vous de la police, monsieur ?

– Inspecteur Abel Cyprien, de la Sûreté générale.

– Mademoiselle Hyacinthe Péridot, dit-elle en tendant son bras ganté de chevreau gris tendre.

Cyprien lui pinça le bout des doigts, sans courtoisie, tout en arrachant de sa poche un calepin recouvert de moleskine noire.

86

– C'est votre patronyme d'état civil ? questionna-t-il en suçotant la mine d'un trognon de crayon à encre.

– Le nom que m'ont donné mes père et mère.

– Et ce prénom est aussi celui qui figure sur votre acte de naissance ?

Elle acquiesça tout en glissant un regard du côté de Fromental que l'attitude peu courtoise de son ami semblait contrarier. Cette demoiselle Hyacinthe était-elle d'un genre de femmes que l'inspecteur n'aimait pas, ou bien voulait-il, par stratégie, se conformer au cliché du policier malgracieux ? Mais peut-être était-ce le souvenir du repas de Jeanne et de cette viande juteuse qui était en train de se dessécher loin des convives qui le mettait ainsi de méchante humeur.

– Et toi, tu ne notes rien ! gronda-t-il

Interloqué, Fromental récupéra son carnet vert. Il y inscrivit le nom et l'adresse de la jeune femme, tout surpris de les obtenir si facilement.

– Hyacinthe, c'est plutôt masculin, marmonna Cyprien.

– Mes parents attendaient un garçon. Ils n'avaient rien prévu d'autre... L'hyacinthe, c'est aussi une fleur et une pierre fine... Et je ne suis certainement pas la première fille à me prénommer Hyacinthe.

– D'accord. Qui vous a prévenue ?

– Un message, au téléphone.

– Vous avez le téléphone... ?

– Non, mais la brasserie en bas de chez moi le possède depuis peu. Le caviste est monté m'avertir. Je ne sais même pas qui a appelé. Ça n'est pas vous, de la police ?

Elle restait ostensiblement tournée vers Fromental.

— Je ne suis pas membre de la Sûreté, dut à nouveau se défendre le littérateur.

— Vraiment ? Alors, je comprends mieux...

— Je m'appelle Georis Fromental et je suis romancier, parfois courriériste.

— Ainsi s'expliquent vos remarques à propos des tableaux de Madame Isa et de ceux de feu son mari... Seriez-vous là pour préparer un article sur cet assassinat ?

— Qui vous a parlé d'assassinat ? intervint Cyprien. Vous venez d'arriver et vous ne savez rien ! Ou bien vous en savez trop...

Elle ne se démonta pas. Toujours immobile sur le seuil de la grande pièce, elle n'avait à aucun moment tenté le moindre mouvement vers l'intérieur, comme si une invisible barrière l'eût empêchée d'aller plus loin. Elle avait l'air d'une poupée automate au mécanisme arrêté.

— Le message disait que Mme Isa Ermont venait d'être poignardée à son domicile...

— Admettons... La mort de votre patronne ne semble guère vous affecter.

Mlle Péridot ne répondit rien. Aucun autre sentiment que celui de ne rien laisser transparaître de ce qu'elle pouvait bien éprouver n'était lisible sur son visage. Fromental eut l'intuition que la vie de cette jeune femme avait déjà été confrontée à des situations délicates où la dissimulation s'avérait nécessaire.

— Madame avait donné congé à tout le monde. Aujourd'hui, personne n'était là pour... Mais alors, qui a découvert le crime ? s'enflamma-t-elle.

— Les questions, d'habitude, c'est moi qui les pose.

— Oh ! dites-moi quand même, inspecteur... Ce secret ne sera certainement pas gardé bien longtemps.

Cyprien se laissa fléchir :

— La chambrière de Mme Ermont est revenue plus tôt que prévu après s'être fait poser un lapin par son amant. Pour un peu, elle aurait pu buter sur l'assassin et y perdre sa propre vie. Elle l'a si bien compris que ses nerfs ont lâché. Depuis, elle reste prostrée dans une sorte d'hébétude et nous n'arrivons plus à en tirer quoi que ce soit.

— Pauvre chose ! Comme je la comprends.

— Vous, au moins, vous gardez la tête froide.

— Pourquoi aurais-je peur ? Je n'avais aucune raison de revenir ici avant demain et ne risquais donc pas de croiser la route du meurtrier.

— Hum !... J'espère que vous pourrez tout de même nous éclairer sur votre emploi de ces dernières heures.

Elle battit des mains. Le ressort avait été remonté dans le tréfonds secret de l'étonnante poupée. Fromental était de plus en plus fasciné.

— Est-ce cela que vous appelez un « alibi » ? demanda-t-elle. C'est un mot qui me plaît bien. On le trouve dans les romans, mais on ne l'entend jamais dans la vie.

Cyprien ébaucha un haussement d'épaules. Puis, comme le médecin légiste en avait terminé de ses constatations préliminaires, on vint demander à l'inspecteur de bien vouloir organiser le transfert du corps à la morgue. Il y avait des ordres à donner. Fromental resta seul avec la jeune femme.

– Vous pensez que je peux m'approcher ? demanda-t-elle. Juste un peu... Pauvre Madame Isa !

Sans attendre de réponse, elle risqua quelques pas dans la grande chambre. Lorsque la traîne évasée du manteau effleura Fromental, il frissonna de nouveau, embarrassé autant que fasciné.

– Oh ! mais vous la montrez nue devant tous ces hommes en chapeau ! Quelle honte !... (Elle ajouta dans un souffle :) On disait que je lui ressemblais un peu... Et qui lui a pris ses bijoux ?

– Quels bijoux ? sursauta Fromental en retrouvant un instinct d'enquêteur.

– Ses bagues de saphir et de perles... Et le diamant, souvenir de Monsieur. La petite chaîne de cou avec le camée de la reine Hortense... Elle ne les quittait jamais.

Fromental nota scrupuleusement dans son carnet vert. Apparemment, ces bijoux ne se trouvaient pas là, non plus que l'oreille gauche de feu Mme Isa Ermont... Mais il ne dit rien à ce sujet.

Deux agents de la Sûreté replièrent sur le corps blafard un large pan de la tenture de deuil sur laquelle on l'avait trouvé. Fromental songea au rideau du temps qui annule toute chose ici-bas ; et la blancheur du cadavre, exaltée par la noirceur du tissu, fit naître en lui ce fugace sentiment de déjà-vu qui désarçonne le souvenir et fait douter la raison. À quoi son esprit le plus caché avait-il bien pu songer ainsi, l'espace d'un éclair ?

— On a trouvé, près du corps de la victime, un bristol portant ces mots : *Mort d'une béotienne...* Je ne sais si je dois vous le dire, mais enfin, on ne me l'a pas interdit non plus !

La jeune femme recula. Elle vint presque se serrer contre Fromental, posant sur son poignet sa main gantée. Il eut l'impression d'être élu, captif. Les longs cils pâles battirent plusieurs fois et des yeux vifs scrutèrent son visage.

— Le policier, il ne me plaît pas. Mais vous, je vous aime bien...

Fromental se sentit perdu. Il se réfugia derrière sa barbe et prit un air renfrogné. Hyacinthe souriait comme un ange de cathédrale.

— Béotienne, Isa l'était un peu, sans doute, murmura-t-elle. Elle n'avait pas le savoir ni le goût de son mari et, en matière d'acquisitions, faisait trop confiance à de bons amis qui sont aussi de méchants peintres... Tenez ! elle venait d'acquérir un Pierre Duval-le-Camus à la place d'un Jules Alexandre Duval-le-Camus. Passe encore ! Certains estiment que le père vaut bien le fils. Mais payer un Évariste Fragonard au prix d'un vrai Jean Honoré Fragonard... Un

Horace Vernet n'est pas un Carle Vernet, ni un Joseph Vernet ! Vous me comprenez, monsieur, si l'art pictural vous intéresse, comme j'ai cru le deviner.

Fromental lissa une pointe de sa moustache.

– Un de mes grands-oncles, alors étudiant à l'Académie, m'a souvent parlé du salon des Duval-le-Camus, rue Vivienne. Une ambiance plutôt bon enfant, sans rapport avec le débraillé de la vie d'artiste qu'on a connu par la suite...

– Oh ! je vois que vous faites partie de ce beau monde et que je n'aurais sans doute rien à vous apprendre !

Fromental fit une moue évasive. Il n'avait mis nulle gloriole dans cette anecdote familiale, bien qu'elle eût pu impressionner la jeune femme. Un nom qu'il n'avait plus entendu prononcer depuis longtemps avait ravivé un souvenir. Après tout, pourquoi ne pas en profiter pour pousser plus avant la conversation tout en lui donnant un petit vernis de familiarité et de confidence...

– Mon grand-oncle se voulait amoureux de la demoiselle Duval-le-Camus qui a finalement épousé Georges Duplessis, l'actuel conservateur des Estampes à la Bibliothèque nationale... Quant aux Vernet, il y en a un dont la sœur était une des grands-mères d'un extravagant *detective* anglais nommé Sherlock Holmes. Ses aventures, assez époustouflantes, sont pour l'instant inconnues en France, et c'est dommage. J'ai eu l'occasion d'en lire quelques-unes, de celles parues dans le magazine londonien *The Strand*, grâce à un confrère qui traite les dépêches venant de Grande-Bretagne.

— Est-ce que ce détective existe pour de bon ?

— Bien sûr qu'il existe ! Tout autant que vous et moi.

— Des romans judiciaires, est-ce cela que vous écrivez, monsieur, comme ceux de MM. Émile Gaboriau ou Fortuné du Boisgobey ? Pardonnez-moi si je n'ai pas retenu votre nom, n'ayant pas comme vous un petit carnet de toile verte.

— Non, je n'écris pas ce genre d'histoires. Je m'appelle Fromental et...

— Fromental... mais oui ! L'auteur de *L'Abattoir d'amour*, n'est-ce pas ? Je l'ai lu... avec intérêt, mais aussi avec reproche pour toutes ces grossièretés et impudeurs qui ne peuvent que froisser. À vous voir, je suis sûre que vous méritez mieux ! Vous n'avez rien du porcher brutal auquel on aurait pu s'attendre.

Fromental resta stupide. Qu'il puisse rencontrer quelqu'un qui avait lu l'un de ses livres le déconcertait. Et la réprobation implicite sur le naturalisme morbide qui imprégnait encore les pages de ce roman ne le désolait même pas. Cette étonnante jeune femme le ficelait dans un faisceau de liens insidieux.

— Mais... nous avions plutôt à parler de peinture, bredouilla-t-il. La prestigieuse collection Ermont...

— Nous vous la montrerons ! Avant qu'elle parte au Louvre, au Luxembourg ou je ne sais où... Peut-être restera-t-elle ici. La création d'une fondation reste possible, même si je n'ai pas pu la mener à bien. C'était le vœu de Charles-Népomucène... Madame ne s'en est pas souciée comme il convenait. Sans doute se croyait-elle immortelle !

Une bonne part de la fascination de Fromental tenait à l'aisance presque « libertaire » avec laquelle Hyacinthe s'exprimait : elle semblait à la fois calculer ses phrases et les lâcher en dehors de toute convenance (pour une femme, bien sûr ; un homme pouvait dire ce qu'il voulait comme il voulait). Fromental eut la conviction que la jeune femme jouait, qu'elle s'amusait et qu'il n'était, lui, qu'une pièce sur son échiquier. Roi, fou, cavalier ou simple pion, face à une telle reine il acceptait la partie.

Cyprien revint vers eux à grandes enjambées, tapotant de sa canne la jambe de son pantalon comme s'il cravachait des bottes de chasse.

— Je dois te laisser, l'affaire est délicate ! murmurat-il après avoir entraîné son ami à l'écart. Beaucoup d'argent en jeu, avec un monceau d'œuvres d'art ! L'État va s'en mêler. Le commissaire m'a délégué toutes ses fonctions, comme tu as vu... Occupe-toi de cette fille. Elle a envie de te parler. Avec moi j'ai bien senti que ça n'irait pas loin. Elle va se fermer comme une huître. Ouvre-la, gobe-la !

Il s'éloigna en parfait cavalier impétueux, entraînant, telle une vague en reflux, toute la brigade qui encerclait la dépouille d'Isa Ermont jetée sur un brancard. Un commis du Palais faisait chauffer à la pointe d'une chandelle un bâton de cire à cacheter les scellés.

– Et nous, qu'est-ce qu'on devient ? s'attrista Hyacinthe avec un dépit d'ingénue constatant que la scène est vide, autant que la salle désertée de ses spectateurs.

– On va souper ! décréta Fromental avec cette vigueur implacable dont il savait qu'elle peut plaire aux femmes qui vous plaisent et qui l'ont compris.

VIII

CONVERSATION DANS UNE ALCÔVE

> La faim et l'amour sont les deux axes du monde.
>
> Anatole FRANCE, *La Vie littéraire*.

Fromental ne connaissait guère le quartier Monceau. L'entrelacs dépouillé des grands arbres du parc ne donnait pas envie de s'attarder. Un rocher aux arêtes vives écrasait de son contour violacé l'eau d'un bassin oblong dans lequel se reflétait l'alignement menaçant d'une colonnade arrachée à on ne sait quel faux temple grec. Étirant les ombres, la lumière incertaine provenait des rares lanternes à gaz des rues environnantes et des fenêtres de certains immeubles donnant sur le jardin. Mais tout était désormais obscur sur la façade de pierre neuve de l'hôtel d'Ermont. Hyacinthe se serra frileusement contre Fromental et il aurait pu lui prendre la main.

– Connaissez-vous un bon endroit, par ici ? demanda-t-il.

– S'il vous plaît, prenons un fiacre et rapprochons-nous de chez moi. Ensuite, je pourrai rentrer à pied.

Allons au Café Riche ou chez Galopin : il y a toujours de la place.

Il n'y avait aucune place. C'était la sortie des théâtres et le bouclage des journaux. On leur proposa d'attendre en buvant une flûte. Le tohu-bohu était à son comble.

Ils s'enfuirent, abandonnant les Grands Boulevards pour filer le long de la Bourse dont l'austère fronton restait figé dans un silence de mort, oublieux des clameurs affairées de la journée. La jeune femme trottait vivement et son cavalier en perdait le souffle de ses questions auxquelles on répondait par un rire, un soupir, un oui ou un non ; il n'obtenait rien de sérieux.

Les rues étaient désertes. Pourtant, quand le couple se laissa rouler dans la porte à tambour d'une brasserie qui paraissait perdue au bas bout de la rue Vivienne (à deux pas des souvenirs amoureux du grand-oncle Fromental), une buée de cuisine en plein « coup de feu » leur enflamma le visage. On les poussa vers une alcôve, dans un bourdonnement de conversations entremêlées.

Hyacinthe dégrafa son manteau d'officier. Comme son corps était mince ! Et à peine souligné de quelques courbes ébauchées... Fromental s'aperçut qu'elle portait en dessous un de ces nouveaux « costumes tailleurs » à veste longue et jupe « courte » qui dévoilait le bas de la cheville. Mode audacieuse, récente, dont les bien-pensants prédisaient l'abandon rapide. Avec cette chemisette de simple linon sans dentelle ni broderie et qui s'arrêtait au ras du cou, il y avait là un je-ne-sais-quoi d'un peu trop déluré et de presque viril. Il ne s'en trouva nullement gêné. La beauté garçonnière de Hyacinthe Péridot n'était pas pour lui déplaire.

Ne pas souper en cheveux eût été plus convenable, mais dans la touffeur animée de la brasserie, la toque de loutre paraissait excessive : la jeune femme l'ôta, dévoilant une auréole de blonde avoine qui lui faisait une tête ronde de groom ou de collégien. De tous les coins de la salle, des regards convergeaient vers ce couple de nouveaux arrivants. Fromental frissonna agréablement du trouble discret que provoquait sa compagne, laquelle semblait ne se rendre compte de rien.

L'alcôve était tendue de velours ponceau, entre un cocotier aux palmes plumeuses et une torchère de laiton d'où jaillissaient des globes de lumière adoucie par des verres sablés aux motifs fleuris. Des mosaïques dans le goût de l'antique garnissaient le sol et s'incrustaient au-dessus des boiseries de chêne foncé. La nappe ronde irradiait une blancheur de neige fraîche et l'argenterie scintillait. Tout était d'une richesse apparente dont Fromental s'inquiéta. Il n'avait que quelques louis pour finir le mois, et les hypothétiques dividendes de l'imprimerie Fromental & fils, dont il n'était qu'un maigre actionnaire, n'allaient pas le renflouer de sitôt.

– Oh ! je prendrais bien un buisson d'écrevisses ! s'enthousiasma la jeune femme.

Elle venait de voir passer, par l'arcade ouverte sur la grande salle, un maître d'hôtel bilieux, chauve, sérieux comme un pape, qui processionnait avec un respect guindé une pyramide de crustacés d'un rouge cardinalice, alignés en pointe sur un obélisque de persil ébouriffé.

— Encore heureux qu'ils aient renoncé à ces garnitures en rochers de Cancale, marmonna Fromental. De la gelée de colle de poisson ébouillantée sans ménagement dans une friture de graisse de rognon de bœuf...

Hyacinthe ne parut pas saisir le sens de ces paroles, mais elle en perçut la menace et réagit en fine mouche :

— À vrai dire, je n'ai pas une très grande faim, soupira-t-elle avec grâce en se détournant de la salle.

Avec effarement, Fromental apercevait le ballet des plateaux de coquillages tenus à bout de bras, les canetons rôtis qu'on dévoilait sous des cloches d'argent, les soles qu'on flambait dans un embrasement satisfait, le chariot des fromages qu'on réclamait de tous côtés, pour finir d'apaiser une fringale qui n'avait pu être vaincue. Un soufflé à l'orange, doré et fumant, passa au ras de l'alcôve.

— Un buisson d'écrevisses est une excellente chose, décida l'écrivain.

Ils choisirent un vin de tokay et retrouvèrent leur conversation. Le spectacle de la salle ne les intéressait plus.

La secrétaire d'Isa Ermont révéla un secret qui, comme tous les secrets, n'aurait eu aucun intérêt si

personne n'avait eu à le connaître : Charles-Népomucène Ermont, dont l'intérêt pour la peinture n'avait
cessé de faire monter les prix auprès de chacun de ses
fournisseurs et rabatteurs, avait bien plus discrètement
engrangé une petite collection de peintres impressionnistes achetée à bon compte par précaution spécula-
tive : il était convaincu que les ricanements de la
critique et les injures du public finiraient par se calmer, que le vent tournerait et que la nouveauté de
cette peinture – radicale, ici, parce qu'elle faisait fi de
la bienséance et balayait les contraintes académiques –
ne pourrait que finir par s'imposer. Ce n'était pas à ce
genre d'œuvres qu'il avait choisi de se consacrer, mais
il comptait sur la plus-value de ces toiles-là pour finan-
cer ce projet de fondation que sa mort soudaine avait
laissé aux soins de sa veuve. La dernière exposition des
impressionnistes avait eu lieu quelques années plus tôt.
On en était déjà aux rétrospectives Pissarro et Renoir, et
on annonçait pour bientôt une grande exposition Degas.
Le calcul de Charles-Népomucène s'avérait judicieux.

– Mais qui va hériter de toutes ces collections
dont la valeur a bien pu susciter ce meurtre ? demanda
Fromental.

– C'est l'État qui hérite, et personne d'autre. Le
testament Ermont est formel, précis et déjà enregistré.
Il devient effectif avec la mort de sa veuve.

– C'est donc à l'État que profite le crime...

– À nous tous, oui, puisque l'État c'est nous !
L'État qui va devoir accrocher au mur et qui ne pourra
rien vendre... sauf peut-être les impressionnistes !

— Allons donc !... Pourquoi cela ?

— Je vous l'ai dit : cette collection est « secrète » et ne figurait pas dans le testament ni dans la convention de future fondation. Ces tableaux peuvent revenir sur le marché si l'État décide de s'en débarrasser, ce qui est l'hypothèse la plus vraisemblable. Comme vous l'avez certainement lu dans ces journaux pour lesquels vous écrivez, monsieur, l'École des beaux-arts s'est plus d'une fois insurgée contre l'offense honteuse faite à l'Art, et à toute son histoire, par lesdits impressionnistes ! Une injure à la civilisation française, à la Patrie, à la Nation !... Ces tableaux seront bazardés. Ils partiront à l'étranger.

— Chère mademoiselle, je sens que vous soupçonnez une machination de ceux qui sont prêts à racheter à bas prix. Seraient-ils allés jusqu'à commettre un assassinat ? Vous les connaissez ?

— Celui qui aurait été ravi de s'emparer de cette collection annexe, c'est le roi du calorifère...

— Auduret-Lachaux ?... Mais il est mort !

— Je sais bien.

— Et il collectionnait, lui aussi ?... Nous l'ignorions.

— Il ne faisait que commencer. Il rassemblait avec discrétion, lui aussi. Il avait de grandes ambitions, dans une rivalité avouée avec les époux Ermont. C'est pour cette raison qu'il avait racheté l'hôtel de Saint-Fontenay-Laferté, dans le Marais. Je l'ai entendu dire : « Puisque Ermont veut coller de la Renaissance et du Louis XV dans une bâtisse moderne, eh bien, moi, j'installerai du moderne dans un hôtel Grand Siècle ! »

– Ça alors !

Fromental se trouva tout excité par un sentiment jouissif de supériorité : il anticipait le plaisir de révéler à Cyprien une information capitale qui, au-delà de la similitude des mises en scène, reliait les deux crimes.

– Vous me stupéfiez ! Comment savez-vous tout cela ?

– J'ai été approchée par Auduret. Il avait compris qu'Ermont le précédait souvent sur des acquisitions qui l'intéressaient. Vous savez, c'est quand même un petit monde, et les marchands de tableaux qui se soucient des impressionnistes ne sont guère nombreux sur la place de Paris. Les secrets y sont vite éventés.

Fromental leva plusieurs fois un sourcil perplexe. Il se prit la pointe de la barbe à pleines mains et sembla réfléchir durement. Cyprien, mieux que lui sans doute, aurait su mettre les soupçons dans le bon ordre et formuler les réquisitions qui s'imposaient.

En débarrassant les rapières et les cuirasses des écrevisses vaincues, le maître d'hôtel informa qu'un ultime caneton était à point : rosé au bréchet et croustillant de peau. Fromental et Hyacinthe le partagèrent.

– Connaissez-vous la peinture des impressionnistes, monsieur ?

– J'ai eu à rendre compte de certains de leurs vernissages. On n'y vernissait rien, mais on buvait beaucoup... Comme vous le savez, les impressionnistes négligent les astreintes techniques : les fonds de toile sont mal préparés, la peinture coule en tubes, on boude la juste anatomie des choses, la perspective est souvent floue, la lumière est la reine du bal et on fait danser les couleurs. Pour finir, on se moque bien de vernir des tableaux qui n'ont rien de la peinture léchée des Salons officiels.

— Dois-je comprendre que vous ne les appréciez guère ?

— Bien au contraire ! Ce charivari des habitudes est résolument moderne ! Et la mélancolie des paysages et des êtres mis en lumière dans la mouvance du temps qui passe trouve sa résonance dans mon tempérament et mes écrits... Chez moi, j'ai même quelques petites choses de Pissarro, de Manet et de quelques autres, dont je ne sais si je dois me montrer fier ou honteux de les avoir achetées à si bon compte... Renoir était déjà trop cher... Mais je dois vous avouer que le courant symboliste qui se dessine actuellement me fascine davantage. L'impressionnisme a trop négligé la forme et l'idée. Un certain élan spirituel, voire ésotérique, m'attire aussi par son mystère...

— À la bonne heure !

— On ne pourra indéfiniment peindre des repasseuses au travail ou des chaumines au bord de la rivière...

— Je m'étonne : vous qui êtes un écrivain naturaliste... La peinture impressionniste ne cherche-t-elle pas à rendre compte des choses communes ? Elle se confronte au fameux « réel » qui vous est cher. Elle fuit l'atelier et part traquer le « motif » en plein vent.

Elle enquête à sa façon, et met en scène la vie la plus simple... Et elle le fait avec moins d'âpreté que vos romans qui, trop souvent, se complaisent dans le sordide.

Fromental soupira. Fallait-il qu'on le tracasse encore avec cette querelle du naturalisme ? Hyacinthe lui avait suffisamment laissé entendre qu'elle réprouvait, elle aussi, toute complaisance pour la vulgarité et l'obscénité, le manque de goût et de style, le tout enrobé dans d'ineptes prétentions scientifiques. Il savait à quoi s'en tenir. Il avoua d'ailleurs ses incertitudes sur ses choix artistiques. Il aurait pu lui-même dresser son réquisitoire. Il avança pourtant quelques remarques sur le « réalisme » dont l'héritage lui paraissait plus certain.

— Il ne s'agit pas d'être photographe, ni même historien, mais plutôt conteur, raconteur d'histoires. Des histoires qu'on peut croire vraies, car proches de ce que chacun peut vivre ou savoir.

— Eh bien, tout cela, monsieur, me semble encore bien terre à terre. Vous vous contentez en somme de refléter la médiocrité du monde. Un monde où seul l'argent mesure la valeur de l'homme. Autant dire que vous ne faites dans vos œuvres aucune place à la Beauté. Je veux bien entendu parler de la Beauté suprême. Néanmoins, puisque je vous sens tenté par, disons... « autre chose », et que vos certitudes paraissent moins affermies, sachez que je connais certains artistes qu'anime un véritable amour de la Beauté. Des peintres d'âme... Peut-être vous serait-il profitable de les rencontrer.

Mais comment lui parlait-elle !... La Beauté majuscule ! Un discours d'impudent petit bas-bleu. Oubliait-elle qu'elle n'était qu'une femme parmi les femmes auxquelles la nature n'a accordé que de faibles facultés de raisonnement ?

Jamais Fromental n'avait côtoyé de fille capable de lui assener de telles répliques. Il songea à la rondeur culinaire de Jeanne Cyprien et n'imagina pas un seul instant la petite demoiselle Péridot capable de lui assurer son fricot ; mais lui tenir tête dans la conversation, ça oui, elle le pourrait avec aisance ! Elle lui faisait une dispute d'idées avec des mots qui auraient pu être les siens. Et, dans ce jeu de miroirs dont il s'agaça soudainement – car c'est bien à cela que servent les miroirs –, il se trouvait en même temps heureux d'être une dupe consentante et ravie.

IX

MORT D'UN JOCRISSE

> L'homme maigre n'éprouve pas devant
> la nature les mêmes sensations que l'homme
> gras.
>
> CHAMPFLEURY, *Le Réalisme.*

Fromental s'éveilla tard. Trop tard pour sa promenade urbaine. Odilon, tout en giflant de la queue les feuillets abandonnés en désordre sur la table de travail, lui en miaula le reproche avec férocité. Ce bon gros chartreux avait ses habitudes de solitude matinale ; et s'il pardonnait volontiers les incohérences de la vie artiste, il n'admettait pas le chamboulement des manies de son maître auxquelles il s'était le mieux accoutumé. Fromental promit de descendre bientôt chercher du lait.

Mais ses pensées l'entraînaient ailleurs. Il n'avait pas découché, comme Odilon affectait de le croire. Il était revenu seul, à pied, depuis la rue Montpensier où il avait raccompagné Hyacinthe après leur souper au Beau Colvert. Tout au long de ce court trajet qu'ils avaient encore fait ensemble, l'envie d'un contact plus charnel, bien sûr, l'avait rendu fébrile. Mais, bien qu'elle habitât ce vieux quartier du Palais-Royal si longtemps voué à la galanterie, Mlle Péridot ne se comportait pas en grisette et ne laissait pas deviner sa véritable nature ni la disponibilité d'une éventuelle approche. D'ailleurs, Fromental avait bien compris qu'elle saurait entrouvrir sa porte, sinon son âme, le moment venu. Soucieux de ne rien gâter par une manœuvre intempestive, dangereusement « naturaliste », il s'était abstenu de tout sous-entendu, de toute pression de la main, de tout regard brillant et de tout effet de barbe.

Néanmoins, il avait mal agi.

L'adresse indiquée à Cyprien était bien celle dont la jeune femme avait franchi le porche. Un immeuble de pierre taillée, et non pas une de ces vieilles bâtisses ravalées au plâtre de Paris. Fromental avait prêté l'oreille pour entendre le nom lancé au moment de demander au concierge endormi l'ouverture de la porte. Un renseignement qui pouvait être précieux. Le cri murmuré sous la voûte, devant la vitre de la loge, n'avait été que « Hyacinthe ! » Ensuite, ayant écouté décroître le talonnement serré des bottines, Fromental avait guetté l'éventuel retour d'un piétinement similaire. Puis il avait traversé la rue étroite et était allé se dissimuler dans l'obscurité d'un autre porche, attendant que la jeune femme ressortît pour se faufiler vers une autre adresse (la vraie, la bonne, après cette diversion classique !) ; mais elle n'était pas réapparue.

Il avait donc agi en parfait mouchard, sur d'inutiles suspicions policières.

Même si c'était bien ce que lui avait demandé Cyprien, n'était-ce pas pour d'autres raisons qu'il avait entraîné la jeune femme à ce souper d'écrevisses et de caneton ?

Pour mieux la connaître...

Et d'elle, finalement, il ne savait rien.

La séduire, peut-être...

Mais avait-il seulement réussi à lui faire une impression qui ne lui fût pas entièrement déplaisante ?

Habitué aux filles à vingt sous et aux demoiselles des maisons qui réclamaient trois francs, il ne savait guère s'y prendre quand la femme n'était plus une marchandise toute simple à acheter. Les vertus du célibat littéraire, si farouchement vantées devant Cyprien, ne faisaient-elles pas finalement de lui un être vicieux et inadapté ?

En rentrant, furieux de ce qu'il devait bien considérer comme une sorte d'échec, énervé par le vin, exalté par le bien-être de cette conversation qui lui avait fait perdre de vue les habituels périls culinaires tant redoutés, il s'était mis à écrire au lieu de dormir. Le ton sec et platement réaliste d'une manière de rapport de police était bientôt devenu plus tendre et imaginatif. Alors, il avait réduit le sentiment au niveau d'une brutale fatalité liée à la silhouette ambiguë et au sourire captateur d'une femme. Reliquat de naturalisme ? Il avait développé l'intrigue et épaissi le mystère. Il s'était habillé en enquêteur perspicace et résolu. Il écrivait un roman.

Et maintenant qu'il émergeait d'un sommeil trop tardif, résonnait en lui la voix de Hyacinthe : « *Des romans judiciaires, est-ce cela que vous écrivez, monsieur, comme ceux de MM. Émile Gaboriau ou Fortuné du Boisgobey ?*

— Non, je n'écris pas ce genre d'histoires. Je m'appelle...

— Mais oui ! L'auteur de L'Abattoir d'amour... *Je l'ai lu... À vous voir, je suis sûre que vous méritez mieux !* »

Dans la bibliothèque de l'écrivain se trouvaient encore quelques volumes de ces histoires criminelles, justement, dont il ne s'était pas encore débarrassé pour en tirer cent sous chez un bouquiniste. Il les débusqua, les épousseta, chercha à se souvenir de ce qu'il avait lu : *Le Crime d'Orcival*, d'Émile Gaboriau, *La Main sanglante*, d'Henry Cauvain, *Le Roi des limiers*, d'Eugène Chavette. Et des feuilletons en fascicules, de ce Pierre Zaccone qui était devenu président de la Société des gens de lettres... Tout cela ne datait pas d'hier. À croire que ces romans « policiers » ne pouvaient guère intéresser le public. Le crime s'étalait suffisamment dans toute la presse, la vie sociale et la littérature pour qu'on ne cherchât pas à en faire un genre romanesque à part.

L'écrivain repoussa dans leur oubli les ouvrages un instant exhumés. Il tenta de se convaincre de retourner à son roman d'analyse dont les finesses laborieuses commençaient à le désoler. Mais c'était bien cette autre histoire commencée dans la nuit qui continuait de le préoccuper. Un éclair « déductif » l'illumina :

— Mais, dis-moi un peu ! hurla-t-il. (Il tendit un index inquisiteur vers Odilon qui détala pour aller s'aplatir sous la bibliothèque.) Où est-elle, cette brasserie en bas de chez notre jeune amie, notre suspecte ? Celle qui reçoit les coups de téléphone et lui fait porter les messages... Il n'y a ni estaminet ni brasserie dans ce bout de rue, que je sache !

Hyacinthe avait menti ! Il n'en était ni désolé, ni déçu. Au contraire, il s'en trouva satisfait. Le mystère de la jeune femme se renforçait et son intérêt à lui redoublait. Par ses soupçons et son espionnage, il n'avait pas mal agi et se trouvait absous.

Il arpenta furieusement la pièce, ayant allumé sa pipe sans même avoir avalé un verre de café. Odilon se rencogna au plus profond, stupéfié par cette gymnastique nouvelle. Son maître, d'ordinaire si minéral, muet, prostré dans un fauteuil et nullement musculaire, marmonnait, s'échauffait, cinglait l'air de ses paroles, flamboyait du regard, enfumait le plafond et, de son incompréhensible comédie, brûlait les planches.

— Je ne vois rien ! Il n'y a rien !... Un mensonge si maladroit, pourquoi ?

Le décor de la rue Montpensier défilait dans son souvenir. Son regard intérieur remontait les deux trottoirs, tournait le coin, revenait et repartait, s'élevait au-dessus du quartier comme la nacelle d'un aérostat et cherchait à tout voir, tout saisir, tel un aigle planant au-dessus de la mêlée, comme Victor Hugo avait si bien su faire pour sa bataille de Waterloo racontée dans *Les Misérables*.

– Le Véfour !

Oui, il y avait bien le Véfour, qui n'était pas exactement « en bas » de chez Hyacinthe, mais pas si loin non plus. Il suffisait de passer une poterne menant aux jardins du Palais-Royal et de remonter la galerie. Et il y avait aussi, sous les arcades, le Véry, établissement autrefois si réputé, devenu restaurant à prix fixe.

Fromental alla décrocher sa pèlerine, il attrapa sa canne et son chapeau tout en s'assurant d'avoir encore en poche de quoi prendre un fiacre ou un omnibus. Tiens ! il en profiterait pour pousser jusqu'au boulevard Poissonnière et passerait à la caisse des journaux qui avaient à lui payer des articles qui avaient bien dû finir par paraître sans même qu'on l'en eût averti, selon la bonne règle de l'économie précautionneuse.

Il adressa quelques excuses à son chat qui, de meuble en meuble, et selon les déplacements virulents de son maître, continuait ses reptations alarmées. Il ouvrit et referma sa porte, sauta dans l'obscurité de l'escalier et se sentit fermement pris aux bras et presque suspendu au-dessus des marches.

– Justement, nous allions chez vous, dit Grandier.

– Nous venions vous chercher, confirma Courtin.

– Qui est mort, encore ?! gronda la voix du littérateur sous la voûte lugubre de la cage d'escalier que le concierge scrutait d'en bas avec effarement.

Il s'appelait Séverin Des Hélues et c'était « un jocrisse », à en croire le bristol que serrait le bout des doigts de sa main élégamment posée sur le rebord de la baignoire. Cyprien et Fromental s'étaient penchés en renversant la tête pour lire : « *Mort d'un jocrisse* », sans toucher à rien. On attendait le médicastre habituel qu'un accouchement retenait à l'autre bout de la ville – ce n'était pas sa fonction, mais il s'agissait de la « femme d'un ami »... « Une maîtresse, sans doute », avait grommelé Cyprien.

L'autre bras était retombé sur le carrelage, dans un abandon d'une égale élégance. Entre les doigts pâles restait pincé un de ces porte-plume anglais à réservoir nommés « stylographes » – celui-là était gravé de la marque Goosefeather –, non loin d'un de ces bons couteaux de cuisine à découper les canetons rôtis et dont la lame était ensanglantée. Autour du crâne de la victime, une serviette en coton nids-d'abeilles était nouée en turban et rappelait le premier meurtre. La tête, affaissée sur l'épaule droite, dissimulait à peine la blessure mortelle au-dessus du sternum, droite et mince, de la largeur du couteau.

– Un jocrisse ! Oui, ça se dit... mais c'est quoi au juste ? demanda Cyprien.

– Une des belles variantes de l'imbécile, répondit Fromental. Un benêt, un niais, un nigaud. Qui se laisse mener par le bout du nez et qu'il est trop facile de tromper et de gruger.

– Un jobard...

– Si tu veux. Mais ce malheureux Des Hélues ne méritait certainement pas une telle injure. Sa réputation était celle d'un esthète plutôt raffiné. Personne ne l'aurait considéré comme un jobard.

– Toi, tu connaissais la victime... Prends garde ! Tu deviens soupçonnable !

Fromental ne se démonta pas. Il sourit à peine de la remarque. Au fil des jours et des confrontations nouvelles, il se sentait venir une vocation investigatrice et calquait parfois certaines poses d'impassibilité songeuse sur l'apathie somnolente de Courtin et Grandier, corrigée d'un petit air en dessous à la Cyprien – un petit air de toujours savoir à quoi s'en tenir.

Il n'avait jamais eu le plaisir de rencontrer personnellement le jeune marquis Séverin Tourla Des Hélues, mais nombre de ses confrères l'avaient fréquenté avant qu'il ne fît connaître sa lassitude infinie, son accablement spirituel, son épuisement moral face à ce monde d'affairistes « américanisés » dont on prétendait faire l'élite de la nation. En ce temps où triomphait la morbide coalition des médiocrités, Des Hélues avait choisi le renoncement studieux et contemplatif. C'en était fini des félonies salonnardes et des mondanités grotesques : il avait décidé de vivre reclus dans un fragment d'univers personnel où l'art et la beauté seraient les seules lumières. Peu de gens connaissaient cette grande maison à tourelles et pavillons qui abritait sa solitude aux portes de Paris.

Cyprien salua l'exposé de son ami par une série de petits clappements de bouche, avant de livrer le fond de sa pensée :

– C'est ça, le « décadentisme », hein ? Eh bien, voici ton dandy esthétique dans une plus grande solitude encore ! Et certain de ne plus guère être dérangé... Je suis toujours étonné par ces gens qui veulent fuir la vie alors que c'est elle qui se sauve à chaque instant. Ne vaut-il pas mieux tenter de la ceinturer du mieux possible, avant qu'elle nous échappe ? Quant au grand renoncement final, inutile de le rechercher ou de s'en soucier : tout est prévu !

Mais Fromental ne l'écoutait pas. Comme poussé par des mains invisibles, il glissait de mur en mur, de pièce en pièce...

Au bout de la baignoire, sous un grand miroir de Venise, il avait d'abord effleuré la verrerie multicolore et ouvragée qui paradait sur une longue tablette en pur marbre de Paros : bocaux en pâte de verre moulée de vénéneuses végétations, fioles d'embrocation à têtes de chimères, flacons d'eau dentifrice bouchés par des griffes d'ivoire, bonbonnières de pommade aux symboles barbares, coffrets de talc en pieds de dragon, bâtons armoriés de savon à barbe, écrins de cire à moustache, empilement de serviettes immaculées... Puis c'était une enfilade de meubles où s'affirmait à chaque pas, et jusqu'au paroxysme, le désir de l'artifice contre la nature, à travers un entassement d'œuvres qui voulaient exacerber les jouissances de l'art contre la vie. Mais n'y avait-il pas du jocrisse, en effet, dans ce monde presque sous-marin, digne d'un capitaine Némo et de son *Nautilus*, où, pour lutter contre l'ennui – en vain, d'ailleurs –, Des Hélues avait accumulé des collections d'urnes, de plumiers, d'ostensoirs, de drageoirs, de poudriers et de tabatières, de cassettes et d'étuis ?

Cyprien retrouva son ami dans la bibliothèque aux murs tendus de maroquin olive. Il scandait à haute voix quelques strophes latines d'un auteur oublié de la décadence romaine.

– Toi et tes bouquins !... Reviens un peu vers la salle de bains. Tu n'as pas tout vu !

Fromental se laissa mener.

Par-dessus le porte-accessoires qui formait une petite passerelle au milieu de la baignoire était étalée une sortie-de-bain émeraude dont Grandier et Courtin soulevèrent les pans ruisselants. L'eau était sanglante et répugnante, on n'y voyait guère... mais suffisamment pour se rendre compte que le pied gauche manquait au cadavre de la victime.

– Introuvable, bien sûr... C'est la cuisinière qui a découvert le carnage au retour du marché. Elle est là quelque part, en train de sangloter en serrant contre elle un lapin et deux pieds de céleri, comme si elle berçait un enfant.

– Au moins elle a ses deux pieds, lâcha Fromental.

Cyprien ne parut pas apprécier cet humour rudimentaire de policier désinvolte. Il grogna :

– Deux doigts à gauche, oreille gauche, pied gauche... Si tu peux formuler une hypothèse, elle sera la bienvenue. Parce que moi, je patauge !

Fromental avoua son absence d'idée. Il n'avait même pas fait ce rapprochement « sinistre » entre les mutilations. Des forfaits inexplicables, mais certainement fétichistes et névrotiques, puisque l'assassin semblait emporter avec lui ses horribles trophées.

– Si tu veux nous écrire un bon roman avec tout ça, je te conseille de te remuer les méninges, continua l'inspecteur. Parce que la Préfecture s'agite. Il est question de nous envoyer la bande à Bertillon, avec ses mètres et ses décimètres[1]. T'es au courant ? Les « mesures anthropométriques », les photographies, tout le toutime scientifique et, à la fin, on reconnaît le « criminel-né »... Pour l'instant, ce qui nous laisse à l'abri du dessaisissement, c'est l'absence de suspect sérieux ; sinon, il aurait déjà été mesuré et mis en fiches. Pourquoi voudrait-on mesurer nos victimes ? Nous savons très bien de qui il s'agit. Ce n'est pas là qu'est le mystère.

_____

1. Chef du service de l'Identité judiciaire à la Préfecture de police de Paris, le Dr Alphonse Bertillon (1853-1914) créa le système d'identification criminelle connu sous le nom d'anthropométrie ou « bertillonnage », que de nombreux pays adoptèrent (la police de New York en 1888), et auquel le détective anglais Sherlock Holmes rendit hommage dans _Le Traité naval_ – dans _Le Chien des Baskerville_, il se désola toutefois de ne pas être aussi connu que son inventeur. Le bertillonnage fut détrôné par le système des empreintes digitales et les progrès de la biologie (découverte des groupes sanguins).

— Tiens donc !... Est-ce que le bertillonnage ne s'intéresse pas particulièrement au pied gauche ?

— Je vois que tu te tiens au courant... En effet, c'est seulement le pied gauche que le système Bertillon mesure.

— Et l'oreille ? Décisive et caractéristique, je crois, en première constatation.

— Sans doute ! Le front, le nez et l'oreille... Mais, là encore, pour identifier des criminels ou des cadavres d'inconnus.

— Quant aux doigts, sans intérêt ?

— Pour l'instant, pas grand-chose, à part les bagues ou leurs traces, les éventuelles malformations ou cicatrices. Et puis aussi tous les indices sur la situation sociale et le métier qu'une main peut nous révéler : les ongles sales, les éraflures, les cals, les durillons...

— Ça, c'est chez les plumitifs...

— Mais un sujet de Sa Gracieuse Majesté britannique prétend que l'empreinte de la peau du bout de nos doigts se dessine d'une manière unique et rigoureusement différente pour chaque individu. Autant que je me souvienne, ce type s'appelle Galton et il s'apprête à sortir un bouquin pour tenter de nous convaincre de sa petite affaire. Nous en avons eu quelques pages traduites, communiquées par l'Académie des sciences. Évidemment, personne n'y croit. Ces Angliches sont toujours assez excentriques. Et puis, notre époque voit des inventions scientifiques partout. Moi, je suis au moins sûr de ça ! dit-il en se frappant

le ciboulot avec l'index. Les « empreintes digitales »...
Ça serait trop beau, et ça n'est pas demain la veille !

Fromental approuva sans conviction. Ils vivaient un
temps d'explosion industrieuse, machiniste et savante
où chaque jour apportait sa nouveauté. Toutes les
trouvailles n'avaient pas le même intérêt et il était difficile d'en prédire le succès. Ne venait-on pas d'inventer enfin le sucre en morceaux ? Des parallélépipèdes
rectangles impeccables, égaux de poids et de dimensions, bien faciles à ranger dans une boîte en carton et
qui soulageraient bientôt la population entière de cet
encombrant pain de sucre qu'il fallait casser par fragments toujours approximatifs et désespérément irrégu-
liers. Ce progrès décisif ne manquerait pas de se
répandre plus rapidement que le téléphone, inventé
depuis plus d'un quart de siècle déjà, mais qui était
évidemment bien plus rare que le sucre sur les tables.
Néanmoins, cet instrument à parler de loin avait ses
adeptes, malgré l'insupportable intrusion dans la vie
privée qu'on pouvait en attendre. À son confrère
Forain, le peintre Degas avait fait cette remarque
écœurée : « Alors, c'est ça, le téléphone ? On vous
sonne, et vous y allez ! » Des anecdotes se colportaient.
On racontait qu'un jeune mondain un peu littérateur
du nom de Proust avait fait remporter ce bazar, préfé-
rant qu'un chasseur du restaurant d'en face lui apportât les messages. Tout comme Hyacinthe Péridot.

— Tu en es où, avec la petite ? demanda l'inspecteur
comme s'il pouvait lire dans les pensées de son ami.

Fromental s'irrita d'être aussi facilement percé à jour. Alors il ne dit rien à propos du téléphone et de l'absence d'établissement susceptible d'en détenir un, « en bas » de chez cette demoiselle. Puisque Cyprien pouvait deviner, qu'il devine ! Il minimisa la réalité de sa soirée et n'évoqua d'abord que quelques considérations artistiques. La révélation la plus gourmande suffirait à son petit triomphe d'enquêteur débutant.

– Figure-toi, mon cher Cyprien, que j'ai pu découvrir que notre première malheureuse victime, M. Gustave Auduret-Lachaux, roi du calorifère nickelé, rassemblait lui aussi des œuvres d'art d'importance, se rengorgea-t-il. Il avait l'intention d'installer ses plus belles collections dans son magnifique hôtel du Marais, une fois les considérables travaux terminés.

– En effet, c'est ce que sa femme m'a dit l'autre jour, confirma Cyprien avec détachement.

X

LA LIBRAIRIE DE L'ART INDÉPENDANT

> Mes bouquins refermés sur le nom de
> Paphos...
>
> Stéphane MALLARMÉ, *Poésies.*

Quand l'éternelle grisaille parisienne se dissipe aux premières tentatives pour sortir de l'hiver, la lumière de février est la plus belle de l'année.

Fromental remontait les allées du Palais-Royal, encore marquées de frimas mais caressées d'une douceur tiède. Les ombres hivernales des arbres tressaient une dentelle contrastée. L'écrivain se donnait l'allure d'un homme embarqué dans une affaire d'importance, il marchait vivement ; mais, au bout de quelques pas, il freina son empressement et voulut jouir de la clarté soyeuse qui ruisselait de cet encerclement de belles façades classiques. Il aurait voulu pouvoir flâner davantage, mais il était devenu une sorte d'auxiliaire de police et n'avait plus le droit de musarder comme avant. Il traversa en diagonale, retrouva la fraîcheur de cave des arcades et arriva bientôt au Véfour devant lequel des charretiers des halles déchargeaient des victuailles. Il se prétendit de la Préfecture et demanda à celui qui paraissait appartenir au restaurant – un pansu en gilet noir qui triait tout du regard et envoyait des ordres – si l'on connaissait ici une demoiselle Hyacinthe Péridot qui y recevait parfois des messages téléphoniques.

Ce nom ne disait rien.

Fromental décrivit la jeune femme en quelques traits qu'il aurait voulu plus froids. Mais il y avait du lyrisme dans son croquis. Des mots d'écrivain, mais pas seulement.

– Joli brin de fille, à vous entendre !... Quelqu'un qui habite le quartier, dites-vous ?

– Elle demeure rue Montpensier, précisa Fromental en espérant ne pas trop rougir sous sa barbe.

– Mon bon monsieur, ce n'est pas le genre de la maison de servir de boîte aux lettres aux gens du coin. Allez plutôt voir chez Véry.

Fromental remercia avec un trop grand nombre de coups de chapeau. Il fila sans attendre, en proie à une excitation extraordinaire : il avait osé se faire passer pour enquêteur et avait réussi à paraître crédible ; on ne lui avait rien demandé. Aussi aborda-t-il avec un excès d'assurance cet homme qui roulait des tonneaux de bière vers le soupirail d'une cave.

– Et vous lui voulez quoi, à Mlle Hyacinthe ? renâcla le gaillard après avoir écouté la demande du monsieur.

Il se redressa pour se masser les reins et resserrer sa ceinture de flanelle. Sa taille parut bien plus grande, sa moustache aussi, et sa musculature gonfla sous la chemise. Fromental recula d'un pas.

— Vous la connaissez donc ! voulut-il se féliciter.

Mais il comprit son erreur : la jeune femme serait bien sûr avertie de son passage, ce qui détruirait toute confiance entre eux. Et puis, que pouvait-il raconter sans risque à ce limonadier qui réagissait au nom de Hyacinthe comme si on allait lui voler sa fiancée ? De plus, Cyprien n'apprécierait certainement pas qu'on livrât à n'importe qui des informations sur l'enquête en cours. Les journaux du matin n'avaient pas encore rendu compte du meurtre de la villa Des Hélues. Mais il était trop tard pour faire machine arrière et biaiser. Mentir habilement se prépare toujours un peu.

— Hier soir, quelqu'un a appelé Mlle Hyacinthe...

— Ça se pourrait... C'est à quel sujet, que vous en voulez après elle ?

— C'est vous qui avez pris le message ? demanda Fromental, bien décidé à ne répondre à aucune des méfiances que l'autre lui renvoyait sous forme de questions. Un appel venant de chez Mme Ermont ? risqua-t-il.

— C'est ce qu'on a dit... Une mauvaise nouvelle.

Fromental s'efforça de prendre une mine apitoyée autant que complice.

— Je sais, hélas !... Mais est-ce une femme ou un homme qui a appelé ?

Toisant Fromental du même air vindicatif, mais ayant sans doute estimé que cet homme aux belles mains était de ceux auxquels le jeu social lui commandait d'obéir, le solide moustachu lâcha avant de tourner le dos :

— Un homme a dit que Mme Ermont venait d'être tuée et qu'il fallait en avertir Mlle Hyacinthe. Je suis allé la prévenir. Ne m'en demandez pas plus.

Il abattit ses lourdes pognes sur la barrique et la fit rouler dans un fracas apte à couvrir toute nouvelle parole.

Au bout de la rue de la Chaussée-d'Antin, la pétarade était extravagante. Un « moteur à explosion » était en train d'exploser de belle manière. La façade de l'église de la Trinité ondulait maintenant derrière un nuage bleuâtre dont un courant d'air dispersa l'odeur déplaisante.

— Une voiture sans chevaux !... Une voiture à pétrole ! crièrent des lycéens en dépassant Fromental.

Ils portaient la casquette plate et la vareuse à boutons dorés qui remplaçaient le képi et la courte redingote bleue que le futur écrivain et le futur policier avaient endurés autrefois. Les gamins des trottoirs leur emboîtèrent le pas. Toute cette belle jeunesse se mit à courir pour aller grossir la foule des curieux qu'un sergent de ville peinait à prévenir des dangers du monstre. Le malheureux gardien de la paix s'efforçait de tracer un cercle protecteur autour du véhicule immobilisé, mais les badauds poussaient, et les spires s'étrécissaient inéluctablement. Déjà des attelages s'étaient accrochés. Un cheval se mit à hennir sa réprobation. L'omnibus qui montait vers Pigalle et celui qui descendait de Clichy tentaient de passer en force.

Entre les deux roues de brouette qui semblaient supporter le moteur de l'infernal cabriolet sans brancards ni cheval, un homme en pardessus et chapeau melon, moustache furieuse et barbiche irritée, s'activait.

– C'est la gazoline de pétrole ! se désolait-il. La machine tourne, elle fait beaucoup de bruit mais n'avance pas comme elle devrait...

– C't' un âne, c'te voiture-là ! siffla une voix gouailleuse qui fit rire.

– Mauvais effet dans les brûleurs... Il faudrait nettoyer. Où est donc le mécanicien ? Je lui ai pourtant demandé de me suivre sans me perdre de vue !

Il tenta de jeter un coup d'œil, au-dessus des crânes et des épaules, vers le carrefour des rues Saint-Lazare et de Châteaudun, mais les curieux bouchaient la vue.

Sur la banquette installée à l'arrière du véhicule, entre deux roues de charrette, une jeune femme en manteau fourré et chapeau d'amazone à voilette épaisse semblait pétrifiée d'effroi.

– Je crois qu'il avait aussi quelque souci avec son vélocipède, dit-elle pourtant sans trembler. Il a perdu du terrain et est resté en arrière.

Fromental crut entendre la voix de Hyacinthe au moment où il s'éloignait, après un triste regard sur ce lamentable spectacle d'une modernité dont on lui promettait l'envahissement rapide. (Mais, pour l'instant, une voiture automobile à essence de pétrole coûtait au moins trente années du salaire d'un ouvrier.) Il revint sur ses pas et s'approcha. Hyacinthe le reconnut. Elle sembla prendre prétexte de cette rencontre pour abandonner le périlleux engin, et elle tendit la main à Fromental qui l'aida à descendre.

— Venez, que je vous présente à M. Émile Levassor, l'associé de René Panhard... Tout est de ma faute ! Il n'était question que d'un tour sur les boulevards de ceinture. Mais, quand j'ai voulu descendre à la porte de Champerret pour rejoindre en fiacre notre librairie de L'Art Indépendant, M. Émile a insisté pour m'y conduire. On s'est lancés en plein Paris !

Les deux hommes échangèrent un signe de tête.

— Il nous faut admirer vos exploits, complimenta courtoisement l'écrivain. Vous pouvez frôler les trente kilomètres par heure, dit-on, ce n'est pas rien !

— Venez nous voir à l'usine de la porte d'Ivry, je vous ferai faire un tour. On vous expliquera le système Panhard : boîte de vitesses à engrenages coulissants et embrayage avec transmission à chaînes latérales.

— Euh, oui... pourquoi pas ? Je vous remercie de cette invitation.

Fromental était loin de partager les pronostics de certains sur le merveilleux avenir des voitures automobiles. Il n'imaginait pas Paris sans une bonne odeur de cheval, un bruit de sabots dans la nuit, les « hue ! »

126

et les « ho ! » du laitier, le cul imposant des juments de brasseurs, les boulonnais de renfort dans les rues à forte pente, et tous ces charrois de pailleux qui convergeaient au petit matin vers les portes de la capitale. Il ne voyait pas très bien l'intérêt du progrès envisagé. « Un jour, chacun aura sa voiture ! » lui avait-on prophétisé. Mais alors, où les ranger, tous ces véhicules à pétrole ? Il faudrait des remises en telle quantité que la cité devrait d'abord être détruite puis reconstruite. À moins qu'on n'utilise les belles avenues publiques comme lieux de garage privés, ce qui n'était évidemment pas envisageable. Les citoyens policés de cette si belle ville ne l'admettraient jamais.

— Allons, venez, c'est à deux pas ! s'impatienta Hyacinthe après avoir pris congé de M. Levassor qui venait d'enlever son pardessus et de retrousser ses manches.

Ils fendirent le cercle et partirent côte à côte avec un sentiment heureux.

— Je ne pensais pas que vous alliez venir, avoua la jeune femme.

— Mais si ! Pourquoi ?

— Vous m'aviez paru lointain, perdu dans des rêves de poète... (Et elle ajouta aussitôt :) Mais, comme c'était un rendez-vous que je vous avais donné l'autre soir, je voulais être là à l'heure dite. Il faut que je vous présente à ces amis qui se moquent bien de l'avenir des voitures sans chevaux !

Fromental se sentit flatté. Un « rendez-vous », vraiment ?... Professionnel, sans doute, et où la coquetterie d'un retard, ou même d'une défection, n'était pas de mise. Ils étaient déjà devant la librairie de L'Art Indépendant dont la vitrine exposait plusieurs rangées de la revue *La Haute Science*, entourées d'ouvrages publiés par cette petite maison, ainsi que de ceux qu'elle recommandait. Fromental nota furtivement le nom de Villiers de l'Isle-Adam, celui de Stéphane Mallarmé et d'autres poètes, symbolistes et, pour certains, hermétiques, que le hasard de la bousculade lui fit oublier en un coup de dé.

Il y avait beaucoup de monde devant la librairie qui annonçait ce jour-là une rencontre au cours de laquelle le fameux Sâr Mérodack Péladan, « Hiérarque Suprême du Tiers Ordre de la Rose+Croix catholique », dédicacerait son dernier ouvrage.

— Voici M. Edmond Bailly, le maître de céans, s'extasia Hyacinthe en désignant d'un mouvement de tête un petit homme à lunettes dont le regard flambait comme celui d'un brave magicien s'amusant à paraître démoniaque.

Mais Fromental comprit que ce n'était pas ce gnome malicieux qui ravissait tant sa compagne : discutant avec le libraire-éditeur, il y avait là Mallarmé, hirsute comme aux temps romantiques, et, à son côté, ce Pierre Louÿs qui avait créé la revue *La Conque* où des noms prestigieux donnaient des vers et des billets ; ce n'était pas cette réussite locale et somme toute étriquée qui navrait Fromental, mais plutôt la réputation de libertinage qu'on prêtait à ce garçon et qu'il perçut d'instinct comme une menace. D'ailleurs, dès qu'il eut reconnu Hyacinthe, le jeune poète symboliste abandonna tout pour venir vers elle. Il lui emprisonna les deux mains, lui effleura la taille, fit étinceler son regard et frétiller sa moustache. Il aurait bien pu la jeter en travers d'une selle et l'enlever sur un cheval fou si seulement il y avait eu un cheval fou devant la boutique de L'Art Indépendant, rue de la Chaussée-d'Antin.

Mais le trottoir ne s'encombrait que de littérateurs dont les visages se connaissaient plus ou moins, sans toujours savoir qui ils étaient vraiment : pratiquants ou simples croyants, curieux ou sympathisants par courtoisie de ce temple de l'occultisme littéraire parisien ? Fromental ne cessait de porter la main au chapeau. Parfois il échangeait une poignée de main avec un air de condoléances.

Il y avait de la méfiance dans les regards, car Péladan s'était révélé un des plus combatifs adversaires du naturalisme matérialiste qu'il avait entrepris de dénoncer dans une vaste « éthopée » en vingt volumes, *La Décadence latine*, dont neuf tomes étaient déjà parus (le plus récent s'intitulait *L'Androgyne* et on annonçait sous peu *La Gynandre*). Et, parmi les auteurs qui s'empressaient autour de la librairie, plus d'un avait emprunté ces voies narratives et romanesques qui n'étaient pas en odeur de sainteté chez le mage.

Le remous entraîna Fromental à l'intérieur, là où le Sâr trônait avec un air de sphinx ensablé entre des dunes de livres empilés sur un comptoir.

Comme souvent dans ces « signatures », les vrais clients étaient rares. Les confrères ne passaient qu'un instant, assurant de leur indéfectible fraternité, avant de filer au plus vite, et souvent déçus dans leur vaine espérance de se voir offrir un ouvrage. Il y avait aussi les amis, bien sûr, les vrais, ceux dont Hyacinthe avait parlé et dont elle assurait qu'ils étaient des « peintres d'âme » et des amoureux de la Beauté. Mais Hyacinthe avait bien oublié leur « rendez-vous » et les présentations promises. Un buisson d'admirateurs l'avait ensevelie.

Fromental ressentit cet abandon avec tristesse. Une illusion lui avait fait croire que la jeune femme était sienne, au moins le temps de cette visite à la librairie de L'Art Indépendant. Il avait tout perdu en un instant. Un murmure perfide chuinta à son oreille :

– Cette petite Hyacinthe coiffée comme un page florentin dont elle a le doux visage étonné et sensuel n'est pas à vous ! Elle est nôtre... à tous nos désirs... dans nos rêves. Méfiez-vous de la succube !

De la *succube* ?... Fromental se retourna, mais personne ne s'adressait à lui. Des gens discutaient sans prendre garde à lui et il était impossible de savoir d'où avaient surgi ces mots.

Traquant les conversations avec cette oreille de mouchard affinée chez « Les Irréductibles de la Bièvre », il sut que c'était bien le docteur Encausse, dit Papus, ce robuste faune aux yeux sauvages. D'une voix sans éclat, avec un ton de bienfaisance, celui qui avait fondé l'Ordre martiniste, entre autres sociétés occultistes dont le mouvement ne cessait de progresser dans l'intérêt du moment, disait pratiquer une médecine secrète venue des Indes. À travers les deux pans de sa barbe juvénile entrouverte comme un rideau de scène, il annonçait en même temps les révélations d'une approche hermétique capable de dévoiler enfin les mystères du monde.

— Maintenant, cher monsieur, dit-il en fixant un petit homme à barbiche blonde en qui Fromental crut reconnaître un courriériste du *Gaulois*, y aurait-il une relation entre le développement des sciences occultes et le mouvement littéraire ? Je vous répondrai : certainement ! Quoique très philistin en ce qui concerne le roman et la poésie (le mot « philistin » n'échappa pas à Fromental), je peux cependant vous assurer que le magisme répond à une réaction contre les doctrines matérialistes en science, de même que le symbolisme répond à une réaction contre le positivisme dont est issue l'école de Zola. Et, de ce point de vue, le magisme seul permet de raffiner la perception grossière du monde tout en cultivant nos aspirations les plus élevées et les plus nobles.

Ses fières paroles, que n'exaltait aucune démesure, se perdaient parfois sous le ressac infiniment mélancolique d'un piano installé dans l'arrière-boutique. Une dame submergée par les oiseaux morts qui nichaient sur son vaste chapeau confia que c'était Claude Debussy qui improvisait.

Le Sâr Joséphin Péladan, quant à lui, tout en faisant vibrer sa crinière bouclée et sa barbe frisée de satrape, lançait à la ronde des regards enfiévrés. Il portait ce jour-là une tunique de soie noire aux manches bouffantes et aux poignets serrés ; un jabot de dentelle neigeuse en fermait le col. C'était un homme mince et flexible, sans cesse courbé et recourbé par les remous d'une bourrasque intérieure. (Sa maigre silhouette lui avait valu chez les caricaturistes le surnom de « Hareng Sâr » ; et celui de « la Sârdine » s'était bien évidemment imposé pour désigner son épouse.) Celui que tout Paris connaissait par ses excentricités relayées par une presse avide de célébrités creuses s'appliquait parfois à une dédicace de *Comment on devient mage*, et semblait dédaigner ses anciens et nombreux ouvrages dont des piles l'encerclaient et que la postérité révérerait, proclamait-il. D'une mine farouche et comme outragée, il offrit à la ronde des invitations au Salon de la Rose+Croix qu'il organisait prochainement. Puis, sous l'attention apparemment soumise et réellement impressionnée de Fromental, il se lança dans des propos extravagants dont la pétarade valait bien celle dont M. Levassor avait su réjouir les chalands à l'autre bout de la Chaussée-d'Antin.

— Aimer le Beau plus que soi-même ! martelait le Sâr. Et avoir pour prochain, pour cher autrui, l'idéal, voilà la sainte règle ! C'est pourquoi j'ai restauré dans mon théâtre et dans mes romans – ou plutôt dans mes « éthopées », car c'est bien de l'épopée des mœurs qu'il s'agit –, la psychologie héroïque et le magisme. Le magisme, continua-t-il en levant le doigt vers le plafond comme s'il eût pris le Ciel à témoin de ses propos, est la suprême culture, le patriarcat de l'intelligence et le couronnement de la science à l'art mêlée !

Dès qu'il le put, Fromental se dégagea du marasme. Il cherchait toujours Hyacinthe, mais ne la trouva pas. Dérivant entre les rayonnages, regagnant la sortie par menues étapes, tel un curieux de livres qui ne cherche rien de précis mais ne demande qu'à être séduit, il fut accroché par un titre : *De l'assassinat considéré comme un des beaux-arts.*

Cet essai de Thomas De Quincey était paru dans le premier tiers du siècle. L'auteur en était un romantique anglais à l'étonnante modernité, disait-on, et qui excellait dans la description des horribles défaillances du corps et des envoûtantes hallucinations du rêve. « Un maître du frisson et de l'angoisse du crime qui approche », insistait la réclame. Fromental en avait entendu parler comme d'un chef-d'œuvre de la littérature paradoxale, au même titre que l'*Éloge de la folie* du moine humaniste hollandais Érasme, mais il ne l'avait jamais lu. Il s'en saisit et l'emporta comme un voleur. Pourtant, il l'avait payé.

En marchant bravement vers l'avenue de l'Opéra et les guichets du Louvre, le pont du Carrousel et la rue de Sèvres par les Saints-Pères, il feuilleta l'opuscule et buta sur un « Avertissement d'un homme morbidement vertueux ». Il accrocha quelques amorces de paragraphes, lut quelques lignes et bientôt savoura le texte à mi-voix : « ... il entre dans la composition d'un beau meurtre quelque chose de plus que deux imbéciles – l'un assassinant, l'autre assassiné... Le dessein d'ensemble, le groupement, la lumière et l'ombre, la poésie, le sentiment sont maintenant tenus pour indispensables dans les tentatives de cette nature... »

Fromental était de la race de ces lecteurs marcheurs dont la civilisation du système téléphonique et de la voiture sans chevaux viendrait probablement à bout. À quelques enjambées de là, comme il levait le nez par précaution, son regard croisa celui de M. Huysmans. Il salua gravement. Le maître répondit machinalement, sans paraître d'abord le reconnaître, mais sa voix onctueuse se fit entendre :

– N'est-ce pas notre ami de la rue de Sèvres ?

Fromental revint en arrière.

– Cher maître, je vous donne le bonsoir. Je reviens de la librairie de L'Art Indépendant et j'aurais eu plaisir à vous y rencontrer. Ces gens sont un peu de vos amis, je crois...

– Oh ! ils ne le sont plus depuis que j'ai publié *Là-bas*. On m'a accusé, avec quelque raison, je dois l'admettre, de n'avoir pas donné de l'occultisme et de la magie contemporaine une bonne image. Sans doute ai-je eu tort aussi de mettre en cause, de manière biaisée, les Rose+Croix et leurs amis. J'ai trop fait confiance à une documentation accumulée au fil des années, mais dont il aurait fallu vérifier les assertions avec plus de rigueur. Que voulez-vous ! Nous sommes romanciers et non pas comptables... Il y a eu ensuite ces affaires de duels à quoi mes amis d'avant et ceux de maintenant se sont laissé conduire sans la moindre peur du ridicule... Avez-vous eu votre duel, monsieur Fromental ?... Cela manque à une carrière réussie, prenez-y garde ! À en croire certaine opinion, il n'est pas d'estime qui ne soit gravée de quelque sanguinolente estafilade, ou qui n'ait essuyé le vent de quelque foireux coup de pistolet... Que lisez-vous donc ainsi, au risque de vous déboîter un genou au passage d'un caniveau ?... *De l'assassinat considéré comme un des beaux-arts*... Diable ! Est-ce pour le plaisir d'une prochaine mise en pratique ?

– Si l'on veut... Mais qui restera littéraire, je vous assure.

– J'espère bien !... Vous voulez donc écrire une histoire criminelle ? Il y a de quoi faire, c'est vrai, j'en sais assez... Il faut vous dire que j'ai passé vingt-deux années à la Sûreté générale, rond-de-cuir au ministère de l'Intérieur, dans les bureaux de la rue des Saussaies ! L'idée de faire des romans judiciaires ne m'a jamais effleuré. Les romans de police n'auront pas leur place dans la littérature, méfiez-vous, ami ! La littérature se nourrit de hautes visées, le crime ne se repaît que de bassesses...

Il salua, recala son feutre et disparut dans la foule, abandonnant un Fromental ébranlé par la mise en garde de celui qu'il tenait pour un de ses maîtres.

Était-ce vraiment déchoir, comme il venait de lui être suggéré, que d'écrire un roman de meurtre et de mystère ? Les avertissements de M. Joris-Karl Huysmans réactivaient tous ses doutes.

XI

DE L'ASSASSINAT CONSIDÉRÉ
COMME UN DES BEAUX-ARTS

> Il y a toujours du bon dans la folie humaine.
>
> VILLIERS de L'ISLE-ADAM, *L'Ève future.*

L
e doute est un compagnon fidèle.

Il se peut qu'il soit le cœur fécond de toute création. Le doute du débutant égaré ou de l'auteur sans succès n'interdit pas le doute de l'artiste riche et célèbre. Le doute, telle une ombre imparable qu'aucune lumière jamais n'efface... Le manque de volonté, c'est l'art. L'irrésolution est l'essence même de la psychologie, le grand sujet de l'art.

Fromental ruminait sombrement. Les paroles de M. Huysmans agissaient comme un poison. Si l'écrivain révéré voyait en son voisin de la rue de Sèvres un modèle ou une incarnation de certains personnages de ses étonnants romans, c'était sans doute parce qu'il avait deviné ce doute qui ravageait Fromental plus que d'autres, peut-être.

En sortir. Mais sans sortir de chez soi où l'irréductible page blanche réclamait une solution. Certains s'adonnaient à la boisson. D'autres multipliaient les fuligineuses bouffardes et les âpres cigarillos. Mais, à défaut de s'obliger à écrire – ce qui était encore la meilleure façon de surmonter l'impossibilité d'écrire née du doute affligeant (écrire coûte que coûte et quoi qu'il en advienne) –, on pouvait toujours lire.

« L'étude a été pour moi le souverain remède contre les dégoûts de la vie, n'ayant jamais eu de chagrin qu'une heure de lecture n'ait dissipé », avait écrit Montesquieu.

Et le doute n'était bien souvent qu'un chagrin et un dégoût...

Fromental s'éloigna de la table pour se rapprocher de la fenêtre. Une pluie grise mouillait les toits de Paris. Odilon passait et repassait contre les pantalons de son maître. Un feu de bûches crépitait dans la cheminée. Après tout, le temps de la lecture s'imposait.

Debout dans la lumière humide, Fromental ouvrit le mince in-16 et reprit la lecture de la *conférence* (ainsi se nommait-elle) de M. De Quincey : « ... la compassion que nous éprouvons pour le malheur du prochain nous empêche d'abord de traiter l'affaire comme un spectacle de théâtre ».

Était-ce vrai ? Fromental avait été davantage ébranlé par le spectacle répugnant de la mort violente que bouleversé par une quelconque compassion. À mieux considérer les victimes, c'était sans doute le spectacle

de sa propre mort à venir qui l'eût ému... « Spectacle »,
oui !... Ne venait-il pas de laisser passer deux fois ce
mot dans sa pensée ? Mais c'était le mot même de
l'essayiste.

Bien sûr, quel que fût son humour, Thomas De
Quincey se devait par précaution de ne pas approuver
les « beaux » assassinats dont il voulait entretenir ses
lecteurs. Sa réprobation étant imprimée d'entrée, il
pouvait plus tranquillement développer ensuite son
modeste mais décisif traité d'esthétique :

« Après le premier tribut de regret accordé à ceux
qui ont péri et, en tout cas, après que les sentiments
personnels ont été apaisés par le temps, inévitablement
les traits scéniques des divers meurtres, ce qu'on peut
appeler esthétiquement leurs *qualités* relatives, sont
passés en revue et appréciés. »

En revue ? Et comment donc ! Une *revue* de vaudeville. Ou une grande pompe funèbre. De la mise en
scène. Un spectacle !

L'évidence qui illumina le front de l'écrivain, dans
un éclat de soleil perçant les nuées, fut sur l'instant
bouleversante, mais bien vite consternante, puisqu'il
s'agissait d'une *évidence* et qu'il aurait dû la saisir bien
plus tôt : les trois assassinats aux bristols devaient être
considérés comme des œuvres d'art !

Non seulement les victimes se trouvaient être des
collectionneurs d'art, mais leur mort était à chaque
fois mise en scène. Et arrangée d'une façon magnifique
et pompeusement ridicule qui n'était pas sans rappeler

ces « tableaux vivants » d'épisodes historiques ou de toiles célèbres que certains music-halls inscrivaient à leur programme sous une triple épaisseur de rideaux de gaze. (Le prétexte « artistique » permettait bien sûr de dénuder astucieusement les mimes musclés et les figurantes en collants roses ; c'était le même argument qui avait multiplié, chez les peintres du faussement pudique Second Empire, les « naissance de Vénus » et les romanités de la décadence.)

S'agissait-il cette fois de « tableaux morts » ?

Avec la froideur d'un enquêteur aguerri, Fromental chercha à se souvenir. Mais si le troisième meurtre l'avait moins chamboulé que le premier (on se fait à tout, et souvent plus vite qu'on n'aurait pu croire), ce fut un méli-mélo confus et douloureux qui le submergea. Il était trop nerveux, trop sensitif. Quand il avait à écrire sur les peintres d'un Salon, il se trouvait incapable de se planter devant les cimaises comme un maquignon sur un foirail, soupesant d'instinct la bête et estimant la tendreté de l'aloyau, le persillé de l'entrecôte. Avec modestie, il laissait l'émoi venir vers lui et la jouissance l'emporter – parfois. Si ces assassinats se voulaient des œuvres d'art, il se sentit incapable d'en décalquer les situations évoquées pour en tracer un assez juste dessin.

Pourtant, certains détails avaient zébré sa mémoire, telles les étincelles vite évanouies de vieux rêves ou d'anciens cauchemars, brèves phosphorescences de déjà-vu et incompréhensibles réminiscences – sans doute les reliquats de terreurs enfantines enfouies, s'il fallait en croire les attendus bizarres de ce jeune médecin viennois qui avait étudié à la Salpêtrière et avec lequel Fromental avait pu échanger quelques idées lors d'une réception chez Mme Jean Martin Charcot.

Et soudain, ce fut comme si on lui jetait à la tête l'oreiller dont les bourrelets tumultueux lui avaient paru dessiner une tête d'éléphant goguenard, au coin du lit où avait été poignardé Gustave Auduret-Lachaux.

Ce détail-là ne pouvait avoir été réellement mis en scène. Il n'avait été que suggéré par ce qui avait été volontairement arrêté : le turban, le glaive oriental, la pourpre sanglante, la cordelière en forme de serpent, entre autres détails qui imposèrent ce tableau avec une *évidence* criante : *La Mort de Sardanapale...*

La Mort de Sardanapale !... Presque quatre mètres sur cinq. Maintenant au musée du Louvre. Eugène Delacroix l'avait peint alors qu'il n'avait pas trente ans, dans le premier tiers du siècle (à peu près au moment même où De Quincey publiait sa brochure...). Fromental, à ses débuts, lui avait consacré une étude, un essai, un brouillon d'apprentissage. L'article n'était jamais paru. Mais le tableau était resté accroché dans un coin de sa mémoire. Maintenant il en revoyait parfaitement la scénographie : allongé sur un lit d'apparat, au sommet d'un majestueux bûcher, Sardanapale fait égorger ses femmes, ses pages, ses chevaux et ses chiens ; aucun des êtres qui ont servi ses plaisirs ne doit lui survivre...

141

Et l'autre, après ? La « béotienne » ? De quelle réminiscence s'était-il senti effleuré devant ce corps laiteux, cette chevelure dorée, ce voile de pudeur plus impudique encore que la nudité ? Au-delà de cette silhouette adolescente, androgyne, qu'avait-il cru voir alors, qui s'était effacé avant même que sa conscience ne lui eût permis d'y reconnaître quelque chose ?

Lucrèce !

La *Lucrèce* de Lucas Cranach l'Ancien ? Ce portrait en pied se trouvait à Vienne, mais un de ses amis peintres lui en avait montré une copie, effectuée par ses soins lors d'un séjour dans la patrie des Habsbourg. Lucrèce violée par le fils du roi Tarquin auquel elle s'était refusée. Lucrèce qui, ayant révélé son déshonneur à son époux, s'était poignardée. Lucrèce : l'image de la vertu conjugale absolue ; et une sorte de marraine bien involontaire de la république qui s'installa à Rome après qu'une révolte en eut chassé les Tarquins violeurs.

Oui, c'était bien cela ! Un noir velours tragique, propre à accentuer le contraste d'une chair enfantine au seuil du néant...

Comme il était excitant, ce jeu des références !

Une braise claqua dans le foyer, des escarbilles étoilées fusèrent. Fromental alla donner trois coups de balayette devant l'âtre. Odilon, qui avait eu plus d'une fois le poil roussi, avait détalé au premier crépitement.

... Et le meurtre du « jocrisse », bien sûr, reconstituait *Marat assassiné*, le tableau de Jacques Louis

David dont on affirmait encore qu'il parvenait au « sublime ». Qu'entendait-on par là ? Marat n'avait-il pas été une sorte de chef des « massacreurs de Septembre » ? Et, soignant sa maladie de peau dans sa baignoire, n'affirmait-il pas tranquillement à la petite Charlotte Corday que ses amis députés du Calvados allaient être bientôt guillotinés sans pitié ?

Où se trouvait le sublime, sinon dans la noble peinture d'un assassinat traité comme un des beaux-arts, mais qui masquait en même temps d'autres significations plus sanglantes ? Marat, impitoyable partisan de la Terreur, et David, son ami, qui siégea au Comité de Salut public et fut pourvoyeur à sa façon des fournées envoyées à l'échafaud. David que la chute de Robespierre aurait dû perdre, mais qui se trouva épargné...

Quelle revanche et quel fétichisme symbolique fallait-il tenter de dénicher derrière cette mise en scène du meurtre de Des Hélues ? Pour quelles intentions ? Le tableau de David n'avait pas cent ans ; cette histoire de France était encore d'actualité et restait au cœur de certaines passions ; la République n'était toujours pas assurée de son triomphe ni de sa permanence ; les bonapartistes se faisaient oublier, mais les royalistes et les orléanistes relevaient la tête – on les négligeait trop, sans doute, au « profit » des anarchistes, des socialistes et de tous ces libéraux qui ne cessaient de réclamer des libertés publiques...

Les interrogations sans réponse qui égaraient l'écrivain étaient les mêmes pour les deux autres tueries.

Un complot contre la République qu'illustreraient ces trois saynètes cruelles et grandiloquentes ?... Il faudrait en découvrir les secrets. Aucun mobile n'était lisible. Quant à ces étranges amputations – deux doigts, une oreille, un pied –, dont le rituel avait accompagné chaque mise à mort, elles n'étaient pas davantage intelligibles.

Fromental revint s'appuyer de l'épaule à l'embrasure de la fenêtre. Il ouvrit pour aspirer de longues gorgées d'air humide. Les idées se bousculaient et s'amalgamaient, intuitives, inductives, cherchant à travers la matière brute qui empâtait son esprit leur enchaînement logique. Il tenait toujours à la main l'opuscule de M. De Quincey, et une phalange coincée entre les pages marquait l'endroit où il avait abandonné sa lecture pour plonger dans ses réflexions. Dans quel roman s'embarquait-il ?... Les toits de Paris brillaient d'un vernis neuf et une lumière flamboyante illuminait les panaches des cheminées. Tout paraissait assoupi. Des chapelets de perles s'égouttaient à la lisière des tuiles et au rebord des chéneaux de zinc. Où étaient les victimes ? Où, les assassins ? Qui pouvait dormir paisiblement ?

XII

VISIONS, MIRAGES, CHIMÈRES

> Devant la grotte sur un rocher de lapis,
> la chimère pleure sur la passion des fils de
> l'idéalité.
>
> Alphonse GERMAIN, *La Plume.*

Les nuits de l'inspecteur étaient rarement de tout repos. La vie d'un fonctionnaire de police échappe à la routine du commun. Sur un petit ton de gloriole, Cyprien en avait fait la confidence à son ami. Et Fromental avait éprouvé ce que les réquisitions de Courtin et de Grandier pouvaient avoir d'imprévisible. Aussi, lorsqu'il frappa à coups étouffés à la porte de la maisonnette de l'ancienne barrière de la Gare, il ne s'attendait pas être reçu avec un mauvais visage.

Une fenêtre s'entrebâilla sur la trogne chiffonnée de Cyprien.

– C'est pour quoi, encore ? !... Bigre !... Que se passe-t-il ? Qu'est-ce qui te prend ? Tu as vu l'heure... ?

C'était le milieu de la nuit. Ils furent bientôt attablés devant un bol de café à la chicorée. Cyprien

145

était de mauvaise humeur. Sa femme acceptait la situation avec la tranquille abnégation de l'accoutumance.

— C'est souvent comme ça ! dit-elle.

À tout hasard, elle poussa devant les deux hommes une miche, un saucisson et un couteau, puis repartit se coucher en resserrant les rubans de son bonnet. Le feu à peine rallumé s'était éteint. Il ne faisait pas trop chaud.

— Je ne pouvais pas dormir ! dit Fromental sur un ton excité. Ces idées, je ne fais que les remuer dans ma tête. Et plus les heures passent, moins j'admets de les garder pour moi.

— Est-ce que tu ne pouvais pas les conserver bien au chaud sous ta couette jusqu'à demain matin ? bâilla le policier. D'ailleurs, on y est presque...

Comme pour un office de matines, dans un lointain assez proche, une cloche sonna. C'était la chapelle Saint-Louis de la Salpêtrière. Fromental laissa passer au-dessus d'eux les cercles sonores qui allèrent vibrer en vaguelettes à la surface du fleuve. Il y eut un moment de silence étrange. Cyprien clignait des paupières, se rendormait déjà.

L'écrivain fit part de ses découvertes : « leurs » assassinats devaient être considérés comme des beaux-arts dont la mise en scène n'avait évidemment pas échappé à l'inspecteur ; mais les tableaux leur ayant servi de modèles venaient d'être clairement identifiés. Cyprien parut s'éveiller :

— Quand je t'ai dit que j'allais te trouver matière à nourrir autrement tes romans, je ne croyais pas si bien dire...

– Mais il ne s'agit pas seulement de roman... Il y a une enquête à mener, une vraie !

– Nous la menons, qu'est-ce que tu crois ! Nous épluchons obstinément... la piste anarchiste. Il y a de l'ébullition de ce côté-là... Fausse piste, bien sûr, mais qui sourit mieux à la Préfecture. Au moins nous ne bousculons pas les notables et les bien-pensants ! La presse est à peu près muselée sur cette histoire. Ils ont de quoi s'occuper par ailleurs. Après le trafic des décorations, on nous parle de Panama[1]... Pendant ce temps, nous cherchons aussi des voleurs... les receleurs de bijoux... nous cherchons !

– Et vous ne trouvez rien !... Le vol n'est certainement pas le mobile de ces crimes.

– Pas si simple... Figure-toi qu'un magistrat différent a été nommé pour chacune de ces trois affaires... Notre commissaire a été désavoué, semble-t-il, et on m'a retiré ma mission de coordination. Il y a une volonté de disjoindre afin d'éviter, si possible, la trop grosse affaire qui ferait la une des journaux. Pour une fois, le secret de l'instruction est bien verrouillé. On va faire traîner les choses, c'est évident... Atermoiements, temporisations, réticences, manœuvres dilatoires, retards, ajournements : le train-train habituel du judiciaire.

---

1. L'« affaire de Panama » n'éclata qu'en septembre 1892, mais elle couvait depuis la mise en liquidation, trois ans plus tôt, de la compagnie de financement du canal interocéanique envisagé par Ferdinand de Lesseps et Gustave Eiffel. Des dizaines de milliers d'épargnants s'étaient trouvés ruinés, mais quelques autres, « bien placés », furent soupçonnés de s'être astucieusement enrichis.

– Je ne voyais pas les choses comme ça, concéda Fromental avec dépit. Une enquête doit être menée avec imagination et vivacité. Le détective est sur la brèche, et il ne lâche rien !

Cyprien s'égaya de cet emportement :

– Dans un roman, sûrement !... Le lecteur est plus impatient que la justice.

Fromental bouillonnait. Avant d'être lecteur de son feuilleton, il voulait d'abord en être un protagoniste sans répit.

– Ces trois crimes sont liés, même mon chat Odilon saurait s'en apercevoir ! Et toi, tu m'annonces trois juges d'instruction différents... Qui peut croire une pareille chose ?

– Personne, sois tranquille, ricana Cyprien en resservant du café. On va patauger un peu avant de tout relier à nouveau, en prétextant un malentendu dans les rouages bureaucratiques... Et, surtout, ne me demande pas les raisons de ces mystères, car ceux de l'administration sont impossibles à percer !

– Eh bien ! Nous ne risquons pas d'aller bien vite, en effet !

– Mais toi, tu le peux, mon vieux !... Vas-y, fonce ! Comme avec la petite... comment se nomme-t-elle, déjà ?

– Hyacinthe Péridot.

Cyprien regarda malicieusement son ami et Fromental se recroquevilla derrière sa barbe.

– Sais-tu que ta Hyacinthe a été quelque temps la secrétaire de Des Hélues avant d'être celle d'Isa Ermont ?

– Je l'ignorais, grommela l'écrivain, à la fois étonné, inquiet et mortifié.

– Tu m'en vois surpris ! proclama Cyprien qui ne l'était nullement. Quand on a sous la main un témoin aussi essentiel, il faut savoir en tirer le meilleur parti, mon ami ! Il ne suffit pas de regarder cette demoiselle avec des yeux de merlan frit. Un peu de flair, aussi : elle sent la cocotte à plein nez, ta Hyacinthe.

– Pourquoi « ma » Hyacinthe ?

– Oh ! j'ai bien vu combien tu la trouvais intéressante... et combien elle a su s'en rendre compte, elle aussi... Elle saura s'en servir.

– Nous avons quelques affinités artistiques, en effet, contre-attaqua Fromental sur un ton de petit cuistre. Mlle Péridot n'est certainement pas une cocotte, mais une collaboratrice très informée en matière de collection d'art.

– Soit ! Je te laisse encore un peu l'exclusivité de cette merveille. Méfie-toi tout de même...

– Mais de quoi, de qui ?

– De tout !

Cyprien voulait encore donner des leçons. Mais c'était dans un domaine où il était sans aucun doute le plus fort. Fromental prit un air réprobateur autant que contrit.

– Merci du conseil, accepta-t-il de bonne grâce. Et après, que fait-on ?

Cyprien but à petites gorgées, sans cesser de regarder le visage de son ami comme s'il le soupçonnait de pensées secrètes qu'il ne parvenait plus à lire. Fromental s'efforçait d'éteindre les ondes de son cerveau, dans la plus tranquille impassibilité.

— Si je résume, la fille Péridot connaissait chacune de nos trois victimes, rumina l'inspecteur. Elle est le lien commun à ces trois assassinats « artistiques ». Sans doute va-t-elle se faire embarquer et cuisiner avant peu, ta Hyacinthe... Ne traîne pas... Questionne-la sur son emploi du temps au moment des trois meurtres... Elle est arrivée bien vite, quand sa patronne a été poignardée.

— Un coup de téléphone anonyme... Le garçon de chez Véry a confirmé.

— Comment ça ?

— Je suis passé par là et...

— Hon hon ! je vois !... Tu ne m'en as rien dit.

— Eh bien, je te le dis maintenant ! Tu n'es pas si facile à attraper, mon cher Cyprien. D'ailleurs, en général, c'est toi qui me fais saisir par ton Courtin et ton Grandier.

L'inspecteur exhala un regret qui n'était pas sincère :

— Tu sais, il est question de me muter place Beauvau ou rue des Saussaies, à la 2e division ou peut-être au Contrôle général. Une promotion.

— Félicitations.

— Aussi je n'aurai bientôt plus à me soucier de cette affaire parmi toutes les autres dont je dois m'occuper : détournements de mineures, escroqueries au mariage, recherches de paternité, substitutions de nouveau-nés, infanticides, captations d'héritages, subornations de témoins... Tu vois : tout le fonds de commerce de vos romans, feuilletons et mélodrames ! Sans oublier les baluchonneurs, les tireurs à l'arraché, les monte-en-l'air, les as de la grivèlerie et de la carambouille... Il aurait été bon de s'organiser un peu mieux, en brigades spécialisées, mais notre ministre, Jean Constans, le « vidangeur », est sur le départ... Tu as bien raison d'avancer sans moi. Vas-y, raconte...

Fromental relata sa modeste enquête auprès du Véfour et du Véry. Il s'y donna un peu d'importance, mais une lueur d'amusement dans l'œil de son ami lui fit deviner que les mêmes vérifications avaient bien évidemment été effectuées par un véritable agent de la Sûreté.

— Ce que prétend ce gaillard de chez Véry ne vaut pas grand-chose, commenta Cyprien. Pour cent sous, on lui fera jurer ce que l'on veut. Il lui a été ordonné de se taire et de ne pas informer Mlle Péridot de nos investigations. S'il n'a pas tenu promesse, ta jeune amie sera assez fine pour ne jamais t'en parler. Il vaudrait mieux qu'elle t'en parle, d'ailleurs. La confiance serait meilleure entre vous... Mais il est vrai aussi que tu n'as rien dû lui avouer, de ton côté. Alors elle se méfie... Tu vois, ce genre de petit jeu n'est guère facile à mener.

Un jeu, bien sûr ! Depuis le début, c'était un jeu du chat et de la souris, aux rôles interchangeables. Il y avait eu du travestissement dès le premier crime, et le carnaval continuait...

— Si tu veux, suggéra l'inspecteur, il faudrait creuser la personnalité de nos trois assassinés : le philistin, la béotienne, le jocrisse... Je ne te demande pas de faire le procès des victimes, mais de fouiner un peu dans leur passé... Leur vie sentimentale... Tous les bons mouchards commencent par là. L'expérience apprend que l'argent et l'amour sont les mobiles de presque tous les crimes.

— L'amour ?

— Ou la luxure, tu verras... Mais, en vérité, il ne s'agit que d'enjeux de pouvoir : la puissance que les humains veulent exercer les uns sur les autres... Tiens, comme je pensais bien que tu allais me tomber dessus à un moment ou à un autre, et connaissant ton penchant pour la littérature... euh ! naturaliste ?..., je t'ai mis de côté un double de ces quelques feuillets saisis dans l'écritoire de Séverin Des Hélues. Je suis sûr que tu seras intéressé. Il y a là des pistes à saisir. Pour le reste, tu trouveras bien quelques secours éclairants auprès de Mlle Péridot. Elle doit sentir qu'on la soupçonne et elle aura plaisir à déplacer l'intérêt vers d'autres petites personnes que la sienne...

Il s'était levé pour aller décrocher au portemanteau une musette de cuir qui ressemblait à celles dont se servent les facteurs des postes. Il y récupéra une poignée de pelures ivoire couvertes d'une encre fine vigoureusement administrative. La liasse portait trois titres ou sous-titres, tous barrés d'un trait de plume. Cyprien expliqua que le copiste avait respecté la volonté de l'auteur en retraçant les biffures qui figuraient sur l'original et semblaient le désavouer sans qu'on pût savoir si c'étaient seulement les titres qui ne convenaient pas :

Fin de Siècle
Visions, Mirages, Chimères
Confessions décadentistes

De retour chez lui, Fromental ne put que continuer à lire ce qu'il avait commencé à déchiffrer en se contorsionnant sous le lumignon du fiacre qu'il avait eu la chance de trouver à l'embarcadère d'Orléans. Les pavés du quai Saint-Bernard et ceux du boulevard Saint-Germain avaient rendu ses tentatives illusoires.

Aussi songeur et épuisé qu'un galant s'enfuyant de chez sa maîtresse au petit matin, il avait contemplé avec morosité les grisailles de l'aube. Halées par des rosses apathiques, des citernes municipales aspergeaient les chaussées ; des tonnes à vidange pompaient leurs infâmes gadoues ; des tombereaux se goinfraient d'immondices enfourchées par des éboueurs aux moustaches aussi larges que leurs balais, tandis que les ombres crochues des chiffonniers pestaient qu'on s'emparait trop vite de ces ramassis qu'ils n'avaient pas eu le loisir de mieux fouiller. Parfois, le croisement d'une autre voiture laissait entrevoir le profil blême de quelque caillette grelottant de fatigue, ou la mine plus réjouie d'un noceur accompagné de sa bonne fortune. Sur les trottoirs filaient les ouvriers à casquette, mains dans les poches, et les femmes d'atelier qui tenaient au bout de leurs doigts rougis les gamelles du midi.

Fromental lisait, mais les images du matin parisien ne s'effaçaient pas. C'est qu'il n'était pas coutumier de ces traversées fringantes. D'ordinaire, à l'heure du laitier, il marchait pour son plaisir et sa santé, avec une satisfaction tranquille, à la mesure du monde, les pieds bien au sol. Et voilà que cet éveil de la cité, jaugé de l'altitude d'une banquette de fiacre et dans l'immobilité de ses muscles, lui apportait une sensitivité nouvelle (croyait-il) dont il aurait bien dû griffonner quelques pages de son carnet vert. Au lieu de cela, il lisait ce qu'avait écrit un autre ; et un diffus sentiment de culpabilité tardait à se résorber. *Nulla dies sine linea*, avait fait graver au fronton de sa cheminée le maître Émile Zola : « Pas un jour sans une ligne », c'était l'inflexible obligation de quiconque prétend devenir écrivain.

« Qui veut plaire aujourd'hui doit être fin de siècle ou cesser d'exister », avait inscrit de son côté, en exergue à son mémoire, le malheureux Séverin Des Hélues.

Cette objurgation venait d'un éditorial de cette revue nommée *Fin de siècle* qui voulait imposer l'idée que le vice est plus intéressant que la vertu. C'était moins par la teneur de ses articles (souvent des meilleures plumes) que par l'impudicité de ses illustrations que ce magazine tentait d'y parvenir. Sous un « honteux pseudonyme », Séverin avouait avoir collaboré au projet avant que la nécessité d'un retirement complet ne s'impose à lui. L'ignoble spectacle de cette fin de siècle vouée à l'« histrionisme de la dégénérescence » ne pouvait finalement conduire qu'à la volonté de « cesser d'exister ». Mais, dans la trappe esthétique où il avait voulu se cloîtrer, Des Hélues cherchait le pardon et la rédemption dans l'art.

Ce cheminement « spirituel » intéressait moins Fromental que les véritables « confessions » qui s'exprimèrent bientôt au bout des quelques pages confiées par Cyprien. Ces aveux arrivèrent sous la forme d'un journal fragmenté, comme des brouillons de développements à mener ou de simples notations intimes :

Vendredi 13 mars

« La solution à 7 % affûte l'esprit (souplesse, fermeté), mais débilite le corps (utopique raideur). Bel esprit, inductif, déductif, on pérore, imbu de soi-même, confiant en l'imparable vertu de ses raisonnements ; mais le vice reste mou ; fuir les dames : il faudrait prouver ; indifférence apparente, célibat revendiqué, repli terrifié. Augmenter le dosage, varier la pharmacopée. Haschich... Kif... Kat... Ganja... Opiacées... Laudanum... Bambou... Éther... Cocaïne... Seringue... Morphine... Du chemin à faire. Chimérique obélisque définitif... Pan... Priape... Les ithyphalliques de la poterie grecque : pour quels vases ? »

Mardi 9 juin

« Il s'invente un nom, ou se l'est déjà trouvé : Manu la Taupe. Une taille de guêpe et des yeux de biche (myope), des doigts de dentellière sur des paumes d'étrangleur, une bouche venimeuse, des crocs de cobra quand il sourit, et du biceps qui gonfle sous la chemise. Se vante d'avoir tué un homme ou deux, des marins. Ne refuse pas les dames qui payent. Avec lui, à l'entendre, je n'aurais rien à craindre : il me "fera dur" et ça ne sera pas pour rire ! »

Jeudi 17 septembre

« Avec l'herculéenne Zerbina, l'aventure inattendue devient une robuste liaison. J'aime être broyé. Ses seins de foraine sont des muscles secs et nerveux, compacts et bleus comme de la neige de moraine. Elle me saisit et je deviens la barre de son trapèze. Elle m'enlève dans des cabrioles aériennes dont elle m'assure qu'elles sont réelles, que ce n'est pas un mirage et qu'elle n'a pas rêvé. Le directeur du Cirque Florimond se méfie : il a peur que je n'épuise son athlétique acrobate dont l'attraction nouvelle est qu'elle serait, d'après lui, la première femme au monde "porteur" chez les trapézistes. C'est envers lui que je me montre généreux. Zerbina ne veut rien recevoir, si ce n'est des fleurs, des peignes d'écaille pour son épaisse chevelure tressée comme un casque, et des cigarettes turques dont elle fait une consommation exagérée. Un nain du charivari m'a laissé entendre qu'ils étaient mari et femme, selon leurs lois particulières. Je veux bien le croire. Une aventure n'est pas une liaison, une liaison n'est pas un collage, un collage n'est pas un mariage. »

Lundi 11 janvier

« Il est aussi vain de vouloir fuir vers le haut, par la religion de l'Art, que de souhaiter se perdre dans les bas-fonds, par le péché du vice consenti. Et dans mes rêves revient la pénétrante vision, ce mirage, cette chimère... Oui, *je fais souvent ce rêve étrange et pénétrant...* Tu viens vers moi, silhouette de lumière blonde qui s'affirme avant de se dissoudre et que chaque nouveau songe rapproche. Beauté angélique, intègre et primordiale, tu flottes au-delà de toute concupiscence. Il n'y a rien en toi de l'hermaphrodite vicieux aux deux sexes contrecollés, tu es la grâce réunifiée. Les lignes aiguës du vierge viril se fondent aux courbes molles de la vestale intacte. Tu es l'état floral du corps et de la pureté de l'âme, Androgyne insaisissable, toi qui planes au-dessus de ce monde et combles l'espace désespéré qui sépare le mortel de l'immortel. »

157

Fromental referma ces pages avec un certain égare-
ment. Il n'était pas de ceux qui peuvent ainsi associer
la fréquentation du vice à une prétendue élévation spirituelle.

Avec une ironie désespérée par l'exacerbation des
sens, le malheureux Séverin Des Hélues avait finalement marché vers un trépas qui était peut-être le sacri-
fice rédempteur souhaité. Mais il se pouvait aussi que
certains suspects fussent à dénicher derrière les lignes
de ce mémoire désordonné... Cela seul importait aux
enquêteurs.

XIII

PLAISIRS SINGULIERS

> De toutes les aberrations sexuelles, la plus singulière est peut-être la chasteté.
>
> Remy de GOURMONT,
> *Physique de l'amour.*

En cette belle fin d'après-midi de petit soleil froid, le piano bastringue d'un beuglant – qui fêtait sans doute son ouverture prochaine ou sa fermeture définitive – déversait dans le bas bout de la rue de la Michodière de furieuses ritournelles pour voix de mêlé-casse, soutenues dans l'aigu par un chœur approximatif de buveuses d'absinthe. Sur le pas-de-porte, de gais compagnons enluminés faisaient valser leurs bocks à bout de bras, soulignant par d'imparables giclées de bière les staccatos du pianiste. De loin les passants changeaient de trottoir. Ils plongeaient alors dans la brume roborative de La Petite Villette, établissement boucher qui proclamait sans vergogne un débit perpétuel de bouillon gras ou maigre, de pot-au-feu, de bœuf à la ficelle ou en gelée, de miroton, de bœuf mode, de queue, de joue, de jarret : du bœuf, rien que du bœuf !

Entre deux périls choisissant le moindre, Fromental s'était approché du mastroquet dont le chahut-bahut méritait certainement un croquis, une eau-forte, une pointe sèche. Il avait sorti son carnet et traqua la récalcitrante pointe de crayon coincée au fond de son porte-mine.

Une voix féminine ravinée par les ans et le vin bleu l'interpella :

— Hé, toi, la mouche ! Pas la peine de nous broder sur ton calepin, vu qu'on a un congé réglo pour cause de funérailles. Radine t'en jeter un ! C'est le gars Manu qui régale... Enfin, on s'a cotisé pour.

— Manu la Taupe ? demanda Fromental sans vraiment y réfléchir.

La femme le regarda avec moins d'ébriété et plus de méfiance.

— Bah ! le monsieur, si t'es pas de la poule, t'es à la redresse... Tu connaissais Manu la Taupe ? Il s'est fait raccourcir ce matin devant la Roquette, là où pleure la Veuve. On y était tous... T'y étais, toi aussi ?

Fromental tourna les talons pour s'enfuir vers les vapeurs salvatrices de la fabrique de bouillon.

— Hé ! te cavale pas comme ça, viens boire un coup !

— Monsieur doit « en être »..., déclara dans le dos de l'écrivain une voix d'escarpe qui ajouta froidement : Il vient de perdre un fournisseur...

Tout romancier naturaliste qu'il avait pu être, Fromental s'affolait au contact réel de ce monde de sauvagerie, de délire, de cruauté et de dégénérescence qu'il avait su si bien décrire mais qu'il connaissait au fond si mal. De bas en haut de l'échelle, de l'ouvertement vulgaire au prétendu raffiné, il ne rencontrait plus que de la perversion et du meurtre. Au passage redouté de La Petite Villette, il crut qu'on allait l'asperger du sang chaud des bovins immolés.

Il s'engouffra comme un dément dans l'immeuble où habitait Junie de Kerval. Il escalada les six étages comme on grimpe un golgotha. Il était à demi-mort d'essoufflement et d'émotion quand on vint lui ouvrir. C'était Babeth.

– Tiens donc, le beau monsieur de l'autre fois ! constata-t-elle avec son habituel sourire d'effronterie. Celui qui s'intéresse aux romans plutôt qu'aux demoiselles...

– Mais pas du tout, pas du tout !

– On vous a vu fouiller dans nos livres, en nous regardant à peine.

– Allons bon... Vous portiez un haut de robe lilas avec plein de petits boutons... (Et, par en dessous, un buste de cariatide saillant et compact ; pour l'instant, Babeth s'était drapée dans un déshabillé azuréen dont l'échancrure basse livrait un aperçu corporel plus relâché, mais d'une volumineuse blancheur.) Tout à fait charmante ! Et votre amie aussi... Vos deux amies, ajouta-t-il en se souvenant de cette Violeta à peine entrevue. Junie n'est pas là ?

– Elle danse, monsieur, elle danse... C'est à quel sujet ?

Fromental dansait lui aussi, d'un pied sur l'autre. Il avait chaud et sa respiration était hachée.

– Entrez donc, encouragea la jeune femme.

Une ombre s'évapora. C'était Violeta.

Fromental déposa sa canne et son chapeau sur un coin de commode. Il expliqua les raisons indiscrètes de sa visite : en apprendre davantage sur Auduret-Lachaux que ce qu'en avaient établi sa femme et ses associés. La cérémonie à l'église de la Madeleine n'avait fait fleurir que des vertus dans la bouche du prédicateur, et l'éloge funèbre prononcé au cimetière du Père-Lachaise avait été un arbre planté au jardin des plus hautes valeurs de l'humanité. Journaux et revues avaient publié de larges extraits de ces apologies en y ajoutant leurs propres encensements.

– C'est très bien, pour les morts, qu'on dise du bien d'eux, apprécia Babeth. Ça fait plaisir à ceux qui restent. Évidemment, c'est seulement ce qui va mal qui intéresse la police !

Elle soupira, resta songeuse un instant, fit signe à son visiteur de s'asseoir et laissa deviner que sa bonne volonté serait aussi une bonne précaution : une « entrée » à la Préfecture n'était pas chose à négliger.

– Il m'a eue, moi aussi, le Gustave ! admit-elle assez librement. Il se lassait vite, et Junie refusait de me croire, la pauvre ! Elle s'imaginait unique et attitrée. Un jour, je l'ai remplacée au pied levé, si l'on peut dire. Un imprévu à l'Opéra, bousculant les horaires, avait contraint mon amie à annuler sa visite coutumière. Je n'avais qu'un mot d'excuse à porter, mais j'avais récupéré la robe mauve... Monsieur Gustave a trouvé ça... très excitant ! Il a voulu jouer de la situation comme si j'étais sa Junie, il a exigé que je garde la robe et la voilette, l'une relevée, l'autre baissée. Chacun y aura trouvé son compte... C'était un homme généreux.

— Et le gardien de l'hôtel de Saint-Fontenay-Laferté ? S'est-il aperçu... ?

— Pensez-vous... Il n'y a vu que du feu !

Fromental hocha la tête avec obstination. Il aurait voulu noter dans son carnet ses impressions littéraires et ses postulats policiers, mais craignit de paraître alors plus argousin qu'il n'était.

— Vous savez, moi aussi je danse, reprit la jeune femme. Je danse à l'Éden, aux Folies-Bergère, ici ou là... Les filles se parlent entre elles. Alors, je peux vous dire que monsieur Gustave a honoré un joli corps de ballet si on faisait sortir des coulisses, en même temps, toutes les bayadères qu'il a... Mais tout ça, vous devez bien le savoir ! Ce qui se sait peut-être moins, c'est que votre roi du calorifère... repu et dégoûté, comme ils le sont tous, ces bestiaux-là... recherchait des aventures plus épicées. Au bordel il aimait se dévergonder avec des phénomènes de cirque...

— De cirque ? s'étonna l'écrivain dont le cerveau s'exaspérait d'hypothèses fragmentaires, incohérentes, ouvertes sur des pistes inattendues, éparpillées comme les pièces d'un puzzle où tout ne s'emboîterait qu'à la fin.

— Il y avait une géante qui satisfaisait son goût de l'ascension sociale... et une naine qui lui prouvait sa capacité à se soucier des petites gens, persifla Babeth avec un air blasé qui n'était pas dépourvu de tristesse.

— Est-ce qu'il n'y avait pas aussi une trapéziste ?... Une femme très musclée..., demanda Fromental en se souvenant brusquement des notes laissées par Des Hélues.

Babeth haussa les épaules.

— Il est normal qu'une trapéziste soit musclée... Ce n'est pas ce qu'on appelle un phénomène de cirque.

Fromental ne savait plus où il en était.

Retrouver et interroger tous ces gens prendrait un temps considérable ; et ce n'était pas son travail, mais celui de Cyprien – qui, lui, prétendait avoir mieux à faire : les attentats anarchistes se multipliaient ; beaucoup n'étaient que des farces bruyantes, mais on craignait l'escalade des brutalités. Un certain Ravachol avait proféré d'inquiétantes menaces récoltées par des informateurs. Aussi ne fallait-il plus guère compter sur l'inspecteur Abel Cyprien.

Fromental sortit sa montre de la poche de son gilet : l'heure était bien la même que celle qui s'affichait à la pendulette de la commode. Il se leva. On l'attendait ailleurs. Il n'avait plus le temps de discuter.

La jeune femme le raccompagna jusqu'au palier. Elle le laissa descendre quelques marches avant de se pencher pour lui suggérer de revenir, tranquille, un de ces jours... Dans le mouvement, elle dévoila un nouvel échantillon de ses talentueuses rondeurs.

La porte allait se refermer. Dans l'entrebâillement brutalement repoussé, une silhouette de chat écorché s'engouffra, portant un chapeau d'homme et une cravate étranglée sur un col tubulaire.

— Je marche avec vous, dit Violeta en se collant au visiteur qui dévalait les marches. Deux mots à vous dire.

— C'est que je suis en retard, se défila Fromental.

Il ne freina pas son allure, mais la jeune fille n'était pas entravée par les plis resserrés d'une longue robe. Son tailleur était plus court encore et plus ajusté que celui que Hyacinthe avait osé porter. Là où une femme honnête n'aurait pu suivre son allure, cette amazone tenait la cadence. En se retrouvant rue de la Michodière, le faux policier était aussi haletant et rubicond qu'à l'aller.

Devant le café-concert, une escouade de sergents de ville en pèlerine était en train de presser dans un fourgon municipal la grappe des braillards avinés. Fromental fila à contresens du plus court chemin qu'il aurait dû prendre. Il craignait d'être reconnu et accusé du mouchardage qui faisait embarquer tout ce petit monde. Violeta trottait à son côté.

— C'est au sujet d'Isa Ermont, dit-elle. Cette autre affaire, est-ce vous aussi qui vous en occupez ?

De la pointe de sa canne, Fromental traça dans l'air une évasive arabesque.

– C'était une amie très chère et très douce, vous savez, continua Violeta avec un aplomb provocateur qui contrastait avec l'attitude timorée qu'elle avait affectée jusque-là. Mais pas très facile à vivre... Exclusive, jalouse, autoritaire. Il y avait de ces scènes ! Une virago, n'est-ce pas, c'est ainsi que vous dites ? Un peu gendarme et assez dragon. Par ailleurs, c'était un amour... Seulement, la jalousie morbide, à force de s'y soumettre, c'est une maladie qu'on transmet aux autres... Moi, je ne suis pas comme ça. Et je ne crois pas que je pourrais jamais commettre un meurtre. En tout cas, il faut que celle qui a fait ça soit punie. Je compte sur vous, monsieur l'inspecteur !

XIV

LES PEINTRES D'ÂME

> Votre âme est un paysage choisi...
>
> Paul VERLAINE, *Fêtes galantes.*

Violeta tourna vers l'avenue de l'Opéra et Fromental partit dans l'autre sens, jusqu'à la rue de Gramont. Alors qu'il n'était tout à l'heure qu'à deux pas du boulevard, il dut remonter parallèlement à la rue de la Michodière, dans l'idée de rejoindre bientôt le numéro 11 de la rue Le Peletier où se tenait, dans la prestigieuse galerie Durand-Ruel, le premier Salon de la Rose+Croix.

Ce détour n'était pas bien grand mais, comme il était en retard, l'écrivain accéléra le pas.

Parvenu au boulevard, il fut bien étonné du désordre qui y régnait. Une cohorte d'équipages et de marcheurs élégants convergeait vers la rue Le Peletier, déjà noire de monde. Un cordon de police tentait d'endiguer les nouveaux arrivants. Des voyageurs déroutés se plaignaient de ce que le service d'omnibus eût été interrompu entre la place de l'Opéra et la rue

Montmartre. Le bruit courut qu'un attentat terroriste avait ouvert une brèche sanglante au cœur de la capitale et que la guerre générale était pour demain. Quelles que fussent les raisons du chambard, les honnêtes gens s'insurgeaient contre les pouvoirs publics, contre le ministère, contre le clergé, contre la classe ouvrière, contre la maréchaussée et contre l'État. Mais tous ceux qui auraient dû fuir cette mêlée qui ne les concernait pas s'y agglutinaient par curiosité.

Fromental, qui n'appréciait que les divagations solitaires et les abandons silencieux, aurait aimé pouvoir tourner les talons. Mais Hyacinthe serait là...

Il joua des coudes jusqu'à parvenir enfin au bureau de contrôle signalé par un écriteau chamarré rehaussé de bannières aux couleurs saugrenues. Il possédait l'invitation sur carton rouge qui lui permettait d'assister à ce vernissage-événement où se pressait le Tout-Paris. On lui fit signe d'entrer. Il éprouva alors ce fugace sentiment de triomphe que produit l'exhibition d'un laissez-passer en règle.

L'ordre de la « Rose+Croix catholique du Temple et du Graal » se voulait la résurrection d'une improbable confrérie occulte initiée au début du XVIIe siècle (ou au XIIIe, ou au XVe..., les sectateurs n'étaient pas d'accord entre eux) par un mythique mage germanique nommé Christian Rosenkreutz, lequel aurait rapporté de ses voyages en Orient les secrets de la science d'Hermès et fondé par la suite une « fraternité » vouée à la pratique de l'alchimie et à l'étude de la kabbale. Le Sâr

Joséphin Péladan, devenu magicien à son tour (« mage de camelote, bilboquet du Midi[1] », avait médit de lui M. Huysmans dans son roman *Là-bas*) y avait ajouté un avatar baptisé « Rose+Croix esthétique » dont l'objet était de « bafouer la démocratie artistique » et la « peinture civique ». Les principes et les ambitions de la Rose+Croix esthétique devaient trouver une concrétisation éclatante dans ce premier Salon. À en croire les documents qui avaient été remis à Fromental, il s'agissait d'une « manifestation de *l'Art contre les arts,* de l'idéal contre le laid, du rêve contre le réel, du passé contre le présent infâme, de la tradition contre la blague ».

Au premier coup d'œil, on pouvait juger d'une conformité aux principes énoncés : au-dessus des crânes et des chapeaux, tout au long des travées, ne s'apercevait aucun paysage, aucune nature morte, pas le moindre portrait de bourgeois abruti de suffisance ni la moindre représentation de la sempiternelle et clinquante soldatesque s'égorgeant dans de vicieux combats. Pas de patriotisme, pas d'héroïsme. L'exhibition insolente de ces vulgarités était proscrite. Bannis aussi les marins, les sportifs, les bichons, les vases de

---

1. Péladan était né à Lyon en 1858. S'autorisant de l'occupation très ancienne du midi de la France par les *Sârs Asiens* (les Sarrasins), il s'était octroyé le titre de Sâr, porté par les mages chaldéens et assyriens. Son patronyme de « Péladan » était pour lui l'altération de Baladan, « Fils du dieu Bâl ». Le Sâr prétendait bien sûr à une ascendance mythique des plus prestigieuses.

fleurs et les corbeilles de fruits, et toute la trivialité des petits sujets compréhensibles par le tout-venant. Partout flamboyaient ou se vaporisaient les ciels tour à tour empourprés et azuréens où devaient s'élever les âmes dans des scènes bien souvent d'une inquiétante étrangeté.

« Le Salon de la Rose+Croix veut ruiner le réalisme, réformer le goût latin et créer une école d'art idéaliste », confirmait le règlement. Et Fromental n'entrevoyait que de fumeuses légendes, les pâles ectoplasmes de visions mystiques, le primitivisme brumeux des mythes théosophiques, une allégorie embrouillée, une rêverie morale chantournée, de la paraphrase poétique et du lyrisme moral. Tout cela s'embrasait, se contorsionnait dans l'extase ou l'hystérie, tombait en catalepsie, gisait, semblait parfois s'être figé, à l'instant, tel un rêve interrompu qui reprendrait bientôt un nouvel élan vers l'impossible résolution du mystère. Mais ce mystère fascinait. Des noms étaient connus : Félix Vallotton, Antoine Bourdelle, Fernand Khnopff, Émile Bernard. D'autres étaient à découvrir : Ferdinand Hodler, Carlos Schwabe, Jan Toorop, Gaetano Previati ; d'autres encore... Étaient-ce bien ces « peintres d'âme » évoqués par Hyacinthe ? Il y avait trop de bruit et de bousculade pour que la nécessaire sérénité de l'esprit y trouvât son compte.

Là-bas, intéressé bien que n'exposant pas, n'était-ce pas le maître symboliste Gustave Moreau ? Oui, c'était bien lui, échangeant un coup de chapeau distant avec le maître naturaliste Émile Zola. En grommelant, le poète Paul Verlaine enfonçait son étrave dans la cohue. Fromental prit son sillage. Puis il se laissa dériver, tournoyant dans la houle bruissante des invités qui ne cherchaient guère à découvrir les œuvres, mais se consacraient surtout à leur mutuelle reconnaissance.

Fromental n'était pas en quête d'une illumination mystico-artistique d'art idéaliste. Il espérait une rencontre plus charnelle. Celle de Hyacinthe, bien sûr, qu'il découvrit brutalement, clouée au mur, exhibée dans toute son étrangeté, dépouillée de ses vêtements, offerte en un « nu sublimé » qu'autorisait le mandement rigoureux de la Rose+Croix esthétique.

« Suivant la loi Magique, aucune œuvre de femme ne sera jamais exposée ni exécutée par l'Ordre », énonçait dans son prospectus un des derniers préceptes de celui qui voulait « insuffler dans l'art contemporain et surtout dans la culture esthétique l'essence théocratique » qui favoriserait « d'abord l'Idéal catholique et la mysticité ». Cet ultime commandement paraissait n'avoir choqué personne : il n'était pas souhaitable que les femmes eussent leurs œuvres exposées – leurs corps l'étaient déjà suffisamment.

Mais était-ce bien celle à laquelle il pensait, cette flamme de chair pâle aux membres étirés, aux hanches étroites, au buste incertain, au ventre drapé d'un lambeau de tunique arrachée par des Bacchantes végétales autant qu'animales, chimériques, menaçantes comme les scories d'un cauchemar et qui encerclaient cet

171

étrange « Orphée » dont le visage, à n'en pas douter, était bien, lui, celui de Hyacinthe... Les yeux, surtout, de cette couleur noisette et vernissée dont le peintre avait su saisir l'étrange lumière et dont Fromental n'avait pas senti, jusque-là, combien ils focalisaient son attirance.

— Voici un visage qui ne dissimule pas ses sentiments ! claqua une voix de métal fêlé.

Quel visage ? Celui de Hyacinthe ou celui de Fromental qui la contemplait avec ébahissement ?

L'écrivain se tourna vers un sombre barbu dans la quarantaine qui montrait, par une façon de lavallière qui lui pendouillait autour du cou, qu'il se voulait peintre et tenait à le signaler. La pipe d'ambre et d'écume qu'il suçaillait bien qu'elle fût éteinte avait la forme vrillée d'une vouivre agonisante.

Fromental salua d'un signe de tête avant de se replacer aussitôt devant le tableau dont l'exécution très fine, techniquement impeccable, était dépourvue d'*âme* véritable. L'ambiance colorée, d'une morbidesse songeuse bien dans la manière « symboliste », semblait avoir été pastichée plutôt qu'assumée.

Fromental scrutait le tableau dans tous ses détails. Un arrière-plan lui révéla la prairie de fleurs d'un bleu violacé où Eurydice fut mordue par le serpent fatal... La mort précoce de sa bien-aimée entraîne Orphée jusqu'aux Enfers. Il recherche son amour. Il obtient des dieux qu'elle revienne sur la terre des vivants. Il se retourne, soumis à son désir, enfreignant l'interdit. Il perd définitivement Eurydice... À la fin, tout va de mal en pis.

Le peintre avait juxtaposé tous les épisodes du mythe sur une même toile, dans diverses perspectives, selon les principes de la peinture ancienne. Le visage d'Eurydice était le même que celui d'Orphée : encore et toujours celui de Hyacinthe !

Mais ce corps nu que Fromental avait cru reconnaître dans une intuition fulgurante pouvait-il être autre chose que le souvenir d'un rêve ? Et les seins arasés, naissants et timides du tableau voisin, pouvaient-ils être ceux qu'il n'avait pu encore contempler ?

Sur le rocailleux et énigmatique chemin de Thèbes, le *Sphinx*, exposé à côté de la *Passion d'Orphée*, avait lui aussi les traits de l'obsédante Hyacinthe ; et il semblait bien que le profil perdu d'Œdipe fût encore le sien. Mais *le* Sphinx était *une* Sphinge, comme le savent les hellénistes...

Dans l'opéra de Gluck, c'était une voix de mezzo-soprano qui chantait le rôle d'Orphée (partition écrite à l'origine pour un castrat à tessiture d'alto). La version française préférait un ténor aigu. L'ambiguïté était certaine et mouvante. Fromental l'avait évoquée dans un article du *Magasin des Arts*. Mais, profondément troublé, il restait maintenant pétrifié devant ces deux mises en scène ; et il tentait de déchiffrer, de sa hauteur raidie, la signature de l'artiste.

— C'est moi, Félix Phaleyton ! tonna la voix de fer-blanc du noir barbu à la pipe factice.

Une large paluche où subsistaient des traces de couleurs se déploya sous le nez de l'écrivain.

Fromental fut bien obligé de prêter une plus grande attention à ce rapin qui s'était approché si près de Hyacinthe, ce qui l'agaçait, bien sûr, sans qu'il acceptât d'en prendre clairement conscience. Il voulut se consoler d'un dépit qui l'agaçait plus encore : la petite demoiselle Péridot n'était qu'une femme parmi d'autres ; elle connaissait beaucoup de monde, et beaucoup de monde la connaissait ; c'était une chance qu'elle fît mine de s'intéresser à lui. Il aurait voulu pouvoir se convaincre qu'elle n'était rien d'autre que la suspecte numéro un de ces trois crimes et que son intérêt à lui ne tenait qu'aux nécessités de son enquête.

— Georis Fromental, dit-il en serrant mollement la main qu'on lui offrait.

— Qu'est-ce qui vous fascine autant dans ma peinture ? demanda le peintre avec gourmandise.

— Bah...

— Vous n'êtes pas peintre vous-même, mais vous avez le regard pictural... C'est quelque chose qu'on sent. Mon confrère Paul Cézanne, si on lui demande ce qu'est la peinture, vous répondra : « La peinture, c'est comme la merde, ça se sent ! » Je vous choque ?

— Venant d'un « peintre d'âme », on peut s'étonner...

— Vous, monsieur, vous êtes un *ariste*, ça se sent !

— Pardon ?

— Un *ariste* ! Une trouvaille de Péladan pour désigner ces amateurs d'art qui peuvent éclairer les

peintres, les sculpteurs, les plasticiens, les artistes...
Éclairez-moi, cher *ariste* ! Éclairez mon chemin, faites
briller vos lumières !

— J'aimerais en savoir plus sur ce que vous entendez
par là.

Félix Phaleyton s'apprêtait à une réponse quand un
flot de nouveaux arrivants l'engloutit. Fromental
reconnut le lorgnon attristé de son confrère Élémir
Bourges, en compagnie d'Antoine de La Rochefoucauld : deux proches du Sâr Péladan dont la visite
n'était prévue que dans la soirée, quand résonnerait le
prélude en trompette du *Parsifal* de Richard Wagner.
Jules Bois, le « reporter de l'occulte », donnait le bras à
la cantatrice Emma Calvé, hérissée d'aigrettes et toute
mousseuse de bouillonnés et de tuyautés de dentelle.
Sa réputation voletait alentour depuis qu'elle avait
triomphé dans sa création de *Carmen* à l'Opéra-
Comique. Jules Bois était l'auteur de livres d'investiga-
tion sur les sectes parisiennes, et d'un drame intitulé
Les Noces de Sathan. Des gens que Fromental avait
déjà croisés. Aussi, quand Phaleyton réémergea du
petit cercle distendu, maintenant qu'on s'était serré
et baisé les mains, la diva voulut bien reconnaître le
journaliste, sinon le romancier qu'elle ignorait probablement. Elle lança vers lui, comme on jette une
amarre à un homme en détresse, un bras ganté de soie
fuchsia.

— Oh ! monsieur Flumenthal, quel plaisir ! Je
compte sur vous pour la petite fête entre amis que

j'improvise demain soir dans mon hôtel de la rue de Berri... Vous connaissez ? Oh ! vous n'êtes jamais venu, ce n'est pas gentil ! Je connais votre réputation de sauvage, Jules m'en a tout dit. Mais, cette fois, soyez parmi nous, je vous l'ordonne et je vous en implore !

Fromental lança un éclair venimeux à son jeune confrère, ce Méridional fluet qui n'avait pas vingt-cinq ans et qui perdait déjà ses cheveux. Dans le même mouvement, il se courba avec gaucherie pour un baise-main agrémenté d'un sourire coincé. Pour lui, les charmes de la conversation mondaine, réputée clé du bonheur et de la réussite, ne faisaient pas partie des plaisirs de la vie ; et il songea avec consternation aux feuillets qu'il n'aurait donc pas le loisir d'écrire dans la solitude studieuse de la nuit, un feu dans l'âtre et un chat sur les pieds.

— Oh ! notre petite amie sera là aussi, j'en suis certaine ! s'exclama la cantatrice en voyant venir vers eux Hyacinthe Péridot.

Fromental comprit alors qu'il se rendrait volontiers à l'invitation du lendemain.

XV

LA DIVA REÇOIT

L'amour est enfant de bohème...

MEILHAC & HALÉVY,
Carmen (musique de G. BIZET).

Une vigoureuse flambée crépitait dans la cheminée et Odilon ronronnait en travers des pieds de son maître.

Fromental s'était mis au travail en revenant du vernissage. Il peinait à en rédiger un compte rendu. Il biffait des mots, des lignes, des paragraphes, recommençait tout avec des soupirs découragés. Personne ne lui avait rien demandé ; mais il voulait croire qu'un papier vivement troussé et porté au marbre dès le matin, ou même confié à quelque portier ensommeillé rompu à ce genre de dérangement nocturne, aurait quelque chance d'être publié au plus vite.

Ce traitement à chaud de l'actualité mondaine, dans un style de *reporter*, n'était pas dans sa manière. Mais le brouillon du roman judiciaire qu'il avait mis en route lui faisait croire qu'il pourrait devenir à son tour

un de ces échotiers à la plume véloce et au style désinvolte qu'il avait toujours détestés admirativement :
savoir affirmer promptement, là où sa prose tergiver-
sait ; jeter les mots comme des confettis ; briller à bon
compte dans le miroir des autres. Mais il lui manquait
le détachement nécessaire, ainsi qu'une bonne dose de
mépris. Et puis il y avait l'encombrante Hyacinthe...

C'était à cause d'elle, sans aucun doute, qu'il souf-
frait de cette impuissance à féconder sa plume et à
engendrer sa copie. Une fille !... Presque une enfant,
quand elle voulait, un air de gamin rieur dans sa robe
blanche à petits plis choisie pour l'occasion. Une
enfant de Marie... Une donzelle à la chair lisse et
dorée, illuminée comme une cire vierge tout juste allumée dans les ténèbres de la concupiscence. Pourquoi
tant de regards attachés à cette frimousse de chérubin
qui savait porter la toilette féminine, mais aurait pu
séduire plus sournoisement en bottes de chasse et en
tricorne ? Une ombre embrumait parfois ce visage à la
beauté incertaine dont le profil perdu révélait alors
une dureté de délectable petit voyou... Mais ce n'était
pas sur cette fatalité qu'il s'était infligé son devoir
d'écrire. Au contraire, il voulait se guérir de cette pensée en dissertant sur l'art. Hélas ! la silhouette gracile
passait et repassait, délicieux fantôme qu'il avait vu
glisser et disparaître dans le dédale factice de la galerie
Durand-Ruel !

L'espérance de pouvoir dîner une nouvelle fois en
tête à tête s'était révélée illusoire. Hyacinthe semblait

cristalliser tous les désirs. Emma Calvé lui avait entortillé la taille d'un bras serpentin en la poussant contre elle à travers les allées. Sur l'autre bord, Jules Bois s'était saisi du bras de la jeune femme et, tout en marchant, n'avait cessé de lui caresser les doigts avec un air d'inadvertance particulièrement insupportable. D'autres hommes suivaient, des gandins, des gommeux, d'intarissables bonimenteurs et des littérateurs de tout poil. Phaleyton, crispé sur un sourire qu'il voulait confit de sagesse malicieuse, pointait l'étrave de sa barbe épineuse et suçotait sa pipe éteinte qui, dans son idée, devait témoigner de son excellence picturale. Au bout de quelques encablures, le peintre avait abandonné la croisière, désireux de revenir vers ses toiles afin d'y renifler d'éventuels clients. Fromental s'était arrêté en même temps, stupide de se trouver comme un petit chien à la remorque d'une maîtresse qui l'avait à peine remarqué.

— Vous connaissez donc Hyacinthe ! avait constaté le peintre moqueur. Maintenant, je comprends mieux votre bobine devant mon Orphée et devant ma Sphinge. Tant pis pour ma peinture, ce n'est pas elle qui vous a bouleversé à ce point... Avec la petite, nous préparons un « Martyre de saint Sébastien ». Criblée de flèches, elle sera parfaite !

— Mais... saint Sébastien est un garçon ! s'était comme étonné Fromental avec un ressentiment profond.

Phaleyton avait ri, sans répondre, et Fromental n'avait rien voulu ajouter. De loin, sans oser retourner au plus près, il avait jeté un dernier coup d'œil à la Hyacinthe mise en peinture ; et il avait en effet ressenti une bonne envie de la larder de quelques flèches.

Oublier cette désolante bouillasse d'émotions impromptues, le retour de la fringale juponnière ! Remettre une bûche au feu. Traiter de l'Art... L'Art seul – auquel devraient s'employer tous ses sentiments autant que ses idées. Retracer le cheminement contemplatif qui avait été le sien tandis qu'il pensait d'abord fuir au plus vite, après sa déconvenue...

Son allure empressée, contrariée par l'affluence, avait fini par céder aux appels de la couleur et des formes, à l'étrangeté des sujets. Il avait freiné, s'était arrêté, avait laissé le mystère l'envahir. Les « peintres d'âme » aussi l'avaient peut-être envoûté...

Déjà flottant dans les faibles convictions de son naturalisme littéraire, il s'était senti ébranlé dans ce qu'il pensait être son goût obligé pour le réalisme en peinture, mais qui l'avait conduit néanmoins vers les impressionnistes (lesquels, en glorifiant la belle apparence du monde, restaient trop à la surface des choses). Et voilà qu'étaient rassemblés des peintres qui voulaient peindre les choses qui sont derrière les choses. Aux antipodes de la sobre observation, l'exposition se tournait vers ces aspects cachés de l'être que ne peut atteindre la seule raison : mouvements de l'âme, en effet, sentiments, suggestions de l'imaginaire, vibrations immatérielles symbolisées par la forme. L'imagination et le rêve, quel art postulerait pouvoir s'en passer ? L'ambition spirituelle des peintres d'âme s'opposait au matérialisme physique qui se prétendait l'unique réalité. La lumière électrique, le calorifère à gaz, le téléphone pour tous et la voiture à pétrole n'allaient pas si facilement combler l'humanité de leurs bienfaits définitifs ! Il en faudrait davantage pour annuler les inquiétudes et les questionnements de l'irréel, du divin, du surnaturel, la recherche de valeurs et de sens... C'était ce que voulaient dire ces artistes-là. Et Fromental avait cru entendre leur message.

Une voix surnaturelle, vraiment ?

Pour finir, il était parti en colère et, maintenant, tentait de mettre en ordre ses intuitions et ses réflexions.

Il n'écrivit pas grand-chose qui valût la peine et finit par s'endormir à sa table, veillé par Odilon dont les yeux de sphinx, avivés par les brusques retours de flamme du feu agonisant, étincelaient fugitivement dans l'obscurité, telles ces étoiles dont on dit qu'elles sont des âmes montant au firmament.

Il rêva que Courtin et Grandier venaient l'arrêter et qu'il était condamné à escalader indéfiniment une colline déchiquetée. Des ravins aux aspérités aiguisées, aux éboulis tranchants, le lacéraient comme autant de coups de poignard ou de flèches. Au sommet du mamelon attendait une silhouette mauve, translucide, attirante et répulsive. Au moment d'y parvenir, un simple mouvement, qui était peut-être un regard, le précipitait en bas par on ne sait quelle fatalité du désir et de la pensée.

Et tout recommençait.

Il remontait et tombait à nouveau.

Au réveil, il voulut noter ce rêve dont les plus fortes émotions s'effaçaient déjà. Mais il était prisonnier d'un autre songe, car la nuit était toujours là – ou déjà là – et il était attendu chez la célèbre Emma Calvé. Allait-il pouvoir gravir le monumental escalier de son hôtel particulier de la rue de Berri sans en dégringoler aussitôt ?

Il s'apprêta au plus vite, sauta dans un fiacre, se fit conduire aux Champs-Élysées.

– Ami ! mon cœur a cru que vous m'aviez délaissée, minauda la diva. Nous allions commencer sans vous, hélas !

Fromental se demanda s'il était bien le destinataire de ces chichis romantiques. Apparemment, la représentation avait bien commencé sans lui... Un pianiste à chevelure préludait sur un Pleyel aussi long et charbonneux qu'une locomotive. Alignés sur des chaises dorées, les heureux invités de la « petite fête improvisée » attendaient avec bienveillance et admiration.

Celle qui avait obtenu en Italie le titre envié de *Prima donna assoluta* se tordit les mains, pressant sur son buste un camélia échevelé. Avec une timidité de débutante, comme si elle craignait de ne pas savoir ses notes jusqu'au bout, elle annonça un air tiré de *Cavalleria rusticana*, l'opéra de Mascagni qui avait couronné ses premières apothéoses. Dans l'assistance courut le murmure qui s'imposait, on applaudit à l'étouffée à

182

travers ses gants, les cacochymes s'empressèrent de tousser une dernière fois. Puis la magnifique voix de soprano s'envola avec sûreté dans une immédiate richesse de coloration aux incomparables nuances dramatiques. Emma « jouait » comme si elle était en scène et avait à conquérir jusqu'aux pires ronfleurs imaginaires d'un improbable poulailler. Elle « tenait » dans l'extrême aigu et réussissait à glisser dans le grave avec du moelleux, sans perdre de sa puissance et sans jamais « accrocher ».

Fromental aurait voulu prendre des notes. Il s'était faufilé à l'arrière, au dernier rang des tabourets prévus pour stigmatiser les retardataires, et se trouvait idéalement placé pour détailler l'assistance sans être lui-même observé. Il aperçut Hyacinthe près d'un homme de sa taille (qui ne la dépassait pas, en tout cas, quand il était assis à côté d'elle) et qui semblait sans cesse l'asperger de regards mouillés. Il ne connaissait pas cet individu. Un reflet grisé sur ses tempes lui indiqua que ce n'était pas un de ces muscadins qui bourdonnaient trop facilement autour de la jeune femme.

Depuis que l'inspecteur Cyprien avait fait de lui un supplétif de la Préfecture, Fromental se savait agent double de lui-même. Quand il semblait s'occuper de tout autre chose, il n'en perdait pas de vue pour autant le triple crime mystérieux qu'il avait à résoudre. Il n'était pas venu pour se divertir ou pour faire plaisir à la cantatrice, qu'à vrai dire il ne connaissait guère : il était là pour traquer le crime.

183

Bien sûr, l'assassin – ou la meurtrière – était parmi eux ! Pas seulement dans la ville, sous les toits, entre les murs ; mais ici, peut-être, sans doute, tout près... Il ne croyait guère à cette piste des anarchistes et des immigrés dont les chefs de Cyprien semblaient uniquement se soucier. L'Art était au cœur de l'affaire !

Et, de même qu'on plonge dans les bas-fonds quand les crimes sont vulgaires, il se devait de gravir des escaliers de marbre menant au monde supérieur qu'il lui fallait infiltrer. Des personnages revenaient, des silhouettes s'affirmaient, des noms se précisaient. Les décors se diversifiaient, mais les protagonistes restaient les mêmes. Il écouta chanter Emma et apprécia les approches du « vérisme » italien dans lequel il discerna comme un écho du réalisme social qu'on lui reprochait tant : Santuzza, jeune et pauvre paysanne sicilienne, sanglotait sur la trahison de son amoureux qui fricotait avec Lola, une allumeuse, femme d'un charretier...

Puis il y eut d'autres arias, d'autres mélodies, des aigus percutants tenus à perdre le souffle. Puis des supplications quand la diva voulut s'arrêter. Mais elle avait décidé que c'était assez. On fit un grand brouhaha de chaises, on servit du champagne, du chaud-froid de volaille, de la salade russe, des sorbets...

Malgré le chic apparent, Fromental s'aperçut que l'assemblée était plus éclectique que ne le laissait croire une majorité d'hommes en habit et d'élégantes en robes de soirée. Il y avait bien sûr bon nombre de peintres exposant au Salon de la Rose+Croix, mais surtout beaucoup d'occultistes.

La Calvé était connue pour son âme inquiète et ses engouements fougueux pour les sciences secrètes. Papus ne l'avait-il pas baptisée « la Bien-aimée de l'Invisible » ? (Pour l'instant, le bon docteur, partisan de l'hindouisme et des ascèses végétariennes, faisait honneur au buffet.) Phaleyton s'était couvert le crâne d'une impressionnante faluche de velours groseille ; et Péladan, d'une tiare de pontife babylonien. Le Sâr avait revêtu une longue tunique de druide et se disait oint des huit parfums correspondant aux planètes dont les révolutions régissent l'univers. Il commença à pérorer.

Fromental renonça à se joindre à ceux qui s'enfuyaient vers une antichambre voisine dans le dessein d'interpeller quelques grandes âmes de l'au-delà conviées à s'exprimer sans crainte dans l'obscurité par le moyen d'une table tournante.

Hyacinthe, frémissante, s'était d'abord dirigée de ce côté ; mais elle revint vers le grand salon dès que Fromental eut fait volte-face. L'homme que Fromental avait aperçu à son côté ne la quittait pas. Il semblait un rempart à toute approche, et à chaque godelureau qui tentait une conversation il répondait avec aplomb à la place de la jeune femme. On se décourageait vite.

– Vous ne venez pas, monsieur l'écrivain ? Je vous sens bien seul, dit-elle sur un ton de quasi-reproche qui confirma à Fromental son impression : Hyacinthe semblait lui en vouloir de quelque chose, son regard l'avait jusque-là évité, elle lui témoignait du dépit (et lui, de son côté, avait opté pour la figure du bel indifférent).

— Cette séance de spiritisme me tentait assez, il est vrai, mais les propos du Sâr m'intriguent...

Il ébaucha un repli vers le cercle des admirateurs de Péladan dont beaucoup ne voulaient sans doute que profiter de l'aubaine de ses bizarreries. Hyacinthe lui toucha le bras. Il frissonna. Elle garda un instant sa main sur la sienne et il se sentit brûler.

— Permettez que je vous présente monsieur Émilien Steiner, de la galerie d'art Émilien Steiner...

Fromental salua d'un infime fléchissement du buste, d'un léger basculement des cervicales vers l'avant, tout en conservant son regard droit, dans un mouvement d'ensemble d'une parfaite mondanité qui se prêtait volontiers à ces petits jeux.

— Monsieur, je connais ce nom, mais je n'avais pas eu le plaisir de vous rencontrer, dit-il en posant bien sa voix. Quand une galerie porte un nom, on n'est jamais sûr que ce soit vraiment celui de son propriétaire...

« C'est comme avec les femmes... », songea-t-il avec une tranquille goujaterie.

Les deux hommes se serrèrent la main.

Steiner, que Fromental n'avait pas réussi jusque-là à trouver d'emblée antipathique, lui plut par son sourire généreux et la roseur de son teint. C'était un homme dans le second versant de la quarantaine et dont on sentait qu'il devait avoir de l'argent sans qu'il lui fût nécessaire de le montrer. Son habit était d'une coupe classique et sans esbroufe, l'étoffe semblait de la meilleure qualité. S'il était l'amant de Hyacinthe, comme il fallait bien le penser, la jeune femme avait su choisir son protecteur.

— Mlle Péridot m'a parlé de vous, monsieur Fromental, et elle m'a fait lire votre roman... Comment s'appelle-t-il, déjà ?

Fromental se sentit à la fois flatté par le prosélytisme de Hyacinthe et mortifié par l'oubli dans lequel était déjà retombée son œuvre.

— *L'Abattoir d'amour*, sans doute ? suggéra-t-il, puisque c'était ce roman que la jeune femme prétendait avoir lu.

— Non, il s'agit de *Sidonie Crèvecœur*, intervint Hyacinthe. Je l'ai trouvé l'autre jour, et je l'ai lu depuis notre dernière rencontre.

— Ce n'est pas mal du tout, déclara sobrement Steiner.

— Si l'on veut, répliqua Hyacinthe. En tout cas, vous ne savez rien des femmes !

Fromental, lui, savait à quoi s'en tenir. En bon disciple d'Émile Zola, il avait enquêté (en payant plus d'une fois de sa personne...) auprès d'une bonne douzaine de filles de noces, sinon plus. Avec la complicité d'un interne, il avait assisté en blouse blanche aux auscultations des vénériennes de l'hôpital de la rue de

Lourcine. Et il s'était rendu chez les sœurs de Saint-Vincent pour se faire montrer la bonne façon de se coiffer d'une cornette. Il faillit rétorquer à Mlle Péridot qu'elle ne savait sans doute rien des bordels et des putains !

Mais pourquoi Émilien Steiner l'avait-il appelée « Mlle Péridot » et non pas « Hyacinthe » ? Fromental eut le sentiment que les rapports qui unissaient ces deux êtres n'étaient peut-être pas ceux auxquels il avait songé sans trop d'imagination. Il vivait dans un monde où une femme ne pouvait être que mariée ou entretenue. Épouse ou prostituée : unique alternative. Et, dans les deux cas, il fallait payer ! claironnaient les esprits « libres » et mal pensants. (Les bonnes sœurs à cornette ne se voulaient-elles pas « épouses du Christ », par légitime précaution, après avoir payé leur dot au couvent ?)

— Baste ! ne parlons pas de littérature, puisque c'est la soirée des arts ! décréta l'écrivain en s'avançant plus résolument vers le grand prophète.

Bien calés dans des fauteuils recouverts de velours d'Utrecht, des adeptes ou de simples curieux écoutaient en sirotant du champagne, en croquant un macaron, en écorchant une glace. La voix du Sâr ronflait et, au fil des mots, s'enflait d'un souffle courroucé :

— L'industrialisation a bousculé les consciences, elle a rongé les cœurs, elle s'est évertuée à briser l'éternel et seul vrai soubassement de nos âmes... Plus de sens, plus de valeurs, plus de beauté ! Après nos verdures familières, voici venir le désert d'un exil pour tout un peuple qui n'y comprend plus rien. Sans savoir sur quel chemin va son destin, comment l'homme peut-il encore marcher ?

De sa voix charmeuse et toujours voilée d'un doux pessimisme, Élémir Bourges fit remarquer combien il appréciait ces mots. Dans l'ouvrage auquel il mettait la dernière main, à l'abri de l'esprit du jour et dédaigneux de tout effet de mode, on développerait ces mêmes tristes constatations : le bonheur est impossible, seule la retraite peut procurer la paix. Le livre aurait pour titre *Les oiseaux s'envolent et les fleurs tombent.*

Mais alors, pourquoi était-il là, ce reclus de l'art ? Avait-il besoin de parader dans cette *party* mondaine pour affirmer sa désolation tout en succombant sans vergogne aux goûteuses décadences de cette lugubre fin de siècle ?

Le comte Antoine de La Rochefoucauld (qui s'était chargé d'obtenir la location de la galerie Durand-Ruel et s'en trouvait suffisamment glorieux) se contentait de hocher à tout avec contentement. Steiner se tenait à son côté, dans le petit clan des approbateurs, mais avec une modération à la fois si prudente et si fermement résolue qu'on ne savait quelle part de pure courtoisie décidait ainsi de ses clignements satisfaits.

– Seul l'Art pourra nous sauver par sa sublimité indicible et sereine, continuait Joséphin Péladan. Saint

Graal toujours rayonnant, ostension et relique, ori-flamme invaincue ! Art tout-puissant, Art-Dieu, je t'adore à genoux ! (Le Sâr se contenta d'une profonde courbette.) Sur notre putrescence, c'est bien toi, le dernier reflet d'En Haut...

La machine à paroles s'emballait, la barbe assyro-babylonienne fauchait les regards à la périphérie du cercle où Emma Calvé, toute vibrante et embuée, sem-blait au bord de l'extase. Jules Bois se renfrognait, sans doute préoccupé par ses amours tumultueuses avec la diva – dont l'excès de nervosisme n'allait pas s'arranger à l'issue de cette soirée. Péladan tonitrua :

– Vous pourrez quelque jour fermer les églises, non le musée ! Le Beau sera toujours Dieu !

Félix Phaleyton, déjà pris de boisson, mâchonnait des propos contrariants que l'assemblée fit mine de ne pas entendre. Hyacinthe souriait et fronçait le nez comme une enfant s'amusant des grandes personnes. Le regard de Steiner revenait inlassablement vers elle.

– Frères de tous les arts, je sonne ici l'appel guer-rier ! claironna le Sâr en se redressant, tel l'aurige vin-dicatif d'un de ces chars de combat sculptés en bas-relief qu'on voit au musée du Louvre. Formons une sainte milice pour le salut de l'Idéalité !

Fromental se demanda jusqu'où pouvaient entraî-ner une telle adoration et une si verbeuse exaltation de la Beauté. Jusqu'au meurtre, peut-être ? C'étaient moins les mots qui comptaient, que l'inquiétante char-pente d'un cerveau capable de concevoir de tels discours. Les mots sont loin des actes qu'ils évoquent. Néanmoins, avec ses mots à lui, Fromental imaginait fort bien le Sâr, à l'heure du combat vengeur, brandissant un glaive de justice en forme de cimeterre, de yatagan ou de dague damasquinée.

Comme cette vaticination devait pour l'instant lui sembler suffisante et décisive, Péladan retourna à la sainte table du buffet garni où flambait l'esprit-de-vin d'un grand bol de punch en vermeil. La procession de ses admirateurs l'encerclait. Les autres assistants se dispersèrent, échangeant des moues dubitatives ou de malicieux clins d'œil.

En conversation avec La Rochefoucauld, Émilien Steiner avait délaissé Mlle Péridot. Fromental s'approcha d'elle. Un regard sombre vint néanmoins peser sur lui quand il fut au plus près de la jeune femme. En reconnaissant l'écrivain, le marchand d'art parut rassuré. Il le gratifia d'un petit signe encourageant. Alors Fromental frôla de ses lèvres l'oreille de Hyacinthe, et son souffle frisa des petites mèches blondes sur sa nuque. Un parfum d'iris et de tubéreuse s'exhala.

— Déjeunons ensemble, ordonna-t-il. J'ai besoin de vous voir plus tranquillement, sans tous ces gens... Demain je passe vous prendre à midi, rue Montpensier.

Elle s'effraya :

— Impossible... Je n'y serai pas.

— En soirée, alors ?

— Non, je ne peux pas !

— Après-demain !

Elle pinça sa bouche ourlée sur un soupçon de réflexion, adoptant une posture conforme au rôle de fillette trop choyée qu'elle jouait ce soir-là. Fromental la préférait en écuyer songeur ou en gavroche déluré – ce qu'elle n'était jamais tout à fait, mais il la voulait ainsi, parfois.

— Oui, venez... Chez Coquet, boulevard de Clichy, céda-t-elle.

— À midi ?

— Si je pouvais y être à midi... (Sa frimousse se donnait des airs de feuilleter un carnet de bal bien rempli). Non, je ne peux pas ! Alors le soir, n'est-ce pas, c'est ce que vous voulez ?... Vers dix heures... Nous souperons... comme l'autre fois... tous les deux.

Sa voix roucoulait de sous-entendus. Elle s'échappa comme une tourterelle dont on ouvre la cage. Elle voleta à travers les convives jusqu'au bosquet d'hommes sombres entourant Steiner où elle alla se percher.

Fromental eut l'impression de continuer son rêve étrange dans un autre décor où les costumes n'étaient plus les mêmes, mais où la menace de la chute ne s'était pas dissipée.

XVI

LES RÉVÉLATIONS D'UN MOULIN À CAFÉ

> On change plus facilement de religion
> que de café.
>
> Georges COURTELINE,
> *La Philosophie de G. Courteline.*

Des coups frappés à la porte mirent un terme à une somnolence enfiévrée où se bousculaient fictions et allégories. Fromental ne savait plus de quel songe ou de quelle vérité vécue il émergeait. C'était comme si l'imaginaire qui s'était emparé de lui hésitait à nouveau entre l'écriture et la vie. Il alla ouvrir machinalement, piétinant du bout de ses pieds nus le parquet glacé. Courtin et Grandier allaient lui remettre les idées en place. Mais la silhouette d'encre, sur le palier, était celle de Cyprien.

– Un truc à voir dans le coin, se justifia l'inspecteur. J'avais assez envie de la visiter, ta tour d'ivoire...

Avec une sereine impudence parfaitement policière, il repoussa du plat de sa canne son ami qui bâillait, et pénétra dans l'appartement. Fromental le laissa aller, refermant la porte avec lenteur.

L'inspecteur inspectait, soulevant des bibelots, lorgnant un tableautin, feuilletant un livre et, de loin en loin, laissait glisser un index ganté sur le vieux chintz cramoisi.

— Tu n'es pas si mal installé, conclut-il en se retournant.

Il avait gardé son chapeau Cronstadt sur la tête, apanage de cette muflerie coutumière au monde de la police qui inquiète par son impertinence et fait prendre la mesure de la force publique.

— Je n'aime pas vraiment cet endroit, mais il me convient parfaitement, admit Fromental.

Odilon vint paresseusement renifler à distance le nouvel intrus. L'odeur de Sûreté générale, qui devait suffisamment rappeler celle de Grandier et Courtin, décida d'un repli ponctué d'un miaulement dégoûté.

— Il n'aime guère les mouches ! constata Fromental.

— Vraiment ?... Les chats adorent pourtant leur donner des coups de patte.

— C'est vrai... j'en reçois davantage depuis que je travaille pour toi.

— N'exagérons rien ! Tu travailles surtout pour toi, pour ton roman. Ça avance ?

Cyprien marcha jusqu'au bureau, remuant les papiers avant même que l'écrivain ait pu y appuyer une lourde main de verrouillage.

— Laisse, je t'en prie... Ce ne sont que de méchants brouillons.

— Hum !... « Thèse, antithèse, synthèse » : autrefois, tu me faisais lire toutes tes dissertations, tu me demandais d'approuver ta rhétorique, de corriger tes fautes d'orthographe.

Fromental soupira :

— Ces temps sont révolus, cher Cyprien. Mais je te ferai lire en premier... dès qu'il y aura quelque chose de lisible. Pour l'instant, essayons plutôt de nous fabriquer un café.

Ils se battirent avec la cafetière, avec la « chaussette » qui était grosse d'un vieux marc nauséabond, avec la fontaine et le cruchon qui étaient vides, avec le concierge qui se voulait sourd aux appels et ne semblait guère pressé de monter un broc.

Puis il fallut moudre. Le moulin calé entre les genoux, Fromental entreprit de conter sa soirée chez la célèbre diva. Il s'interrompait sans cesse pour d'impétueuses rotations de manivelle. Il broyait le café, il concassait les mots.

Cyprien affichait l'air blasé de celui qui était allé partout, mais des petits pincements trahissaient le dépit de celui qui n'y avait été invité que pour arrêter des escrocs ou ramasser des cadavres. Fromental reprit :

— Il y avait tant d'exaltation chez certains de ces invités, une telle vindicte dans les propos, que j'ai eu le sentiment horrifié que cet amour de l'art, telle une passion meurtrière, pouvait bien aller jusqu'à tuer... L'art comme ultime refuge face à la barbarie environnante, et qu'il faut donc défendre les armes à la main !... Péladan, tu le sais, est un excessif congénital.

195

Mais tout de même ! La fin de la soirée a dépassé les bornes admises de la... « malséance », même dans ce genre de soirée d'artistes « dégénérés » ayant bu un peu trop d'alcool. L'art n'était plus une contemplation, un dialogue, un apaisement, une fraternité, mais une revendication furieuse. Antoine de La Rochefoucauld, si calme au début, a fini lui aussi par monter sur ses grands chevaux. L'outrance et l'intolérance ont atteint des sommets... Mais alors, tuer au nom de l'art, pour quel motif ? Aux yeux de ces vengeurs assassins, quels crimes auraient pu commettre nos trois victimes pour justifier de tels châtiments ?

Cyprien haussa les épaules.

– C'est un peu trop compliqué, tout ça. Pas très réaliste...

– Ha ha ! Monsieur l'inspecteur change de camp !... Tu prétendais améliorer mon art par de beaux crimes qui eussent un peu plus de maintien que nos sordides infamies naturalistes, tu n'as pas oublié ?

– Ma religion n'est pas faite... Les débordements de tes esthètes en furie ne sont pas si éloignés de ceux de tes anarchistes de la Bièvre tels que tu me les as rapportés l'autre fois. À se demander si tes enragés n'ont pas été calqués les uns sur les autres. Tu devrais essayer d'améliorer ton imagination, mon vieux !

– Mon imaginaâtion ! Quelle imaginaâtion ? ! Ce que je dis n'est que pure vérité.

– Soit ! Il se peut d'ailleurs que toutes ces sociétés, qui se voudraient plus secrètes qu'elles ne sont, finissent

196

par se ressembler. Sais-tu que nous surveillons les Rose+Croix autant que nous épions tes Irréductibles de la Bièvre ?... Joséphin Sâr Mérodack Péladan, de son vrai nom Joseph Aimé Peladan, sans accent, est devenu le grand maître bien peu occulte de cette Rose+Croix catholique qu'il a fondée, suite à une dissidence avec la Rose+Croix kabbalistique de Stanislas de Guaita, il y a de cela quelques années. Depuis le début, nous tenons ces blagueurs à l'œil. En décidant d'exposer ses titres partout et les tableaux de ses amis rue Le Peletier, Péladan est sorti de l'obédience secrète du début. Élémir Bourges et Antoine de La Rochefoucauld ont été des membres secrets que tout le monde connaît désormais. Chacun des sept fondateurs de cette prétentieuse confrérie de fumistes a adopté le nom d'une divinité de la Babylone antique, des noms chaldéens ou je ne sais quoi... Six identités nous sont connues, mais nous ignorons pour l'instant la septième, celle du type qui se fait appeler « Masas »...

– Pourquoi « le type qui » ? Pourquoi pas une femme ?... La « septième identité » !

– Pfft ! Les femmes n'ont rien à voir là-dedans, voyons.

– Une déesse ?... Ishtar... Isis... Astarté... La fécondité, le renouvellement, la création !

Cyprien dodelina avec consternation.

– Mon cher Fromental, tu me sembles mûr pour entrer dans la congrégation de ces joyeux illuminés... Ta déesse, je suppose que c'est la petite Péridot !

Méfie-toi, c'est une aventurière. Je sais ce que je dis, je connais ce parfum et la chanson qui va avec ! Sainte Nitouche n'est probablement pas la louable divinité que tu imagines.

Fromental faillit prendre la défense de la jeune femme qu'il ne voyait pas le moins du monde en sainte nitouche, mais assez bien en aventurière, c'était vrai. C'était même ce parfum d'aventure qui le grisait. Il moulut son café avec rage.

Cyprien alla jeter un regard par la fenêtre, lâchant de dos, comme une chose rêveuse et sans importance :

— On a retrouvé le pied de Des Hélues... Le pied du jocrisse !

L'ardente révolution giratoire du moulin à café cessa immédiatement. Fromental attendait la suite.

— Où ça ? demanda-t-il, puisque rien ne venait.

— Dans la Bièvre, justement...

— Pourquoi, « justement » ?

— Dans la vanne de la Fontaine-à-Mulard, au bief Pau, dans la Bièvre morte... Aucun courant à cet endroit : de la sanie stagnante... Et ce ruisseau infect est déjà maçonné et enterré, en amont comme en aval. Rien qui bouge. Un fossé, une mare, un baquet...

— Qu'est-ce que ça change ?

— Eh bien, vois-tu, il est difficile de penser que c'est le flux qui aurait apporté, depuis Arcueil, ce macabre tronçon d'os et de chair à la peau en lambeaux. Quelqu'un est venu le jeter là. Et ce quelqu'un a pu être aperçu. Des individus ont été reconnus par des témoins, mais ces badauds semblent n'y être pour rien. Dans ce sale coin, tout le monde se connaît un peu. Les seules présences suspectes ont été des femmes...

Fromental n'opposa aucune réaction au long silence de Cyprien. L'inspecteur contemplait les toits de Paris en ayant l'air d'avoir perdu le fil de ses révélations. Mais il ajouta bientôt, comme se parlant à lui-même :

— Des pierreuses, des rôdeuses de barrière... Les fortifications sont toutes proches, la route militaire passe au-dessus des deux bras de la Bièvre, il y a toujours des filles à soldats du côté des bastions... On n'a rien trouvé, pas l'ombre d'une piste, c'est tout... Ce métier est souvent bien décourageant.

— Mais comment savez-vous que c'est le pied de Séverin Des Hélues ? s'étonna plus vivement Fromental.

— Brouardel est formel, asséna tranquillement Cyprien.

Fromental ouvrit de grands yeux effarés.

— Brouardel... Le célèbre professeur Brouardel[1] ? Celui du triple assassinat de la rue Montaigne ? Celui dont les expertises ont conduit Pranzini à la guillotine ?

— À ce propos, sais-tu que le chef de la Sûreté et son adjoint seraient chacun en possession d'un porte-

---

1. Médecin hygiéniste et père de la médecine légale judiciaire moderne, Paul Brouardel (1837-1906) collabora avec Charcot à la Salpêtrière. Ses considérations sur l'hystérie furent particulièrement remarquées par le jeune Sigmund Freud.

carte confectionné avec de la peau prélevée sur le cadavre de l'assassin par un garçon morgueur ?... Mais ce n'est pas notre affaire. Le professeur Brouardel a été chargé de l'autopsie légale de Des Hélues et m'a paru tout heureux qu'on lui apporte la pièce manquante. Il a tenu à me montrer comment elle s'emboîte parfaitement et de quelle manière le pied avait été sectionné habilement au moyen d'un de ces couteaux à lame étroite et affilée qu'on appelle un désosseur. Les équarrisseurs de la Bièvre connaissent... On dégage d'abord tout le pourtour charnu, puis on sectionne les nerfs et les tendons, on insère la pointe étroite de la lame dans la ligne du cartilage... J'en sors, du cours d'anatomie bouchère ! Un café me ferait vraiment du bien... Tu crois que c'est envisageable avant que la nuit arrive ?

— Dans cinq minutes, ça fume !... Et vous n'avez pas retrouvé les doigts du philistin ni l'oreille de la béotienne ?

— Pas encore ! proféra l'inspecteur d'une voix caverneuse. Mais Brouardel suppute que c'est le même outil qui aura servi pour les trois mutilations.

— Un outil de professionnel ? Quelqu'un qui sait très précisément comment s'y prendre ?

— Quelqu'un d'un peu chasseur, d'un peu basse-cour... Quelqu'un qui saurait dépecer un lapin ou trancher un pied de cerf... Autant dire n'importe qui et tout le monde !

— Tout de même...

— À l'exception, bien sûr, de quelque littérateur aux mains blafardes et pas foutu de préparer une tasse de moka en moins de temps qu'il en faudrait à une fille de ferme pour débiter une demi-truie ou un quartier de veau... J'ai dit au professeur que si j'avais eu à couper le pied d'un homme, je m'y serais pris exactement de la manière qu'il m'a indiquée. Mais lui, bien évidemment, penche plutôt pour un spécialiste de son art : ces toubibs aux longues études croient toujours qu'il n'y a qu'eux pour savoir débiter la viande humaine. Et, de ce côté-là, cette affaire londonienne de Jack l'Éventreur n'a rien arrangé.

— Ah oui ! qu'en pense-t-il ?

— Oh ! dans un esprit jalousement corporatiste, il pense comme son estimé confrère, l'honorable *physician* Simon Eric Putney, que l'assassin ne pouvait être qu'un médecin, et que c'était sans aucun doute ce praticien tombé dans la débine, alcoolique et avorteur, habitant dans un galetas de Whitechapel, dont on a retrouvé le cadavre dans la Tamise. Suicide vraisemblable bien que non attesté. Les meurtres ont alors définitivement cessé.

— Mais Jack n'a-t-il pas continué à écrire aux journaux ? À leur envoyer des poèmes ?

— N'importe qui peut écrire aux journaux... Et, pour l'instant, Dieu merci, il y a encore davantage de poètes que d'éventreurs !

— Cette fin trop simple et toute bête n'est pas très bonne. Rien de plus attristant qu'un mystère qui se dénoue dans une évidence sans malice.

– C'est pourtant ce qui arrive tous les jours aux gars de la Criminelle, cher Georis. Tâche de faire mieux dans ton livre !

– J'entends l'eau qui frémit, dit Fromental. Ne traînons pas, le café sera froid.

XVII

UN THÉ CHEZ LE SÂR

> Le peuple n'aime ni le vrai ni le simple :
> il aime le roman et le charlatan.
>
> Jules & Edmond de GONCOURT,
> *Journal.*

Sous un ciel entre soleil et pluie, le fiacre remontait au petit trot le boulevard Malesherbes. Fromental somnolait. Cyprien marmonnait son incertitude sur la démarche qu'il avait finalement mise en route et dont chaque cahot semblait le faire douter davantage : interroger lui-même Joséphin Péladan, était-ce la bonne idée ?

Il aurait bien voulu confier cette tâche à son ami. Mais, en agissant trop visiblement, Fromental se serait dévoilé comme mouchard sans pour autant pouvoir poser sans détour les bonnes questions. Mieux valait le laisser papillonner dans les parages d'Emma Calvé et de ses peintres d'âme.

– On arrive ! grogna l'inspecteur. Il n'est plus temps de t'endormir.

Fromental sursauta. Il regarda autour de lui d'un air hagard, grimaça, puis pencha le visage par la fenêtre pour respirer avec appétit l'air printanier. La voiture s'apprêtait à tourner dans la rue de Naples et Fromental crut sentir l'odeur de feuilles neuves et d'herbe fraîche du parc Monceau tout proche. Alors lui revint le souvenir du soir de sa rencontre et de sa fuite avec Hyacinthe : les grands arbres noirs, et cette senteur mouillée de la pièce d'eau à colonnade qu'on appelait La Naumachie ; à deux pas de là se trouvait l'hôtel d'Ermont. Il n'y avait pas songé quand Cyprien lui avait indiqué que Péladan habitait rue de Naples...

Pour mieux apercevoir ces lieux chargés d'émotion, l'écrivain avait maintenant passé toute sa tête au-dehors ; mais il ne vit rien que la respectable enfilade des immeubles de pierre claire ; puis, au moment où il se rencognait, tandis que le fiacre embouchait la rue, ce petit trottin, là-bas, n'était-ce pas elle ? Elle qui se sauvait, zébrée dans la lumière à peine ombrée des jeunes platanes au feuillage naissant ?

— Ça alors !

— Quoi ?

— Hyacinthe Péridot...

Du pommeau de sa canne, Cyprien cogna pour faire arrêter la voiture. Il sauta sur le pavé et remonta en trois enjambées jusqu'au renfoncement de l'immeuble qui lui masquait l'avenue. Il aperçut, là-bas, un froufrou couleur de violette fanée qui disparaissait au coin de la rue Velásquez.

– Allons-y ! dit-il en sautant sur le marchepied.

Il donna sèchement ses instructions au cocher qui grommela sous son chapeau ciré mais obtempéra, tirant méchamment la bouche de sa rosse comme s'il voulait la punir de ce branle-bas.

Ils attrapèrent la jeune femme au bas de l'hôtel d'Ermont sans vraiment savoir pourquoi ils lui couraient après, et n'ayant rien à lui reprocher.

Mais ce n'était pas Hyacinthe Péridot. C'était Junie de Kerval.

Elle tressaillit en voyant surgir de la noirceur d'un fiacre ce duo soupçonneux, presque vindicatif, et bientôt penaud. Puis elle reconnut ces deux messieurs de la police qui étaient venus l'interroger après l'assassinat de Gustave Auduret-Lachaux.

Fromental eut un geste d'excuse :

– Mademoiselle, pardonnez-moi, de loin j'ai cru que vous étiez... J'ai confondu... Je vous ai prise pour...

Devait-il prononcer le nom ? Quelle importance ! Il s'était trompé, voilà tout.

Mais son erreur, son émotion et la similitude des deux silhouettes le troublaient profondément : les deux jeunes femmes ne se ressemblaient en aucune façon, l'une brune, l'autre blonde. Pourtant, la danseuse de l'Opéra avait la même sveltesse longiligne et sans hanches que l'ancienne secrétaire d'Isa Ermont – du moins de dos... Car son buste plus généreux justifiait l'usage sans retouches de cette même robe lilas partagée avec Babeth et Violeta.

Mais un rembourrage peut faire illusion, tout comme une opulente poitrine peut se bander bien serré...

Pris d'un malaise, le romancier sentit qu'il devrait désormais se faire un devoir de douter de tout, *pour de bon.*

Dans sa vie comme dans sa prose, pourtant, ne s'était-il pas déjà assez gardé de la femme, de ses manigances, de ses grâces séductrices et fatales ? La femme, manipulatrice des perverses illusions qui rendent si périlleuse la vie des mâles bernés... Mais ce qui n'était jusque-là que méfiance sentimentale et convention virile devenait une réalité tangible, incarnée dans des corps et des visages, des paroles et des actes. Tout ce petit monde parfumé et volatil revêtait des postiches et tramait des complots.

– M. Fromental avait cru reconnaître Hyacinthe Péridot, constata Cyprien. D'autant plus facilement qu'elle travaillait ici, n'est-ce pas ? Comme secrétaire de Mme Ermont. Vous connaissez sans doute Mlle Péridot ?

Sur une torsade relevée haut sur la nuque, Junie de Kerval arborait un charmant bibi en étrave de bateau, empanaché de plumets et cerclé d'une demi-voilette en mouchetis zinzolin. Il lui suffisait d'abaisser humblement son petit menton volontaire pour que l'expression de son visage se fondît dans le flou couleur parme d'une élégante icône à la mode. Il parut qu'elle voulait ainsi laisser admirer le travail de sa modiste, le temps de changer de contenance en se préparant une réponse.

Au haut du perron, un majordome à rouflaquettes cendrées venait d'ouvrir un vantail. Avec une indifférence respectueuse, il pria Mademoiselle de « bien vouloir se donner la peine d'entrer ». Junie de Kerval escalada les dernières marches en riant. Elle se retourna, l'air de s'amuser comme si elle lançait un gage à qui n'avait pas su résoudre une charade :

— M. Ermont avait un fils, tenu éloigné par son mariage avec Mme Isa. Ce fils est un amour ! Il veut s'occuper de ma carrière. Dès que je serai première danseuse, je vous ferai tenir un billet de faveur pour *Le Lac des cygnes* ou *La Sylphide*, voulez-vous ? Cela vous ferait plaisir ?

Une silhouette de freluquet satisfait de son gilet neuf et de la brillance de ses bottines se dessina dans l'ombre.

— On vous importune, mon bichon ? Je vous avais recommandé de prendre un fiacre.

— Mais, amour, la couturière n'est qu'à trois rues d'ici ! Elle m'a promis la robe pervenche pour lundi, et l'autre pour la fin de la semaine. Cette guenille violine, je n'en peux plus ! Je la brûlerais si je ne l'avais promise à mes deux amies.

— Et je n'aime pas que vous répondiez avec autant de liberté aux fâcheux qui vous abordent dans la rue.

— Oh ! ce ne sont que des policiers ! dit en riant la voix de Junie à l'instant où la porte se refermait.

Fromental regarda son ami avec consternation.

— Je croyais que Charles-Népomucène Ermont n'avait pas d'enfant ?

— Il semble avoir eu un fils avec une théâtreuse. Non reconnu, bien sûr, mais auquel il assurait une pension de quelques milliers de livres que ce loustic ne va pas manquer de croquer avec quelques danseuses.

— Alors, que vont devenir les collections ? Toutes les inutiles pièces de ce vaste hôtel n'ont-elles pas été bâties pour abriter les tableaux de la fondation Ermont ?

— Les hommes de loi vont en débattre. Le nouveau « directeur artistique » de Mlle de Kerval a été nommé séquestre et conservateur des biens en attendant que la succession soit réglée. Il se trouve que cet habile jeune homme avait pris quelques précautions propres à faire valoir ses droits éventuels. Et la meilleure de ces précautions, c'est d'avoir su obtenir par avance les protections qui lui ont permis si rapidement de venir s'installer dans la caverne d'Ali Baba ! Il en sera probablement chassé mais, en attendant, il peut toujours s'amuser un peu.

— Et tu ne m'as rien dit de tout ça ! s'insurgea Fromental. À qui profite le crime, si ce n'est à ce garçon ? Et tu savais que cette petite danseuse de l'Opéra était...

— L'aventure doit être fraîche, car je l'ignorais, reconnut l'inspecteur avec un front soucieux. À moins qu'il y ait un lien avec l'affaire du « philistin » dont cette petite était la maîtresse.

Il parut réfléchir sombrement avant de gravir les marches et de s'apprêter à saisir le heurtoir de bronze qui représentait un serpent se mordant la queue. Il se ravisa, dévala les marches, attrapa son ami par le bras, et ils se réengouffrèrent dans le fiacre.

— Réfléchissons avant d'agir, dit-il. Et informons-nous un peu mieux. Péladan m'a dit qu'il n'attendrait pas mon éventuel retard au-delà d'une poignée de minutes. Cet individu pense ordonner l'univers à sa manière, mais j'ai pour l'instant besoin de sa bonne volonté. Chaque chose en son temps !

Une giboulée cinglante s'était abattue sur la rue de Naples à l'instant où l'inspecteur Cyprien traversait jusqu'au porche. Stoïque dans son carrick, la tête dans les épaules et le tube ciré vissé jusqu'aux oreilles, le cocher attendait que le soleil revienne. Déjà une grande barre de lumière blanche glissait sous les nuages. La pluie s'arrêta, la robe du cheval se mit à fumer, un chapelet de diamants s'égoutta le long de la mèche du fouet.

Fromental notait. Bien calé à l'abri dans la voiture, il avait sorti son carnet vert. Il faisait des croquis. Puis, comme s'il eût eu à écrire cette histoire dans un roman judiciaire, l'idée lui vint de rédiger l'entrevue à laquelle il n'assistait pas.

Un bûcher embrasait la cheminée. Joséphin Péladan s'était enfoncé dans un fauteuil à oreilles dont la grande ombre de cathèdre faisait danser sur les murs un sabbat gothique. Les rideaux étaient tirés. On se serait cru dans les grands frimas d'une nuit d'hiver. Toute la lumière du brasier venait vers Cyprien. Péladan n'était qu'un amas de barbe et de cheveux recroquevillé dans l'obscurité et percé de deux yeux ronds et luisants.

— La neige éthérée des transcendances angéliques finit par me transir, déclara le mage en resserrant sur ses épaules un châle oriental. On écrit, voyez-vous !... À verbifier, les heures vous glacent. L'immuabilité gèle les os et givre la peau. Tous les écrivains sont frileux. Le cerveau est bouillonnant, mais les pieds sont froids.

Il claqua dans ses mains, faisant surgir de derrière une porte tapissière une minuscule bonne femme à peu près terrorisée et dont le gras visage se réfugiait dans les replis d'un bonnet tuyauté. Un plateau fut déposé sur un guéridon. Des tasses aux reflets dorés fumaient d'un thé parfumé – au gingembre, à la cannelle, à la bergamote, et amélioré de quelques épices secrètes, expliqua avec délectation le Sâr. Il tendit une tasse à son invité et s'enquit du motif de sa visite.

Cyprien expliqua son inquiétude : des meurtres avaient été commis et il y avait dans leur mise en scène et leur bizarre étiquetage quelque chose qui n'était pas sans ressemblance avec les propos proclamés à l'occasion de ce Salon de la Rose+Croix.

— Nous, commettre des assassinats ? Voyons, monsieur !... « Sur l'étendard noir et blanc, signe de la théocratie, nous inscrivons la Rose+Croix, symbole de la Beauté manifestant la Charité » !

– Il me semble avoir lu ça dans *Le Figaro*.

– Ce sont mes paroles, en effet. « L'infidèle aujourd'hui, celui qui profane le Saint Sépulcre, n'est pas le Turc, mais le sceptique.... » Et nous ne manquons pas de sceptiques. On peut supposer que vous en êtes ? La Décadence le veut ainsi...

Cyprien sentit l'affaire mal engagée. Le Sâr ne saisissait probablement pas très bien les raisons de cet interrogatoire. Il l'avait accepté sans trop rechigner, en soumission aux persécutions dont il pensait être la cible et qui seraient autant de stations de sa passion et de sa rédemption. Les sous-entendus de l'inspecteur ne seraient certainement pas mieux compris. Cyprien n'allait pas pouvoir tout dire clairement. Il lui fallait maintenir dans le secret de l'instruction certaines particularités de ces trois crimes.

Mais Joséphin Péladan, accoutumé à gaver ses auditoires de propos sibyllins, ne semblait nullement en vouloir au policier de lui servir un même brouet énigmatique. Il s'était extrait de son siège et arpentait l'espace avec plus de furie que de majesté. À chaque opacité des questions dans lesquelles Cyprien s'empêtrait – en songeant à Fromental qui était bien capable d'imaginer son embarras, d'en rire et de l'écrire –, le Sâr répondait par des justifications plus fumeuses encore. Il esquivait avec brio les réponses les plus simples et les noyait dans une phraséologie improvisée avec ravissement. Il minimisait prudemment la portée de ses propos et assurait que tout cela n'était que littérature – certes, de la plus haute ambition spirituelle, mais qu'aucune vengeance charnelle ne viendrait ternir en ce bas monde.

– Des écrits, sans doute... mais les écrits restent ! finit par grincer l'inspecteur. Cette préface sulfureuse rédigée pour le catalogue de votre exposition suffit à faire de vous un suspect fort présentable.

Cyprien récupéra une brochure dans une poche de son macfarlane. Il lut :

– « Tout est pourri, tout est fini, la décadence lézarde et fait trembler l'édifice latin : et la croix esseulée n'a plus même auprès d'elle l'épée des Guise, le fusil d'un chouan... »

– Voilà donc ce qui vous épouvante ? Ces meurtres mystérieux comme coups de semonce d'une chouannerie, le premier battement de tocsin d'une nouvelle Saint-Barthélemy ?... « Ô toi qui hésites, mon frère, ne va pas te méprendre et confondre le feu de la Foi avec le cri du fanatique », dit-il en se citant lui-même ; puis il arracha les feuillets des mains de l'inspecteur et souligna d'un index démesuré ces autres mots qu'il proféra avec une emphase rutilante : « ... car l'artiste est un prêtre, un roi, un mage ! Car l'art est un mystère, le seul véritable, le grand miracle ! »

Il ferma les paupières sur son regard de feu et se recueillit pour une brève méditation dont il émergea pour assurer d'une voix résolue :

— Aussi, en vérité, je vous le dis, monsieur : non, nous n'allons pas faire sauter Paris, nous n'allons pas mettre la capitale à feu et à sang !

À cet instant même, la porte du salon fut giflée par un courant d'air qui fit ronfler le feu. Bousculant la petite Mme Péladan qui n'eut pas le temps d'annoncer ces visiteurs impétueux, les agents Courtin et Grandier, suivis de Fromental, vinrent justement annoncer que Paris était « à feu et à sang » ! On faisait sauter la capitale ! Une forte bombe venait d'exploser boulevard Saint-Germain.

XVIII

FAUX BOND

> Le vice et la vertu sont des produits
> comme le vitriol et le sucre.
>
> Hippolyte TAINE,
> *Histoire de la littérature anglaise.*

Une fébrilité soucieuse régnait dans la salle du restaurant Coquet, boulevard de Clichy. La nouvelle du grand attentat anarchiste n'avait d'abord été qu'une rumeur, bientôt confirmée par les déclarations des nouveaux arrivants – qui n'avaient rien vu mais répétaient ce qu'on leur avait affirmé. L'événement était survenu trop tard en fin d'après-midi : les journaux du soir de ce vendredi 11 mars 1892 n'en soufflaient mot. L'information, réduite à l'amalgame des conjectures, bruissait, colportée de table en table avec les potages de santé, les truites meunière et les lapins chasseur. Le nombre des victimes grossissait. À chaque dîneur qui franchissait la porte, un nouveau pan du faubourg Saint-Germain s'écroulait au milieu des conversations. Les convives et le personnel, dont les parlotes habituelles étaient peu de chose, échangeaient dans la fringale les ouï-dire et les on-dit.

Solitaire dans un recoin, Fromental était sans doute celui qui en savait le plus ; il fut celui qui en raconta le moins ; et même il ne dit rien, ne demanda rien, on le prit pour un étranger en voyage. Il ne voulait pas paraître en savoir long, comme seul un policier le pouvait.

Cyprien et ses sbires l'avaient embarqué jusqu'aux abords du numéro 136 du boulevard Saint-Germain, immeuble de quatre étages où avait explosé la marmite de dynamite déposée à l'entresol. Le bâtiment était debout, mais on avançait déjà 40 000 francs de dégâts. Il n'y avait eu aucun mort, pas même un blessé sérieux – le concierge avait été renversé sur le carrelage, et un valet de chambre coincé sous une armoire. L'appartement du conseiller Benoît, seul visé, était le seul à n'avoir pas été endommagé. C'était ce même président Benoît qui avait fait condamner les anarchistes ayant tiré sur la police l'année précédente, après la manifestation du 1er Mai.

Sous l'égide de l'inspecteur, l'écrivain avait contemplé ce languissant désordre affairé. Toutes sortes d'autorités se succédaient sur les lieux sans que leur rôle et leur action soient clairs : des gens en melon, l'air grave, qui se serraient la main et hochaient la tête, donnant à ce remue-ménage brouillon une pesanteur d'interminable cérémonie de condoléances.

Fromental regarda l'heure à sa montre pour en vérifier la concordance avec celle de l'horloge du grand comptoir. Craignant d'être en retard et ayant la moitié de Paris à traverser pour revenir à peu près là d'où il était parti, il était finalement arrivé trop tôt et sirotait un vermouth en attendant. La perspective de se retrouver bientôt dans un vis-à-vis serein avec Hyacinthe lui échauffait l'imagination, sans impatience.

Une voix délurée l'arracha à ses pensées :

– Pardonnez-moi, monsieur, je suis en retard ?

Ç'aurait pu être Hyacinthe, mais ce n'était pas elle. Elle lui ressemblait par son visage et sa blondeur, mais c'était une fausse maigre, plus étoffée et résolument féminine dans son élégante robe vert amande. Elle embaumait et Fromental n'aurait su dire si c'était le datura indien, l'héliotrope blanc ou la peau d'Espagne, parfums à la mode dont il avait retranscrit les noms dans son carnet vert sans pour autant savoir différencier quoi que ce fût.

– Moi, c'est Lou ! La dame que vous attendiez a dit qu'elle n'était pas libre. Elle regrette. Je suis là pour la remplacer. Elle ne voulait pas que vous perdiez votre soirée... mais nous n'allons pas la perdre, n'est-ce pas, monsieur ?

Elle s'assit sans attendre. Interloqué, Fromental dévisagea cette inconnue dont les charmes n'étaient pas déplaisants, malgré un vernis de canaillerie qui pouvait être aussi un accessoire de maquillage. (N'avait-il pas été convaincu par Junie de Kerval de ce bal masqué général où tout n'était que subterfuge ?)

217

— Je vous fais de l'effet, on dirait ! remarqua-t-elle en plongeant dans la carte avec gourmandise. Est-ce qu'on a le droit de souper, monsieur ? De manger un petit quelque chose avant d'y aller ?

— Mademoiselle Lou, je vous trouve fort bien installée dans votre rôle...

— C'est gentil, ça ! J'adore le théâtre... J'aimerais pouvoir y jouer plus souvent.

— Bien installée aussi sur cette chaise rembourrée, agissant « à la parisienne », sans détour, avec cette insolence désabusée qui peut plaire aux provinciaux. Mais les citadins préfèrent les filles de la campagne, je crois, plus simples, naïves, un peu frustes peut-être, mais bien disposées, sans vouloir en remontrer à leurs michés...

Elle ne se démonta pas, elle avait faim et tenait à éviter toute fâcherie avant le dessert.

— Si vous voulez que j'aie l'air gourde, genre rosière de village, il n'y a qu'à demander, dit-elle en fixant Fromental avec un regard de vache au pré.

Puis elle loucha et gonfla les joues comme une laitière normande. Fromental prit le parti d'en rire. Il lança pourtant, avec une irrépressible envie de se montrer mufle, puisqu'on voulait le traiter en dupe :

— Ne vous ai-je pas déjà aperçue rue Mazarine ?

— Il m'est arrivé de passer par là...

— Je parle de cette maison, La Botte de paille.

— Oui, j'avais compris... Je prendrais bien des rougets, et vous ?

– Je ne pensais pas que Mlle Péridot connaissait ce genre d'endroit.

– Qui ça ?

– Hyacinthe Péridot.

Un regard morne laissa entendre qu'on ignorait ce nom.

– N'est-ce pas elle qui vous envoie ? Une jeune femme qui pourrait vous ressembler, mince, fine, blonde, un air de petit page ou d'écuyer, de chérubin...

– Oui, c'est bien cette demoiselle-là qui m'a envoyée égayer votre soirée. Ma foi, je ferai ce que je pourrai : vous avez l'air tellement déçu.

Il l'était, en effet. Moins par le faux bond de Hyacinthe que par le camouflet de cette « doublure » qu'on lui expédiait comme s'il n'était qu'un quelconque « marcheur » à la recherche d'une banale aubaine remplaçable par n'importe qui. Quelle idée avait donc de lui Hyacinthe Péridot pour se comporter avec autant de cruauté ?

S'était-il mal comporté envers elle ? Pas le moins du monde ! C'était elle, bien au contraire, qui... Bon sang ! À la librairie de L'Art Indépendant, ne l'avait-elle pas totalement et immédiatement délaissé ? Avant de se montrer inabordable et lointaine, le soir du Salon de la Rose+Croix... Et puis, chez la diva Calvé, elle était restée accrochée à ce Steiner... Si quelqu'un agissait mal et méritait une bonne leçon ou une petite vengeance, c'était bien elle... Eh bien oui, il était déçu ! Et ne chercha pas à le cacher.

Lou devait avoir l'habitude de ce genre de déconvenue. Elle murmura dans un sourire :

— Je suis bonne fille, vous savez... On dit qu'il ne faut pas laisser la proie pour l'ombre. Mais ne laissez pas s'effacer l'ombre... puisque la proie est insaisissable !

— D'accord pour les rougets, décréta l'écrivain, beau joueur.

Il avait un peu d'argent à dépenser : quelques billets bleus qu'il était allé capturer dans un charmant petit hôtel néo-Renaissance dissimulé au fond d'une courée, derrière l'Opéra. Calmann, le frère de l'éditeur Michel Lévy (qui avait publié Flaubert), lui avait consenti une avance pour un roman judiciaire dont il avait raconté la mise en route énigmatique sans avoir la moindre idée de la façon dont il allait pouvoir à la fin se dépêtrer de cet imbroglio.

C'était ce dénouement inconnu qu'on lui avait acheté, et non pas les pages qu'il avait lues – celles où Hyacinthe s'appelait « Iris », et le roi du calorifère, « le prince des casinos ». L'intérêt d'effroi et d'impatience qu'il avait su éveiller chez les secrétaires et les garçons de bureau avait décidé d'un traité rédigé à l'instant sur une sorte de petit piano à lettres dont les touches permettaient d'imprimer directement les mots sur du papier tenu par un rouleau.

Il dépenserait donc de l'argent d'écrivain afin d'obtenir des informations romanesques autant que policières. Sa curiosité était double, sinon triple, car il espérait aussi en apprendre un peu plus sur cette étrange demoiselle Péridot qui affichait sur l'art des conceptions spiritualistes élevées, posait nue pour les peintres et semblait avoir d'étranges relations dans le monde de la galanterie !

Mais, sur tous ces sujets, Lou se montra peu loquace. Elle prétendait ne rien savoir de Hyacinthe qu'elle ne connaissait pas ou n'avait peut-être fait qu'entrevoir... dans un salon.

« Quel salon ? ! » faillit hurler Fromental. Le salon un peu bohème de Nina de Villard, qui fut ce « caravansérail » de la rue des Moines fréquenté par les littérateurs et les peintres ? Ou bien le salon de l'avenue Hoche où Mme de Caillavet recevait les académiciens d'aujourd'hui et ceux de demain ?... Salon des arts du Champ-de-Mars, Salon des Impressionnistes ou Salon de la Rose+Croix ? (Hyacinthe y avait été aperçue en effet !)... Plutôt le salon de coiffure d'un perruquier de la Madeleine, ou tout simplement le salon de « ces demoiselles » dans une quelconque maison de cocotterie, comme La Botte de paille !

– On croise tellement de monde ! soupira-t-elle, sa bouche vermeille serrée sur une cuillerée de sabayon qu'elle avala en baissant les paupières. Si je puis me permettre, ce n'est sûrement pas une femme qui aime beaucoup les hommes... Elle aura eu peur de vous décevoir, ne le prenez pas à mal.

– Que voulez-vous insinuer ? demanda Fromental en s'assombrissant.

— Vous m'avez très bien comprise, j'en suis sûre.

— Bon... la chose est à la mode, à ce qu'il paraît ! On prétend que certaines dames de la bonne société veulent s'initier et cherchent à prendre des cours, mais...

Il resta stupide.

— Mais quoi ? insista Lou, narquoise.

— Cela ne me plaît pas !

Elle éclata de rire. Un rire de perle qui fit se retourner aux tables et parut incongru, en ce soir de terrorisme et de deuil.

— À vous, non, bien sûr !... Mais ce n'est pas de vous qu'il s'agit. Oublions cela !

Ils terminèrent en silence. Fromental restait boudeur et lointain. Lou s'en amusait : on l'avait retenue pour la nuit, fit-elle remarquer sans malice, et tout était réglé d'avance, sauf le repas et la chambre.

— Irons-nous chez vous ? s'enquit-elle avec une mine de curiosité gourmande qui devait faciliter son commerce.

Mais son compagnon inattendu déclina cette suggestion avant de fuir devant toutes celles qu'on lui proposa. Habitué à la susceptibilité des filles, il prit les devants pour se faire pardonner : il venait de souper en charmante compagnie, Lou était tout à fait plaisante, mais une journée épuisante lui commandait d'en rester là. Il alla jusqu'à dire qu'il regrettait de ne pas se trouver dans de meilleures dispositions.

— Dans ce cas, si le cœur vous en dit, vous pourrez toujours me faire signe, dit-elle en sortant de son réticule un bristol coloré.

Ce n'était pas une banale carte de visite, mais une de ces nouvelles « cartes postales illustrées » dont on proclamait les avantages : plus de laborieuses phrases à l'orthographe fautive, quelques mots suffisaient ; souvent, les promesses d'amour étaient déjà tracées au recto en lettres dorées au-dessus d'un couple langoureux ; ou bien c'était la photographie d'une rue, d'un carrefour, d'une place, et l'on pouvait indiquer d'une croix et d'une flèche : « Ici ! »

L'illustration de la carte tendue par la jeune femme ressemblait aux affiches que Toulouse-Lautrec peignait pour le Moulin-Rouge. Une fille au sourire enjôleur (c'était Lou) tendait une brassée de bleuets, de marguerites et de coquelicots entrelacés d'épis de blé, comme une invite à la rejoindre dans une improbable orangerie dont les floraisons dissimulaient gracieusement l'arabesque de son corps demi nu. « *Aux fleurs de France, rue des Abbesses* », énonçait une banderole. « Lou pense à vous... Ne l'oubliez pas... », était-il écrit au verso à l'encre violette.

– C'est une boutique où je travaille parfois. On sait comment me trouver quand je ne suis pas là.

Bien qu'ayant gagné sa soirée à peu de frais, la jeune femme, frissonnant d'une légère ivresse de regret, peinait à s'éloigner. Hésitait-elle entre rentrer chez elle et tenter la chance d'une nouvelle rencontre ?

Fromental empocha la carte sans paraître s'y intéresser. On commençait à distribuer trop de réclame dans la rue, et jusque dans son courrier ! Il en était furieux.

Mais ce qui le mettait le plus en colère, c'était de mesurer à quel point il avait idéalisé Hyacinthe et combien cette soirée – à laquelle elle s'était dérobée – venait de précipiter son rêve au plus vulgaire du plus triste « naturalisme ». Il ne comprenait rien à ce que Hyacinthe pouvait être, et devinait à peine ce qu'elle voulait lui signifier aussi grossièrement.

Et il venait de rater une occasion : il ratait une femme, un assouvissement tout simple, offert sur un plateau. La proie était insaisissable et il avait laissé s'effacer l'ombre... On voulait le manipuler tout en l'humiliant ; il l'avait compris.

Il partit dans la nuit. Vers la place de Clichy tournaient les manèges et cancanaient les fêtards. Sous l'auvent des brasseries, on écaillait à tour de bras les huîtres d'Ostende et celles de Cancale. Aux abords des endroits les plus chics, des « soupeuses » marchaient à petits pas entravés dans leurs robes qui n'étaient pas toutes mauves. La terreur anarchiste était déjà oubliée.

XIX

À LA RECHERCHE DE HYACINTHE

> Car vous savez que le diable est un
> effroyable galant qui recherche surtout les
> femmes.
>
> Léon BLOY, *Le Vieux de la Montagne.*

Dans la nuit, Fromental continua d'arpenter les rues à travers les feuillets qu'il rédigeait en forcené, comme si son roman devait être livré au matin.

Il traqua la perfide « Iris » à travers les plus sordides quartiers de la capitale. Il suivait pas à pas ces venelles et ces coupe-gorge où les déchéances les plus féroces attendaient la traîtresse. C'était elle, bien sûr, qui avait attiré, séduit et assassiné « le prince des casinos » !... Fromental la découpa en morceaux et lui planta sur le thorax la poitrine bombée de Babeth, deux gros seins denses, couleur de lait et veinés de bleu, dardés comme des têtes de marmousets démoniaques. Il lui vissa sous les genoux les mollets de danseuse de Junie de Kerval, mais renonça aux lourdes hanches de Jeanne – son ami Cyprien n'était pour rien dans cette affaire. Sur un premier visage rageusement arraché, il épingla le menton pointu de Violeta et la bouche vorace de Lou, qu'il trouva trop petite et agrandit de deux coups de rasoir à chaque commissure, en trois traits de plume.

Puis il s'effondra sur son lit et piétina encore dans ses mauvais rêves. Il marcha jusqu'au matin, trébuchant et butant, de cul-de-sac en chemin perdu. Le pavé des rues n'en finissait pas.

Quand Odilon vint lui lécher le creux de l'oreille, il se leva pour aller retrouver sa prose. Tel un assassin après un meurtre particulièrement sanglant, il avait tout oublié. Ce qu'il lut l'effara. Chaque ligne lui parut marquée par la folie.

Il jeta les pages au feu, mais la cheminée était froide. Il aurait pu craquer une allumette et faire repartir le foyer ; mais il s'agenouilla, récupéra et reclassa ses feuillets.

Il songeait à Hyacinthe et n'avait qu'une envie : la revoir.

Rue Montpensier, il frappa longuement au carreau de la loge. Il frappa jusqu'à ce qu'une voix grondeuse résonne dans son dos :

— Si ça ne répond pas, c'est que je ne suis pas là !

Fromental se retourna vers un vieil homme qui traînait les pieds en faisant glisser deux seaux d'eau qui, à chaque pas, aspergeaient de vaguelettes les pavés du porche.

— Qu'est-ce qu'il vous faut, monsieur ? demanda ce vieux soldat en lâchant ses récipients et en éclaboussant les bottines du visiteur.

— Mlle Péridot, s'il vous plaît.

— Qui ça donc ? Comment que vous dites ?

— Pé-ri-dot ! cria Fromental vers l'oreille velue, la joue mal rasée et les cordes d'un cou rougeaud qu'on tendait vers lui comme on exhibe non sans fierté une vieille blessure de guerre.

— Ça va, je ne suis pas sourd !... C'est que voilà un nom que je connais pas, monsieur.

— C'est impossible, voyons ! Mlle Péridot habite bien cet immeuble, j'en suis sûr...

La nuit même de leur première rencontre, il l'avait suivie jusqu'ici. Il s'était méfié – non sans raison, semblait-il – et l'avait nettement entendue prononcer ce nom qui lui avait fait ouvrir la porte. Elle n'était pas ressortie pour filer vers une autre adresse : il avait guetté au-dehors, suffisamment longtemps ; et, le lendemain, un mouchard de la Sûreté était venu vérifier.

— Hyacinthe Péridot, insista-t-il.

— Ah ! Hyacinthe !

— Vous la connaissez ?

— Non !

— Mais, enfin...

— Ça se pourrait.

— Quoi ?

— Qu'elle habite ici.

L'homme agrippa les anses de ses deux seaux et marcha jusqu'à la loge.

— C'est que je remplace, faut comprendre, et c'est pour rendre service. Moi, j'ai rien lu du nom que vous dites sur le papier qu'on m'a laissé. Pourtant, y a bien une Hyacinthe, ça c'est sûr. C'est pas un nom de tous les jours, c'est comme une fleur, on s'en souvient... Vous auriez dû commencer par là.

— D'accord, d'accord ! s'impatienta Fromental en cherchant dans son gilet une pièce de vingt sous. Pouvez-vous m'indiquer où se trouve l'appartement de Mlle Hyacinthe ?

Le pipelet égaré empocha la pièce sans même la regarder. Dans le même mouvement, il sortit une clé avec laquelle il fouailla dans la serrure de la loge.

— Est-ce que je sais, moi ? Faut que je m'habitue. C'est pas forcément de la peine à se donner, remarquez, parce que mon collègue devrait revenir après-demain ou un peu plus tard, qu'il m'a dit, si sa parentèle l'invite à rester un peu. C'est pour un décès, à Yvetot. Vous connaissez Yvetot ?... Moi non plus. Paraît que c'est bien vert et qu'on y fait du bon beurre et de la pomme à cidre. Vous aimez ça, le cidre ?... J'aime autant la bière. Je l'aimais moins avant Fræschwiller. Pourtant, c'est une bataille que nous avons perdue malgré les belles charges de notre cavalerie... C'est là que j'ai été blessé. Cristi ! j'en traîne encore la patte et je ne comprends pas toujours tout ce qu'on me dit... Et ça me donne l'air plus âgé que je ne suis.

Fromental regardait avec consternation ce sergot qu'il avait peut-être vu défiler au bout de la rue de son enfance, dans les beaux jours de l'été 1870, quand Abel Cyprien et lui couraient vers l'avenue à la première rumeur de fanfare. Était-il possible que ce vieil estropié ait été un alerte lignard ?

— Pour votre demoiselle, il vaudrait mieux repasser en fin de semaine.

— Mais voyons, j'ai à lui parler... maintenant !

La porte s'entrouvrait. Fromental bouscula le traînard et chercha la liste des locataires.

Sur un carton jauni figuraient des noms superposés, barrés, renvoyés en marge ou recollés sur des bouts de papier gommé. Des coups de crayon, des flèches, des accolades et des annotations compliquaient encore le parcours. Il crut saisir : « Mlle Hya. esc. B, 7ᵉ gauche ».

Au septième ! L'étage des chambres de bonnes ! Combles délabrés le long d'un couloir dépavé ; galetas pour étudiants impécunieux, artistes de la bohème et littérateurs des grandes espérances. Souvenirs de jeunesse : regards hallucinés des amis défunts, poètes de vingt ans, dramaturges, romanciers, portés en terre, si légers de leur œuvre mort-née et de leur corps diaphane. On pouvait mourir de faim, à Paris, sous un toit où chantaient les merles ; on mourait de consomption, cœur et pieds glacés, meurtri de désillusion, rongé de désespoir ; on quittait la vie dans la fleur de l'âge, carbonisé par la fièvre et décharné par la famine... C'était la fin du siècle. Et, pendant ce temps, la finance et l'industrie faisaient d'immenses progrès.

Fromental chassa de sa mémoire ces lugubres chauves-souris, les renvoyant au cloaque de cette littérature vériste qui n'était plus au goût du jour. Les spectateurs du théâtre de la vie – qui en étaient en même temps les acteurs – ne voulaient rien savoir du délabrement des coulisses ; ils souhaitaient seulement se régaler de la pétulance des décors et de la brillance des costumes.

Quand la porte s'ouvrirait, quel visage lui ferait la femme qu'il recherchait ? Et lui, comment l'aborderait-il ?

Il entrerait comme un policier, pour dresser d'un coup d'œil blasé le procès-verbal de la misère que masquaient une garde-robe racée et des fréquentations éminentes. Il se souviendrait des jours sans pain où il se rendait à l'Opéra en habit et écrivait, au retour, le ventre toujours vide, mais avec des mots pétillants et pleins de gourmandise, une chronique payée chichement, plus tard, après tant de réclamations...

Sur la porte de gauche du septième étage de l'escalier B, il n'y avait aucun nom. Il frappa aussi longtemps que sur le carreau de la loge. Une voix souffreteuse se fit entendre à travers le bois écaillé de la porte :

– C'est pour quoi ?

– Mlle Hyacinthe Péridot.

– Ce n'est pas ici.

– Escalier B, 7e gauche.

– Oui, mais ça n'est pas ici, monsieur...

Une clé tourna, un œil jaune scruta le visiteur à travers un entrebâillement minuscule.

Fromental aperçut d'hirsutes cheveux blancs, le visage fané d'une vieillarde édentée qui tremblait dans un peignoir de soie déchiré. Son cœur se serra : il crut voir se dessiner le terme du destin de Hyacinthe si le temps d'arriver jusque-là lui était accordé.

– Cette demoiselle n'est plus ici. Elle a eu assez d'argent, sans doute, pour s'offrir un meilleur logement. Je crois que cette petite est allée s'installer plus bas... Moi aussi, je suis descendue, autrefois. J'ai même eu un rez-de-chaussée, oui, monsieur ! Puis je suis remontée. Vers le ciel où je m'installerai bientôt, pour de bon cette fois !

Elle rit, et son rire sans dents était de ceux qui saluent une mauvaise farce trop cruelle.

– Demandez un peu au concierge, dit-elle avant de refermer sa porte que le courant d'air voulait ouvrir en grand.

Fromental redescendit en songeant à cette autre nouveauté qui allait changer bien des choses : l'ascenseur hydraulique. On commençait à en installer dans les hôtels de luxe, dans les plus récents immeubles des beaux quartiers, dans les grands magasins. Il imagina que les riches abandonneraient alors la pénombre bruyante des rez-de-chaussée pour aller s'installer dans des hauteurs plus lumineuses d'où l'on peut dominer la société tout en s'aérant. Les pauvres descendraient vers la rue et ses embarras, mais pourraient aussi vaquer avec moins d'essoufflement.

Le portier intérimaire ne put que permettre à nouveau la consultation du carton. Fromental n'y trouva rien d'exploitable. Le briscard soupira de nombreuses fois avant de marmonner :

— S'il s'agit de cette petite demoiselle blonde, avec une toque de loutre et une espèce de capote de cuirassier de Reichshoffen, il y a bien longtemps qu'elle est partie. Et en trottant si vite que vous n'êtes pas près de la rattraper !

Fromental s'était souvenu de Steiner. Il entra boire une demi-tasse dans un cabaret de rencontre et trouva l'adresse de la galerie dans *Le Moniteur des Arts* qui traînait là parmi d'autres journaux. C'était sur la rive gauche, quai Voltaire.

Sa fureur était retombée, on ne peut arpenter bien longtemps sa propre colère. Au fil des enjambées, il avait fini par s'amuser de la stupidité du concierge ; et il avait perdu de vue les reproches qu'il s'était promis de faire à Hyacinthe quand il l'aurait retrouvée. Il se sentait heureux.

Une lumière veloutée vernissait la Seine qu'un train de chalands labourait avec une lenteur bouillonnante. La vapeur blanche du pousseur s'effilochait vers un ciel serein. Fromental s'accouda à la rambarde de pierre du pont Royal. Il avait traversé le jardin des Tuileries en diagonale, s'arrêtant pour contacter d'un doigt les pointes cuivrées des bourgeons, les zigzags décidés des rameaux neufs, la puissante fragilité des feuilles naissantes. Il voulait capter cette force invisible et silencieuse que le printemps met en œuvre. Il était resté songeur devant les chairs minérales des statues, et il avait répondu par des moulinets de canne et de jolis coups de chapeau aux risées moqueuses des midinettes. Et maintenant, contemplant de loin le sommet des grands arbres, il tournait le dos au chemin de son enquête.

Le fleuve miroitant brouillait ses pensées et faisait onduler l'image intérieure qu'il avait de lui-même. Une étrange impression de s'inventer, comme un enfant qui joue à être ce qu'il n'est pas et finit par le devenir par la seule force de sa croyance – ou, bien évidemment, comme un personnage de fiction que construit un romancier. Il y avait eu trop d'excitation à se déguiser en mouchard, et aussi trop d'exacerbation à suivre la piste de l'énigmatique Hyacinthe. De tout cela découlait une prose d'une nervosité maladive dont il redoutait de tout devoir jeter, pour finir, comme l'impulsion lui en était venue au matin. Il s'agaça, chercha sa pipe et la bourra, l'alluma et partit plus résolument vers le quai Voltaire.

Il s'arrêta devant la vitrine, sans vraiment voir les œuvres exposées qui paraissaient pourtant l'absorber avec une intensité inaccoutumée : des « peintres d'âme », à n'en pas douter, et d'une profusion outrée. Il continuait de ruminer cette affaire, préparait ses mots, écrivait dans sa tête le chapitre à venir et préférait avoir fini sa pipe avant d'entrer.

Du fond obscur de la boutique, un Quasimodo en veston de ratine vert bouteille l'observait avec une grimace malveillante. Fromental avait d'abord cru à un mannequin, puis il pensa que cette silhouette pouvait bien être celle de Steiner. Comme il restait toujours planté, le nez au carreau, l'ombre vint vers lui.

— On peut vous renseigner, monsieur ?... Qu'est-ce qui vous intrigue à ce point, comme si vous faisiez un inventaire ?... Montrez-moi !

En pleine lumière, cet individu d'âge moyen, contrefait par les reflets trompeurs de la vitre et les bigarrures des peintures qui l'environnaient, parut banal. Sa bouille lunaire était barrée de ce rictus figé qui ne parvient jamais à devenir un franc sourire, et sa déférence sournoise dénotait l'employé de comptoir rompu aux roueries du négoce. Fromental le trouva déplaisant.

— J'aimerais rencontrer M. Steiner, dit-il sur un ton plus sec qu'il n'aurait voulu. (Mais, en secouant les cendres de sa bouffarde, il estima finalement que ce ton décisif convenait tout à fait.)

— À quel sujet ?... Aviez-vous rendez-vous avec M. Steiner ?

— Dites-lui que M. Georis Fromental désire l'entretenir un instant, je vous prie.

— Le nom de Monsieur est-il connu de Monsieur ?

— S'il l'a oublié, rappelez-lui que nous nous sommes vus, l'autre soir, chez la diva Emma Calvé...

Mais une ombre de même taille s'était approchée par-derrière.

— Que se passe-t-il, Raoul ? Je ne veux pas de discussion sur le trottoir. Ici, ce n'est pas un étal de poissonnier !

Fromental salua Émilien Steiner. On lui répondit machinalement. Puis le marchand d'art précisa son coup d'œil, cherchant à se souvenir, pressentant quelque chose qui ne semblait pas lui plaire.

— Ah ! je vois qui vous êtes : cet écrivain dont on m'a fait lire un roman !

— En effet, c'est Hyacinthe qui...

— Ne restons pas là... Venez dans mon bureau.

Fromental pénétra dans la galerie. Raoul referma derrière eux avec une obséquiosité convenue.

Il y avait tant d'univers contradictoires à contempler que Fromental lançait de tous côtés des regards. La grande vitrine donnant sur le quai lui avait semblé entièrement vouée aux peintres symbolistes, en écho à l'exposition de la Rose+Croix. Mais les profondeurs de la galerie révélaient d'autres mondes. Il aurait voulu s'arrêter devant cette pinède inondée de lumière méridionale qui rougissait les arbres et rosissait la mer ; il aurait voulu sourire longuement à cette infante rigide et comme terrifiée dans ses dentelles ; il aurait aimé chevaucher avec le condottiere, s'allonger avec les odalisques, se mettre à table avec les Flamands... Plusieurs salons d'exposition se succédaient dans les profondeurs de l'immeuble.

— Pardonnez-moi, mais j'ai peu de temps, s'impatienta Steiner. J'allais partir. (Il était déjà à l'autre bout du magasin et Fromental dut se hâter pour le rattraper). Vous pourrez regarder tout à loisir, Raoul vous fera la visite. Si quelque chose vous séduit, nous nous arrangerons sur un prix... Je sais combien la littérature est peu rémunératrice.

Il dit cela d'un ton qui glaça la bonne impression que Fromental avait appréciée à leur première rencontre.

Dans le bureau, c'était toujours la même opulence, le même éclectisme hétéroclite qui provoquait une sorte de malaise par accumulation.

Durand-Ruel, lui, n'avait jamais cherché à empiler toute l'histoire de la peinture sur ses murs ! Il avait promu avec cohérence l'école de Barbizon (qu'il avait lancée), puis les impressionnistes (qu'il avait encouragés avant de les installer). Les goûts et les saveurs pouvaient se succéder sans se mélanger.

– Monsieur Fromental, je saisis le sens de votre regard. Un fatras nous encercle, en effet. Voyez-vous, je vends toutes sortes de peintures. Cet entassement, dont je suis le premier à souffrir, se justifie, sans vouloir l'excuser, par les mouvements incessants de mon commerce. Je ne me suis pas spécialisé. On peut *tout* trouver à la galerie Steiner ! Le marché est plus vaste que celui de la seule modernité... Que puis-je pour vous ?

Fromental se trouva désemparé. Il s'assit, un geste l'y invitait. Si Steiner était, comme il le soupçonnait, l'amant de Hyacinthe, pouvait-il lui avouer sans détour qu'il était à la recherche de sa maîtresse ? Il pensait venir en enquêteur de police, mais rien ne l'autorisait à s'imposer de cette façon. Son nervosisme lui jouait de mauvais tours. Sa scène était mal préparée. Il se jeta à l'eau :

— Je cherche Hyacinthe Péridot. Elle n'était pas chez elle et j'ai pensé...

— Quoi ? Vous avez pensé quoi ? Mlle Péridot ne figure ni parmi mes employés, ni parmi mes intimes.

— J'entends bien ! concéda Fromental sur un ton de connivence souriante qui était aux antipodes de ce qu'il avait pu constater lors de la soirée chez la Calvé. Mais j'imaginais que vous pourriez me donner quelque renseignement permettant de reprendre contact. Rue de Berri, l'autre soir, il m'a semblé que vous la connaissiez mieux que moi...

— Hélas ! Vous m'en voyez désolé, mais je ne peux rien pour vous, monsieur l'écrivain.

Il s'était déjà levé et poussait Fromental vers l'enfilade de pièces où guettait le dénommé Raoul.

— Tout de même, vous étiez ensemble ! insista Fromental.

— Mlle Péridot s'occupait d'aider Mme Isa Ermont dans ses affaires, comprenez-vous ? Une relation de clientèle, disons. L'autre soir, j'ai eu plaisir à lui rendre service en jouant au chevalier servant, au prince consort, puisqu'il n'est guère possible à une femme d'exister sans la gouverne d'un homme ou la surveillance d'un chaperon. Mlle Péridot redoute les entreprises des jeunes gens et se méfie de celles des hommes mûrs... Si j'ai bien compris, elle vous fuit vous aussi ?

Steiner n'avait pas raté la petite pointe d'ironie qui s'imposait.

Fromental répliqua rudement, sur un ton très « Cyprien » :

— J'ai quelques questions à lui poser à propos d'une affaire la concernant.

Et comme ce changement d'attitude parut impressionner le marchand d'art, il enchaîna :

— Si vous avez besoin de la joindre, comment faites-vous ?

— À l'hôtel d'Ermont...

— C'est fini, maintenant.

— Il y a un téléphone où on peut laisser un message, je crois.

— Où ça ?

— Demandez à Raoul, c'est lui qui sait.

Steiner était déjà à la porte de son bureau qu'il ouvrit d'un geste décidé. Raoul n'eut que le temps de reculer d'un pas et de plonger les mains dans une caisse d'où il sortit un tableau emmailloté dans du molleton. Dans le dos de Fromental, la porte s'était refermée. L'écrivain resta perplexe, puis en prit son parti. Il s'approcha de Raoul.

— Vous avez entendu... ?

— Quoi donc, monsieur ?

— M. Steiner dit que vous savez comment joindre Mlle Péridot...

Une crispation fit sentir qu'on ne souhaitait pas cette question, mais qu'il n'était plus possible de ne pas y répondre franchement.

– Un de ses amis travaille au Véfour du Palais-Royal. C'est à lui qu'on peut laisser un message. Souhaitez-vous que j'aille chercher ce numéro ? Il est punaisé sur le tableau de liège, à la comptabilité.

Cette franchise sans détour étonna Fromental. Sans attendre, il poussa son avantage.

– Ce ne sera pas nécessaire, merci, je connais. Mais est-ce vous qui avez fait prévenir Mlle Péridot de la mort de Mme Isa Ermont, le soir de son assassinat ? risqua-t-il dans un frémissement.

Raoul ne se démonta nullement. Il avait accepté sans réticence ce jeu de questions et de réponses, et se tenait prêt à envoyer ses répliques avec la vivacité d'un joueur d'échecs dans une partie de « blitz ». En même temps, il continuait à déshabiller le tableau, faisant apparaître dans la lumière incertaine des fragments de chair dénudée.

– En effet, monsieur.

– Mais comment est-ce que... ?

– M. Steiner m'avait demandé de le faire. Mlle Péridot travaillait pour Mme Ermont. C'était sa patronne, peut-être son amie. Il était normal de la prévenir.

– Bon sang ! mais comment avez-vous su que... ?

– Oh ! monsieur, tout le monde se connaît. Le monde de l'art n'est pas immense. Et grâce à l'appareil téléphonique, les nouvelles peuvent circuler encore plus vite.

Fromental en resta pantois.

Ces justifications paraissaient simples, évidentes et peut-être décisives pour l'enquête. Il y avait à creuser...

Mais il se souvint de ses déconvenues, quand il s'était cru si malin d'avoir découvert certaines choses : Cyprien l'avait mouché à l'arrivée. Et ce qu'il venait d'apprendre, il était prêt à parier que l'inspecteur, bien que prétendant ne plus guère s'occuper de l'affaire, l'avait trouvé avant lui. Cyprien agissait discrètement et n'en disait rien.

Fromental éprouva alors la sensation détestable d'être manipulé non seulement par Hyacinthe, mais aussi par son ami. Il resta songeur tandis que Raoul rejetait au fond de la caisse le tableau enfin débarrassé de ses oripeaux de toile, de ficelle et de papier de soie.

— On peut voir ? demanda Fromental.

La réticence de Raoul se manifesta sans nuance.

— Monsieur Steiner n'aime pas trop qu'on montre les tableaux qu'il n'a pas encore expertisés ou décidé d'exposer.

— Mais il m'a dit que vous me feriez tout visiter ! insista le romancier.

À regret, Raoul ressortit le tableau et l'exhiba brièvement dans la pénombre.

— Magnifique, n'est-ce pas ? dit-il sur un ton conventionnel de vendeur.

— Renaissance ? avança Fromental.

— Tout à fait ! Maniérisme italien... Un Bronzino... Enfin, dans sa manière... Un travail d'atelier, par un de ses meilleurs élèves, sans doute.

Fromental resta ébahi devant cette Vénus alanguie dans une pâmoison morbide que contemplait, avec une douceur ironique et lascive, un Cupidon hermaphrodite dont le visage lui parut évoquer celui de l'insaisissable Hyacinthe.

XX

FILATURE

Voici le soir charmant, ami du cri-
minel...

Charles BAUDELAIRE, *Les Fleurs du mal.*

L a nuit approchait dans un crépuscule tiède. Une
nuit de mars au ciel de cobalt qui annonçait
un froid toujours hivernal aux heures où Fromental s'énerverait à écrire – à moins que la fatigue
ne vînt le terrasser : il s'était une fois encore levé bien
tard, avait sauté les repas, et maintenant s'étonnait
d'une étoile vacillante au-dessus du palais de l'Industrie, tout là-bas, tout là-haut.

Des lumières s'éteignirent dans le dédale de la galerie d'art Émilien Steiner. Raoul sortit sur le trottoir
pour déplier les volets de bois. Des fiacres se croi-
saient, tous n'avaient pas encore allumé leurs lanternes
dont chacune arborait la couleur de son quartier de
remise. De l'autre côté du fleuve, des lueurs palpi-
taient derrière les fenêtres du Louvre.

Fromental se fondit dans la noirceur du porche où
il s'était embusqué. Il avait les pieds gelés, le bout

du nez rougi, les doigts gourds. Avec soulagement et presque avec enthousiasme, il vit le marchand d'art quitter les lieux pour s'en aller vers le pont Royal.

La filature est moins ennuyeuse que le guet, Fromental savait maintenant à quoi s'en tenir. Raoul avait verrouillé les barres de fer qui bloquaient les volets refermés. Et maintenant il partait vers l'École des beaux-arts, l'Académie française, le pont Neuf et l'île de la Cité... Dans l'autre sens, Steiner se retournait à chaque trot de fiacre arrivant dans son dos. Fromental le vit faire signe avec sa canne, mais sans succès. La suite n'allait pas être facile.

Il était temps de quitter ce porche. Le supplétif de la Sûreté adressa un clin d'œil au sardonique masque de pierre qui ornait la clé de voûte. Il traversa, tout en repérant les taches les plus sombres où il pourrait noyer sa silhouette si jamais le regard de Steiner se tournait vers lui. Mais le négociant en art ne voulait voir que les attelages, et il grimpa dans une voiture à l'instant même où un quidam l'abandonnait pour régler sa course.

À son tour Fromental se retourna, plein d'espérance, mais ronchonnant : tout ce temps de glaciale immobilité pour en arriver là ! Le fiacre repartait. Fromental le suivit en couraillant. Ce n'était pas une course franche, mais une sorte de trépidation à grandes enjambées qui hésitait entre la cavalcade et une allure excessivement pressée mais digne. Il faudrait avoir de la chance au plus vite ! Car si le fiacre tournait à droite, la largeur bien dégagée du quai du Louvre lui permettrait une rapide mise au trot. En face, par contre, entre les jardins du Carrousel et ceux des Tuileries, c'était un encombrement qui remontait lentement vers Rivoli, Saint-Honoré, l'Opéra et le Boulevard : on irait presque aussi vite à pied.

Au bout du pont, le véhicule fut arrêté. Le fardier d'un déménageur avait perdu son chargement, s'était mis en travers et encombrait la chaussée. À cette heure d'effervescence, les équipages arrivaient de toutes parts et cherchaient à forcer le passage à contresens, voulant contourner et s'imposer. Les lourds huit-ressorts aux portes armoriées, les landaus et les calèches prétendaient avoir préséance sur les agiles victorias et les phaétons véloces. Mais les fiacres du commun, rustauds, butés et rodés aux embarras, ne lâchaient rien. Les voitures se frottaient et s'encastraient, les chevaux bronchaient, se mordaient, les rouliers et les charretiers sacraient à la hauteur de leur réputation, les fouets menaçaient et finissaient par cingler.

— Je descends, s'agaça une voix dans le dos de Fromental. Je suis presque arrivé, comme vous voyez.

Fromental s'empara de la place vacante.

— Suivez cette voiture !

Le collignon à lourdes paupières et bouche tordue le toisa d'un air morne, comme s'il attendait là depuis des heures.

— Où c'est qu'il veut aller, le monsieur ?

— La lanterne bleue, à trois voitures devant... Celle avec le garde-boue de gauche écorné...

— Je vois ça, m'sieur... Une petite dame, hein, pas vrai ?

Fromental ne répondit pas. Il tendit sans attendre une pièce d'un montant supérieur au prix probable de la course.

— Ne la perdez pas de vue, surtout.

— On fera ce qu'on peut, mon neveu !

Quelques débardeurs avaient rechargé et amarré les ballots, les tapis roulés, les matelas, tout le bazar ; et tout rentra dans l'ordre. Les sabots claquèrent sur le pavé. Fromental restait le nez à la portière, surveillant d'un œil la lanterne bleue qui se dirigeait vers la rue des Pyramides. Entre-temps, la circulation s'était améliorée. Et, au terme d'une poursuite policière paisible comme une promenade au Bois, ils arrivèrent faubourg Montmartre.

Le cocher tapa du poing sur le toit.

— Je crois que nous v'là arrivés, m'sieur.

— Où sommes-nous ?

— Rue de Trévise... M'est avis que la petite dame va descendre.

Ce fut Steiner qui descendit, en gants clairs et tenant sa canne entre deux doigts comme une fleur fraîchement cueillie.

Le cocher regarda son client avec un air soupçonneux.

— Vous n'aviez pas parlé d'une petite dame ?

— Je n'ai parlé de rien ! assura Fromental en lâchant dix sous de pourboire.

Il fit le tour de la voiture et resta caché dans le recoin d'une échoppe. Steiner avait traversé. Arrêté devant une boutique, il regardait à chaque bout de la rue et, du pommeau de sa canne, tapotait d'une manière particulière le montant de la porte. Une pancarte avertissait « La Librairie du Merveilleux est fermée ». Mais la porte s'ouvrit.

Steiner salua, soulevant son haut-de-forme de soie grise comme s'il s'adressait à une femme, mais Fromental n'entrevit dans l'ouverture qu'un ectoplasme indistinct. Était-ce la « petite dame » qu'il recherchait et dont il pensait que Steiner savait comment la trouver ? En suivant le marchand d'art, Fromental pensait arriver jusqu'à Hyacinthe ; il ne croyait pas à l'indifférence apparente du négociant : ses regards, dans le salon d'Emma Calvé, avaient brûlé d'une flamme trop vive !

Avant que la porte ne se refermât, d'autres silhouettes arrivèrent du bout de la rue. La nuit s'épaississait avec soudaineté, semblant ralentir les allures et noyer les contours. L'allumeur de réverbères n'était pas encore passé. Pour mieux y voir, le guetteur à l'affût dut prendre le risque de s'approcher avec nonchalance du caniveau. Il se baissa comme pour rajuster un lacet de bottine et, mine de rien, jeta un coup d'œil vers l'autre rive de la chaussée. Il reconnut Péladan, ce qui n'était guère difficile : sa chevelure et sa barbe le signalaient de loin. Élémir Bourges et le comte de La Rochefoucauld accompagnaient dévotement le Sâr.

La porte se referma. Aucune lumière ne perça de la boutique ténébreuse où se tenait à l'évidence une réunion de conspirateurs : sans aucun doute la société secrète dont avait parlé Cyprien ! Et Fromental se persuada sans stupéfaction que le mystérieux sectateur inconnu, celui qui se faisait appeler « Masas » et dont la police ignorait encore le véritable nom, ne pouvait être que Steiner...

Fromental revint chez lui à l'heure où les habitués de l'Opéra partent souper après le spectacle et où le « quadrille naturaliste » du Moulin-Rouge (que les Anglais en goguette nommaient « French Cancan ») s'apprêtait à entrer en scène pour un ultime chahut.

La « réunion secrète » de la Librairie du Merveilleux s'était terminée comme une soirée entre amis, avec, pour finir, des conversations trop fortes sur le trottoir, et une descente côte à côte en direction de la cité Bergère et du boulevard Poissonnière. Rien de furtif. Personne ne rasait les murs. Fromental avait encore attendu, mais aucune « petite dame » ne s'était montrée. Une lumière s'était allumée à l'étage au-dessus de la boutique, puis s'était éteinte ; et l'espion dépité était à son tour parti à la recherche d'un fiacre.

Sous la porte de l'appartement, le concierge avait glissé du courrier, chose rare. Fromental s'étonna : on l'invitait, on aurait plaisir à le recevoir ; on l'informait d'un concert privé ou d'une soirée poétique réservée ;

on avait « son jour » et on tenait à le lui faire savoir, espérant « l'honneur et l'agrément » de sa visite... Il ne comprenait pas ! Que s'était-il donc passé dans sa vie pour que... ? Mais oui ! C'était à cause de cette soirée chez la Calvé, bien sûr ! Cette petite gloire le sanctifiait aux yeux de la mondanité. Ayant été invité, il devenait invitable.

Les nouvelles allaient vite ! Était-ce grâce aux appareils téléphoniques, comme l'avait suggéré Raoul, de la galerie Steiner ? Au moment où la plus grande discrétion s'imposait pour le mouchard que Fromental était devenu, voilà qu'on voulait l'installer dans la lumière de ces petits cercles parisiens qui proclament l'amour de l'art lyrique, de la littérature et de la peinture à l'huile. Ce n'était vraiment pas le moment !

Il abandonna les bristols sur la console de l'entrée et emporta le bougeoir jusqu'à sa table de travail. Il avait gardé cette lettre de vergé lilas qui exhalait un parfum dont la réminiscence fut immédiate : une senteur blonde et musquée, une odeur de sous-bois printanier... Hyacinthe !

Un coupe-papier d'ivoire cisela l'enveloppe. Sur une large double page qui pouvait d'abord faire croire à une longue et heureuse missive, il n'y avait que ces quelques mots, vivement tracés : « Ne cherchez pas à me revoir, je porte malheur. »

À travers la fente sournoise de ses yeux, couché tel un sphinx énigmatique à l'échine onduleuse, Odilon observait le désarroi de son maître ; sa grise fourrure

luisait d'un mauve inhabituel, presque violet, frissonnant de reflets améthyste. Il bâilla de toute sa gueule,
voulant montrer qu'il n'était pas un chat de céra-
mique, et, pour finir, sa tête parut se figer sur un
étrange sourire de bouddha. Quels sortilèges s'inven-
taient derrière ce masque ? Souvent Fromental avait eu
le sentiment que ce compagnon nonchalant devinait sa
vie et lui inventait ses chapitres. Le romancier ferma
les yeux, à la recherche de ce qui se dessinait dans les
ténèbres et qui adviendrait bientôt pour de bon.

XXI

MORT D'UN MARCHAND DU TEMPLE

Les affaires sont les affaires.

Octave MIRBEAU
(titre de la plus célèbre de ses pièces)

Dans le salon du premier étage de la galerie Steiner, une marécageuse flaque de sang noir imbibait un tapis d'Orient dont les dimensions couvraient presque la totalité de la pièce.

– Je l'ai trouvé tel quel, dit Cyprien. Décapité !... Cette fois, je trouve ça un peu fort !

Il tendit à son ami le bristol qui énonçait : *Mort d'un marchand du Temple,* avant d'ajouter :

– Et, bien sûr, la tête est introuvable ! Emportée par l'assassin, comme à son habitude : deux doigts, une oreille, un pied, et maintenant le chef ! La prochaine fois, quoi ? Un torse entier ?... C'est vraiment à en perdre... la tête !

Au milieu gisait le corps mutilé et plein d'horreur de la nouvelle victime ; car rien n'était plus horrible que l'absence de visage et l'obscène exhibition de ce

251

corps réduit à l'apparence d'un épouvantail inachevé. Par-dessus ses vêtements, le tronc de la victime avait été à demi entortillé dans une peau de mouton à longs poils.

— Une descente de lit, précisa Cyprien. Empruntée à la chambre voisine.

Une fausse lumière de cathédrale semblait venir des impostes haut placées. L'un des panneaux de verre était basculé.

— Oui, le meurtrier a pu venir ou repartir par là, dit Cyprien en suivant le regard de son ami. Mais je crois qu'il est plus simplement passé par la porte.

Un candélabre torsadé, dont les chandelles s'étaient consumées jusqu'au trognon, avait laissé couler au sol de longues stalactites de cire livide. Tout autour, une accumulation de tableaux créait un décor fragmenté où se heurtaient les couleurs et les formes, donnant une impression de temple barbare où se serait joué un frénétique théâtre de la cruauté.

— Qu'en penses-tu ? s'enquit Cyprien.

Il paraissait fatigué, bouffi, vieilli, finalement plus las qu'excédé par ce nouveau rebondissement. Depuis le dynamitage de l'immeuble du boulevard Saint-Germain, sa brigade multipliait les descentes et les vérifications dans les milieux anarchistes. Les jours et les nuits y passaient. Le nom d'un certain « Ravachol » avait été prononcé, mais l'animal demeurait introuvable et ce nom n'était probablement qu'un pseudonyme.

– Alors, qu'est-ce que t'en dis ? insista-t-il en
bâillant.

Fromental cita ce dont il se souvenait des paroles
de l'Évangile :

– « *Ma maison sera appelée une maison de prière
pour toutes les nations, mais vous en faites une caverne
de voleurs...* » Mais, lorsque Jésus chasse les marchands
du Temple, personne n'est décapité ! Des étals ren-
versés, des colombes remises en liberté, des paroles cin-
glantes... souvent symbolisées, dans la peinture
religieuse, par un fouet à lanières rageusement brandi
par le pacifique Messie...

Mais il n'y avait de fouet nulle part. Sous la carpette
dont on l'avait affublé, Émilien Steiner portait les
vêtements avec lesquels il s'était rendu à la réunion
secrète : la redingote bleu nuit et le gilet beurre frais
qu'il arborait quand Fromental était venu le voir à la
galerie. Son haut-de-forme de soie grise avait roulé
dans un coin.

– On songerait plutôt à la décollation de saint
Jean-Baptiste, l'ermite vêtu d'une peau de chèvre qui
baptisait ses disciples dans les eaux du Jourdain, fit
remarquer le littérateur. C'est un thème souvent
abordé dans la peinture à cause de son érotique sanglante. Combien de fois la juvénile Salomé n'a-t-elle
pas voluptueusement dansé devant Hérode ! En
récompense de son talent chorégraphique et pour venger le reproche de débauche fait à sa mère, elle avait
demandé qu'on lui apportât sur un plateau la tête du
prophète.

Il songea à Hyacinthe : pouvait-elle être Salomé ?

Il songea aussi à cet autre thème de la peinture sacrée : Judith et Holopherne. La jeune Juive sauvant le peuple d'Israël en tranchant le chef du général assyrien. Hyacinthe pouvait-elle être aussi Judith ? Judith faisant croire à son amour pour perpétrer un meurtre libérateur.

Seulement les tableaux qui représentaient ces déconcertantes aventures ne mettaient pas en scène des corps décapités, mais brandissaient plutôt des têtes coupées. Et parfois les faisaient flotter dans l'espace, comme dans le tableau de Gustave Moreau que Fromental avait pu contempler dans l'atelier du peintre.

Cyprien fouinait dans l'appartement, sans enthousiasme.

Courtin et Grandier, après avoir déposé Fromental, étaient restés en faction en bas, l'un sur le quai Voltaire, devant la galerie, l'autre rue de Beaune, devant l'entrée du couloir qui, après un sombre petit périple, permettait d'accéder au logement de Steiner aménagé au-dessus de la galerie avec laquelle il communiquait d'ailleurs par un étroit colimaçon de fonte.

— Qui t'a prévenu ? demanda Fromental en s'étonnant de ne pas voir défiler l'habituel cortège de policiers, de juges et de légistes.

— Personne... Juste venu me faire une idée de ce M. Steiner, après ce que tu m'avais dit. Pas vraiment une enquête, mais une petite visite de contact. J'ai trouvé la galerie fermée et, sur le trottoir, des gens qui avaient rendez-vous avec le marchand d'art. On a pris les noms. Un habitué du quartier m'a signalé l'autre entrée, par la rue de Beaune. La concierge nous a ouvert. Et c'est moi qui ai constaté le meurtre. Le parquet n'est pas encore prévenu... On va leur téléphoner !

Il s'approcha d'un appareil dont le cornet pour entendre et le cornet pour parler brillaient dans la pénombre comme la tête bifide d'un menaçant reptile.

Fromental fit une grimace. Il était à la fois flatté et soucieux : on l'avait amené sur les lieux avant quiconque, comme si son point de vue était de la plus haute importance, mais c'était pour Cyprien une infraction à la procédure prévue par le Code d'instruction criminelle.

— Tu habites presque à côté, grommela-t-il. Et j'étais sûr que tu allais pouvoir m'aider... Les autres vont seulement tout piétiner.

Il obtint sa communication, salua avec déférence le substitut de permanence et expliqua la situation. Il acquiesça plusieurs fois à ce qu'on lui disait, avant de raccrocher.

Fromental n'avait entendu dans le lointain que d'étranges gémissements criards et étouffés.

— Et Raoul, l'employé de Steiner, il n'est pas venu au travail ?

— Je suppose que c'est lui qui fait l'ouverture de la galerie. Il loge à deux pas. On ira voir.

Mais l'inspecteur s'était remis à fouiner et ne semblait pas pressé. Il ruminait devant les œuvres accrochées aux murs, les appréciait avec des mines souvent peu convaincues : c'était visiblement trop « moderne » pour lui, ces embrasements de ciel et ces scintillements lunaires ; trop symboliste et décadent, ces femmes diaphanes ; trop à la page, trop « pschutt », tout ça !

D'instinct, Fromental s'était approché de la bibliothèque. Il y constata l'abondance des traités d'échecs et des manuels de jeux de l'esprit. Plusieurs damiers ou échiquiers de bois précieux, aux pièces de porphyre, d'ivoire ou de stéatite, ornaient certains rayonnages. Foisonnaient aussi les ouvrages d'hermétisme et d'alchimie, ce qui n'était pas étonnant, compte tenu de l'appartenance de Steiner à une société initiatique. Certains des plus précieux parmi ces livres rares étaient enfermés dans une vitrine verrouillée aménagée dans un ancien tabernacle aux ornementations apocalyptiques : un exemplaire perse du Zohar, les *Centuries* de Nostradamus, les deux fameux traités de sorcellerie attribués à Albert le Grand, le *De occulta philosophia* de Cornelius Agrippa et le *Malleus maleficarum* qui avait été écrit par deux dominicains afin de bien savoir « cuisiner » les sorcières. Le dernier de la série n'était pas le moins intéressant : il s'agissait du *Traité des œuvres secrètes de la Nature et de l'Art*, rédigé au XIIIᵉ siècle par Roger Bacon et dans lequel le moine franciscain prédisait des inventions qui lui valurent la prison : voitures sans chevaux, ponts suspendus, engins pour voler dans les airs et autres prophéties démoniaques.

Un petit « cosy-corner » était voué au thème de l'Androgyne, décidément à la mode dans un certain milieu qui donnait le ton à l'air du temps. La brochure de Péladan sur ce sujet y figurait en évidence, dédicacée avec emphase par le maître. Dans un cartonnier de maroquin rouge sang, Fromental feuilleta des estampes se rapportant à ce mythe très ancien que toutes les civilisations avaient mis en scène à un moment ou à un autre.

Des remarques, vraisemblablement de la main de Steiner, étaient jointes à certaines gravures représentant cet androgyne particulier que les initiés nomment Rebis, l'être double : *Hermaphrodite alchimique, union du soufre et du mercure dans l'Œuf philosophique*, était-il ainsi tracé sur un carré de papier sous lequel Fromental découvrit un doux visage résolu qui, une fois encore, lui parut être celui de Hyacinthe – mais plus il contemplait ce visage, plus la ressemblance s'estompait, s'amoindrissait et s'effaçait, ne laissant subsister que le doute.

– Descendons ! commanda Cyprien.

Ils se glissèrent par l'étroit escalier aux marches sonores et se retrouvèrent dans une pièce à allure de débarras. Il y faisait très sombre. Une forte odeur de sciure, de térébenthine et de colle prenait à la gorge. Des toiles et des panneaux de bois peints étaient empilés le long des murs. Cyprien les compulsa du bout des doigts.

– Dis donc, ça n'a pas l'air très « moderne » ni très « symbolique », tout ça ! constata-t-il.

– « Symboliste », corrigea Fromental en venant regarder par-dessus l'épaule de son ami.

Il reconnut le Bronzino, encastré entre un Dürer et un Gainsborough, non loin d'un Vermeer et d'un portrait janséniste par Philippe de Champaigne.

D'autres cadres dépassaient des caissons étroits où on les avait enfournés entre deux couches de paille ou de frison ; Fromental les ressortit pour les examiner ; tous portaient une étiquette ou un certificat.

– Une nature morte rigoriste, par Zurbarán ; une bambochade, portrait plein de faconde, de Frans Hals ; une langoureuse scène de martyre par Perino del Vaga... Des maîtres anciens, en effet ! confirma-t-il. Ce n'est pas le fonds de commerce principal de la galerie d'art Émilien Steiner, mais...

À cet instant, on frappa à la porte. Une voix de femme affolée se fit entendre :

– Monsieur, c'est vous ? Venez vite, on nous a cambriolés !

Cyprien se précipita, mais la porte de fer resta fermée.

– Bon sang ! C'est bouclé !

– Qui est là ? cria-t-on de l'autre côté. Qui êtes-vous ? J'appelle la police !... Monsieur ! monsieur l'agent, au secours !

– C'est nous, la police ! hurla Cyprien. Si vous avez la clé, je vous somme d'ouvrir cette porte immédiatement !

Il y eut un bruit de cavalcade, un conciliabule, un bruit de serrure, et la porte s'ouvrit sur la figure lugubre de Courtin.

— C'est la femme de ménage, elle avait ses clés. Il y a une entrée de service au rez-de-chaussée, par le couloir de derrière, énonça-t-il sans paraître s'excuser.

— Qu'est-ce qu'on vous a cambriolé ? demanda Cyprien à la grosse femme en sarrau qui le regardait avec effarement.

— Dans le bureau comptable...

— Montrez-nous ça.

Ils la suivirent. Le bureau était petit, mais il y régnait un grand désordre. Toute la paperasserie semblait avoir été jetée en l'air avant de retomber en épaisses plaques neigeuses.

Cyprien remua quelques feuilles et constata leur peu d'importance.

— Les livres de comptes ? demanda-t-il.

— C'est comme qui dirait des gros cahiers en toile marbrée, verts avec des petites taches noires partout : pas vrai, monsieur le commissaire ? Eh bien, ils sont plus là ! Leur place, c'est dans ce meuble que vous voyez et qui est tout vide, maintenant.

Cyprien opina, avec sur son visage plus d'évidence que de surprise.

Fromental s'était approché d'un pêle-mêle de feutrine vissé au mur, où étaient épinglées différentes fiches : des noms, des adresses, des numéros de téléphone. Il chercha le papier indiquant comment joindre Hyacinthe, qu'avait signalé Raoul. Mais il ne trouva rien. Au milieu de l'imbrication tumultueuse des pense-bêtes, un vide signalait une absence toute fraîche.

XXII

UN TOURNANT DANS L'ENQUÊTE

> On s'effraie de l'invraisemblance, et
> c'est l'invraisemblance qui est vraie. On
> recule devant l'absurde, et c'est l'absurde
> qu'il faut pousser. Tout est possible.
>
> Émile GABORIAU, *L'Affaire Lerouge.*

Rue du Pré-aux-Clercs, l'appartement de Raoul était vide. Après un bout d'entrée bordé de placards incrustés dans les murs, on trouvait une assez grande chambre au sol carrelé de tommettes rouge brique et dont l'unique fenêtre permettait d'apercevoir les toits de Saint-Thomas-d'Aquin. Le lit était en désordre sous une courtepointe rejetée à la va-vite ; on pouvait penser que ce lit n'était pas fait tous les jours. Un réchaud sur une table permettait de faire un peu de cuisine. Dans une casserole restait figé un fond de ragoût dont l'odeur de lard et d'oignons frits imprégnait encore l'atmosphère confinée.

– Monsieur Raoul a demandé le cordon vers minuit, répéta le portier qui l'avait déjà déclaré à chaque palier. Je lui ai ouvert et, un peu plus tard, j'ai vu qu'il repartait.

– Vous l'avez vu ? demanda Cyprien avec une sorte d'indifférence machinale, tandis qu'il ouvrait et refermait tout ce qui pouvait être ouvert, inspecté et refermé.

– Bah ! je l'ai pas vu, mais je l'ai entendu... Ce ne sont pas les petites demoiselles d'alentour qui pourraient écraser les marches de cette façon. C'était pas bien longtemps après qu'il était revenu. Il est reparti et il n'est pas repassé ce matin.

– Apparemment, il n'a pas l'intention de revenir tout de suite, constata l'inspecteur.

Il avait ouvert une armoire où pendaient des cintres vides. Sur des étagères, des marques géométriques, comme décalquées au pochoir dans une fine couche de poussière, démontraient la disparition de chemises et de mouchoirs. On ne trouvait aucun objet de toilette près de la cuvette et du broc.

Le policier tira une chaise de sous la table et y grimpa pour inspecter le haut du meuble : sur une feuille de journal jauni, une trace rectangulaire indiquait qu'une valise avait dû se trouver là.

Dans son carnet vert, Fromental observait et notait avec vivacité la façon dont son ami menait les investigations. (Il avait relevé le parfum refroidi du frichti et la senteur aigre de la literie, qui donneraient à son chapitre un parfum de vécu.)

– Vous le connaissiez bien, ce monsieur Raoul ? questionna Cyprien.

— Bah !

— Il travaillait à la galerie d'art Émilien Steiner.

— À ce qu'il paraît...

— Comment ça allait, avec son patron ? Il vous en parlait ? Est-ce qu'il lui en voulait de quelque chose ?

— Les employés ont toujours une bonne raison d'en vouloir à leur patron. Moi, c'est le propriétaire qui me fait des misères. Et les locataires, je ne les ai pas tous à la bonne.

Cyprien ne releva pas. Il continuait de tout examiner avec minutie. Il avait commandé au concierge et à Fromental de rester au seuil de la pièce, et confirmait cet ordre d'un index tendu vers eux pour les maintenir à leur place.

Il revint vers le couloir, ouvrit les placards, souleva une à une les quelques assiettes et le couvercle d'une soupière, puis celui d'une boîte à lait. Il éleva un instant la lampe à pétrole, mais il n'y avait rien sous le socle.

Puis il pensa avoir fait le tour du propriétaire et marcha jusqu'à la porte. Un pavé claqua légèrement sous ses pas : bruit anodin et fréquent dans ces vieux logis. Mais Cyprien revint en arrière, tâtant du bout du pied jusqu'à retrouver le pavé sonore. Il s'agenouilla, passa un doigt sur le pourtour du joint de mortier disparu et tenta de soulever la tommette. Il n'y réussit qu'en se servant du côté épais de la lame du couteau qu'il avait sorti de sa poche.

Sous le pavé descellé, une planche masquait une cachette qui n'était pleine que de morceaux de tissus bourrés à la hâte. En remuant ces chiffons, l'inspecteur vit pourtant quelque chose briller ; et les deux curieux, qui s'étaient étirés et courbés depuis le seuil, virent eux aussi scintiller ce quelque chose : c'était une petite pierre précieuse, un éclat de diamant sans doute, desserti de la bague ou du collier dont il avait pu être arraché dans la hâte de la fuite. Et, en sortant tout pour mettre chaque lambeau à plat, Cyprien trouva également quelques mailles en or d'un fermoir de collier ou de gourmette.

Accoudés à l'une de ces échoppes du quai qui vendaient des casse-croûte et des verres de vin rouge, à côté de ces boîtes à livres que des bouquinistes accrochaient au parapet, Fromental et Cyprien surveillaient de loin l'effervescence maintenant déployée à hauteur de la galerie d'art Émilien Steiner. Des badauds s'étaient collé le nez à la vitrine, mains en visière, et des filles en livraison déposaient leurs paniers en se haussant sur la pointe des pieds pour essayer d'y voir quelque chose. Quoi ? On ne savait pas trop. Encore une histoire d'*anarchisses*, assurément ! Le cheval du fourgon de la morgue piaffait.

Les deux amis sirotaient sans entrain un improbable beaujolais et mâchouillaient un petit pain garni de mortadelle grasse tout en échangeant de temps à autre une idée. Fromental avait allumé sa pipe, car il prétendait, comme ce détective anglais dont il s'était entiché, que le tabac aiguise les facultés intellectuelles.

Cyprien n'était pas vraiment à son poste. Il voulut se justifier tout en se rassurant :

— S'il y a quoi que ce soit, un Courtin ou un Grandier viendra nous en avertir... après s'être chamaillés pour savoir lequel doit s'y coller ; à moins que ce ne soit les deux.

Sans l'exprimer clairement, Cyprien détestait l'appareil judiciaire qui le dépossédait de cette enquête qu'il aurait voulu mener seul, en amateur éclairé. Fromental l'avait assuré qu'il en serait ainsi dans son roman : l'inspecteur aurait le beau rôle, on le verrait fouiner et renifler en limier solitaire et tout démêler de brillante façon, à la fin. Il deviendrait un héros d'aventures infinies... mais il faudrait sans aucun doute lui trouver un autre nom.

— Dans ce cas, la consolation sera bien faible ! ricana le policier. En attendant, j'aimerais tirer au clair cette affaire de tableaux. En façade, la galerie Steiner affiche la plus immédiate modernité sur laquelle elle a construit sa réputation, tandis qu'elle entrepose dans l'obscurité des maîtres anciens dont les attributions prestigieuses exigent sans aucun doute du répondant... Steiner avait-il les reins suffisamment solides ?... Comme je suis policier et qu'il me faut bien imaginer le pire côté des choses, je subodore un trafic d'œuvres d'art volées. Ces tableaux, tu les connaissais, toi ?

— Pas vraiment. Et, à vrai dire, sans les vignettes collées au dos, je t'avouerai que... Enfin, certaines manières sont tout de même bien reconnaissables.

— Surtout quand l'étiquette confirme la bonne impression que tu en as eue. C'est comme cette piquette : on nous affirme que c'est du beaujolais et nous voilà prêts à le croire... Tu connais un expert en art ?

— Heu... pas vraiment, non !

— Mais tu collectionnes. Chez toi, j'ai bien vu, accroché aux murs...

— Des petites choses ! Par des peintres de maintenant qui ont du mal à vivre et dont personne ne veut. Pas besoin d'expert pour ça !

— Je veux qu'un expert me jette un coup d'œil sur les collections de nos trois victimes. Et aussi sur les tableaux entreposés chez Steiner. Chez nous, il y a un service qui en sait un peu plus long que les autres sur le vol, le recel et la revente des œuvres d'art, mais ce n'est pas à moi de le solliciter. Peut-être qu'un juge aura cette idée, mais rien n'est certain : à les entendre, ils croulent sous les dossiers et ont la tête à l'envers à force de traiter toutes ces affaires en même temps. Toi, tu peux aller plus vite qu'eux ! On va te bricoler un sauf-conduit. Débrouille-toi pour nous dégoter un expert et fais-moi vite ton rapport.

— À vos ordres, monsieur le chef de service. Est-ce que je t'offre un deuxième verre ?

— Toi, tu persistes à vivre dangereusement ! Depuis que tu es agent privé à la Sûreté, tu deviens capable d'avaler n'importe quoi. Il y a peu, tu m'aurais servi une tirade sur « l'ignominie sans vergogne de cette âpre teinture violacée » !

– Oh ! c'est que je n'ai plus trop le temps d'y penser, biaisa Fromental en sortant de sa poche la lettre
de Hyacinthe qui était d'un violet plus doux et plus
bouqueté que le vin dont il expédia le fond de verre
par-dessus le parapet.

– Voilà qui est succinct et décisif, commenta l'inspecteur après avoir lu le billet. Elle souhaite donc te
revoir...

– Ce n'est pas ce qu'elle dit.

– Mais si, tu n'y comprends décidément rien !

– À quoi ?

– Aux femmes, pardi !

– Elle me l'a déjà dit.

– Tu vois : elle aussi... Est-ce que tu lui avais
communiqué ton adresse ?

– Tiens, non... je n'avais pas pensé à cela.

– Il faut toujours penser à ce genre de chose. Il
faut penser à tout, réfléchir à tout ! Toujours ! C'est
épuisant... En tout cas, elle en sait plus long sur toi
que tu ne peux le penser.

– Mais je n'ai rien à cacher, moi !

– Elle a dû se renseigner... ou te faire suivre.

Fromental n'aima pas cette idée. Suivre une femme,
une suspecte, une énigme, une proie, tout cela était
bien plus excitant que d'être à son tour pourchassé,
guetté dans l'ombre et menacé de mauvais agissements. Le malheur qu'annonçait la lettre lilas n'était
peut-être pas un avertissement en l'air. Mais alors,
pourquoi Cyprien croyait-il au double sens de ce « Ne
cherchez pas à me revoir » ?

– C'est pour t'appâter... Comme si tu avais besoin de ça ! Depuis le début tu lui cours après, comme un de ces jeunes chiens fous qui battent la campagne, font fuir le gibier et ne rapportent rien.

– Que tu crois ! Mon cher, j'ai peut-être quelques petites choses à t'apprendre...

Et Fromental raconta ses dernières investigations, ses rencontres et ses supputations. Il n'était pas toujours très clair, malgré les panaches de sa pipe sans cesse rallumée. C'est qu'il voulait mettre trop de mots sur sa narration et finissait par mélanger ce qu'il avait vécu avec ce qu'il avait écrit. Malheureusement pour lui, Cyprien était le pire des auditeurs : il ne se laissait pas épater par de la phrase et ne voulait que des constatations simples :

– Des faits ! Des conclusions ! grogna-t-il.

– Il se pourrait bien que ce fameux « Masas » de la société secrète des Rose+Croix soit Steiner.

– Qu'il l'ait été, c'est bien possible, mais maintenant il est mort.

– C'est lui qui avait fait prévenir Mlle Péridot de l'assassinat de sa patronne, par l'intermédiaire de Raoul et du caviste de chez Véry.

– Qui t'a dit ça ?

– Raoul.

– Et Steiner, il a confirmé ? Tu lui as posé la question ?

– Heu... non... Il ne m'a laissé le temps de rien, vois-tu. Il était très pressé de partir.

— N'empêche, tu aurais dû lui poser cette question. Il faut toujours corroborer !

Fromental nota ce verbe dans son carnet. Cyprien voulait dire par là que tous les avis devaient se recouper selon le vieil adage *Testis unus, testis nullus* : « Un seul témoin, pas de témoin ».

— D'après Raoul, il y avait à la comptabilité, sur le tableau de feutrine, le numéro permettant de joindre Mlle Péridot, fit remarquer l'écrivain. Or, tout à l'heure, ce papier manquait. Pourquoi l'assassin l'aurait-il emporté ?

— Si ton amie Hyacinthe était là, sur le lieu du crime, elle a pensé qu'il valait mieux ne pas laisser traîner cet indice, suggéra Cyprien avec un air taquin.

— Hyacinthe ! Mais comment donc ?... N'est-ce pas Raoul qui... ?

— Oh ! moi, je ne suis assuré de rien ! Pour le moment, j'observe, j'engrange, je rumine. Nous n'en sommes pas aux conclusions.

— C'est pourtant ce que tu exigeais à l'instant même.

— Les conclusions de tes investigations, le résultat de ton enquête, c'est ça que je te demandais. Pas le nom du coupable. C'est trop tôt !

— Allons donc ! On en a vu se faire guillotiner pour moins que ça, et en moins de temps qu'il n'en faut pour le dire !

— Justement, on va trop vite, on se trompe, insista l'inspecteur. Il est temps de réfléchir un peu mieux et d'étayer nos preuves.

— Tiens donc ! Aurais-tu lu les aventures de cet enquêteur anglais dont j'ai eu l'occasion de te parler ?

— J'ai lu Gaboriau... et il ne dit rien d'autre !

— Bon, nous voici revenus à la littérature, comme au bon vieux temps du collège !

Un remue-ménage du côté de la galerie Steiner précéda la sortie d'un brancard et l'enlèvement de la dépouille. Des sergents de ville faisaient reculer la petite foule. Quand le fourgon démarra, les gens se dispersèrent.

— Trouve-toi un expert et fais ce que je t'ai dit, rappela Cyprien en abandonnant la buvette pour retraverser le quai en direction du lieu du crime.

XXIII

EXPERTISE

> La vérité désenchante toujours.
> L'art est là pour la falsifier.
>
> Jules RENARD, *Journal.*

Fromental s'aperçut qu'il avait confondu la rue de Seine et la rue de Sèze.

À quatre pas du quai Voltaire, la rue de Seine l'avait attiré sans même qu'il y réfléchît. Il s'était arrêté devant la galerie de Victor Prouté et, ayant compris son erreur, entra quand même.

On regretta de ne pouvoir mieux le renseigner. Ici on ne s'y connaissait vraiment qu'en estampes et en bibelots. Le marchand d'art le plus important du moment, et donc renommé comme expert, c'était bien Georges Petit, rue de Sèze (et non pas rue de Seine), derrière l'église de la Madeleine.

L'écrivain rêveur reprit donc le chemin par lequel il était venu. Il se rendit au plus vite chez le célèbre marchand d'art.

— On vous aura mal informé, se désola un courtier. Notre réputation tient à notre goût pour l'art moderne.

Pour l'ancien, voyez Noblet, à Saint-Sulpice, rue du Vieux-Colombier.

– Sapristi, mais j'en viens! Et c'est à deux pas de chez moi, maugréa Fromental en prenant sans délai la route du retour.

Il songeait au téléphone et comprit combien d'inutiles déplacements pourraient être épargnés grâce à cet invraisemblable outil. On réglerait ses affaires sans bouger de son fauteuil. Les enquêteurs n'auraient plus à arpenter de manière trop souvent vaine les quatre horizons de la ville...

À sa manière, multipliant les enjambées véloces et les arrêts méditatifs, Fromental s'amusa à imaginer un dispositif téléphonique qui n'aurait plus besoin de fil et qui pourrait s'installer dans les fourgons de la police. Des fourgons dont les chevaux iraient au galop de Vincennes à Neuilly par un réseau de ponts suspendus construits par M. Eiffel. (Il pressa le pas.) Des fourgons qui seraient peut-être des voitures sans chevaux et qui fileraient d'un trait, de la Madeleine à Saint-Sulpice, sans être arrêtés par quoi que ce fût. (Il s'arrêta pour laisser passer un tramway à vapeur.) À moins qu'on n'installât enfin ce « chemin de fer métropolitain » dont on parlait depuis tant d'années et que les Londoniens avaient chez eux depuis trois décennies déjà – quelques hurluberlus, dignes successeurs de l'utopiste Bacon, l'envisageaient circulant dans d'infinis tunnels et prétendaient qu'on ferait courir des trains électriques à côté des égouts... Alors, pourquoi ne pas imaginer aussi un téléphone sans fil qu'on glisserait un jour dans sa poche ? Les distances seraient vite parcourues, les informations aisément transmises, et plus personne n'aurait de raison de se plaindre.

Il traversa le pont du Carrousel en envisageant cette fois les bienfaits du vélocipède : il s'achèterait une bicyclette Papillon et réglerait chaque année l'impôt spécial... Mais sa dignité d'homme de lettres, pas plus que la modestie de ses ressources, ne lui permettait d'envisager sérieusement l'acquisition de cet engin onéreux, d'ailleurs réservé au loisir et au sport.

Avait-on vraiment besoin d'aller plus vite ? Il pariait par avance sur les lenteurs de l'expertise et sur les atermoiements de la justice. Il continua sa route au pas de promenade.

Les crieurs de journaux annonçaient la nouvelle loi sur le travail des femmes et des enfants – lesquels ne pouvaient déjà plus travailler à la mine ou à l'atelier en dessous de l'âge de douze ans –, qui allait réduire à dix heures quotidiennes la durée de leur travail et obligerait à un repos hebdomadaire. La situation ne pouvait donc que s'améliorer en dépit des dangereux rêveurs qui réclamaient pour tous la semaine de soixante-dix heures ! Ce qui n'aurait pour effet que la ruine rapide de l'industrie, du commerce et de la nation, comme l'avaient expliqué en riant les propriétaires d'usine et les fondés de pouvoir de la finance. Certes, le Progrès était en marche, mais pas de cette façon : c'est en révérant les avancées techniques et en achetant à foison des objets manufacturés – à en croire les maîtres de fabrique – que l'homme irait vers des lendemains radieux.

Fromental délaissa ces chimères. Sur le plan romanesque, il ne voyait pas grand-chose à en tirer, à moins de fournir un discours enthousiaste et soumis qui ne serait nullement romanesque au sens où il l'entendait – même si le naturalisme avait tenté cette approche. Quand l'application des lois sur l'instruction publique aurait enfin sorti de l'illettrisme les masses populaires, il y avait fort à parier que les nouveaux lecteurs préféreraient par-dessus tout les histoires de beaux quartiers, de marquises amoureuses et de héros triomphants.

La réflexion tourna court quand il arriva chez Noblet, au fond d'une arrière-cour aux pavés cahoteux entre lesquels pointait le vert printanier des herbes sauvages. Un bout de jardin encerclait un imposant saule pleureur dont le rideau de fins branchages laissait apercevoir une sorte de pavillon Empire, tout de plain-pied, au fronton triangulaire percé d'un œil-de-bœuf.

L'expert n'aurait-il pas dû demeurer sur la rive droite, dans un hôtel de grand style, au milieu de ses semblables, riches et oisifs ? Expert : il ne s'agissait pas d'un métier mais d'un talent dont la mise en œuvre devait se donner des airs de service rendu. C'est pourquoi la plupart de ceux qu'on voulait experts étaient soit des marchands d'art – et leurs estimations apparaissaient comme des conseils bien orientés –, soit des dilettantes plus ou moins fortunés, ayant leurs entrées au meilleur niveau d'une société désireuse d'acheter des objets artistiques dont elle ignorait tout. L'expert n'était finalement qu'un amateur éclairé qui, bien souvent, devait se contenter de connaître ce qu'il n'avait guère les moyens d'acquérir pour lui-même.

C'était du moins ainsi que Fromental voyait les choses – par le petit bout de la lorgnette, diraient certains ; mais cette lorgnette était aussi la loupe avec laquelle il avait observé ce milieu au moment d'écrire quelques chroniques et « Salons » publiés dans des revues. Il se fit annoncer sous son nom de romancier – moins connu que les pseudonymes qu'il utilisait dans la presse.

M. Noblet arriva vers lui avant même que le valet de porte ne l'eût débarrassé de sa canne et de son chapeau. L'antichambre montrait sans doute de fort belles choses, mais exposées à l'excès, juxtaposées et empilées comme dans la réserve d'un muséum. Cette abondance inorganisée n'était pas sans rappeler le chaos qui régnait dans le bureau du défunt Steiner.

L'expert Noblet était un vieil homme à la calvitie luisante cerclée de cheveux blancs qui lui donnaient un air de romantisme suranné. Vêtu de noir et blafard de peau, il arborait un franc sourire qui était bien la chose la plus pimpante de tout le bric-à-brac environnant. Au fond de deux orbites creuses, son regard pétillait avec intensité, perçait les âmes et soupesait le monde.

– Ne vous effrayez pas ! dit-il. La plupart de ces merveilles vont bientôt partir pour Auteuil chez l'un de vos confrères qui m'a demandé d'agir pour son compte.

– Sans doute s'agit-il de M. de Goncourt, boulevard de Montmorency, glissa Fromental avec un sourire de connivence.

Dans le monde des arts et des lettres, nul n'ignorait la passion collectionneuse des deux frères Huot de Goncourt, dont Edmond maintenait la flamme après la mort de Jules, son frère cadet.

L'autre ne répondit pas, voulant préserver les apparences d'un secret professionnel bien gardé.

– Voyons un peu votre affaire... De quoi s'agit-il ?

– D'une mission pour laquelle il me faut d'abord vous demander la plus totale réserve, annonça Fromental qui jouait assez bien son rôle d'entremetteur de la police secrète. Ce n'est pas un riche commanditaire qui m'envoie vers vous, mais un ami de la Préfecture de police. Son nom est sans nécessité pour votre travail. Sachez seulement qu'il s'agit d'une importante enquête criminelle.

– Diable !... Et la force publique entend-elle indemniser mes services ou seulement me réquisitionner ?

Fromental accueillit la remarque avec désarroi. C'était une question à laquelle il n'avait pas songé. Que pouvait coûter une telle consultation ? Il n'en avait pas la moindre idée. Fort cher, sans doute, et très au-dessus de ses propres moyens. Le marché de l'art, il le savait bien, s'intéressait d'abord au « marché », c'est-à-dire à l'argent.

— Le mémoire récapitulatif de vos interventions sera honoré comme il convient, dit-il à tout hasard.

— Fort bien... mais il faut m'en dire plus.

— Il s'agit de plusieurs collections... Celle de la fondation Ermont, pour commencer...

M. Noblet blêmit.

— C'est une collection que j'ai contribué à édifier. Aurait-on des reproches à me faire ?

— Et puis la collection Auduret-Lachaux..., celle du marquis Séverin Des Hélues...

— Je vois ! Ces gens ont été assassinés il y a peu, et l'énigme est intéressante. Quand partons-nous ?

Ils filèrent sans délai. Le sauf-conduit allait permettre d'accéder sans encombre aux pièces qui restaient sous la garde de quelques vieux serviteurs – plus inquiets de leur avenir que de celui des collections et qui regardèrent à peine le papier officiel rédigé par Cyprien dans les termes les plus vagues.

Chez Auduret-Lachaux où tout avait commencé, le solennel M. Noblet marmonna un « Décidément, l'art n'est plus que le reflet de la fortune ! » qui ne l'empêcha pas de se mettre à examiner et scruter, et soupeser, et jauger avec la plus féroce attention. Il se fit apporter un escabeau, grimpa dans les cimaises et changea plusieurs fois de lunettes – chaque poche de son gilet, de son pantalon et de sa jaquette semblait en receler une paire différente dont l'épaisseur variait jusqu'à atteindre celle de deux loupes larges comme des hublots de paquebot qui prêtèrent à son regard une stupeur dilatée de hibou juché sur un arbre sec.

D'en bas, Fromental attendait sans impatience. Le vieux savant en art marmonnait ses impressions en gourmet savourant une dégustation, sans griserie, avec délicatesse, mais avec une constante précaution. Il analysait brièvement les œuvres avec finesse autant qu'avec prudence. On le sentait difficile et malin, intelligent dans la satisfaction autant que dans la réticence.

— Il y a là d'excellentes œuvres, dit-il en descendant de l'escabeau pour ne plus y remonter.

Il alla considérer les toiles empilées au pied d'un mur. Beaucoup étaient encore emballées dans de l'étoffe ou du papier. Il se contenta de se ménager une petite fenêtre par déchirure, le temps d'un bref regard.

— Mais c'est du contemporain, dans l'ensemble. Même si ce n'est pas ma partie, j'y vois pourtant assez clair... Un faux impressionniste, un faux symboliste, à quoi bon ? Ces peintures ne sont pas inabordables, et la plupart ne valent même presque rien. Avec l'art ancien, c'est une autre affaire ! La plus-value peut être considérable... Or, ce Ruysdael est faux, la fraîcheur du vernis le montre assez, par-dessus certaines touches de pigments qui m'ont l'air de sortir d'un tube et non pas d'un mortier. Les faussaires sont habiles dans l'exécution, mais beaucoup ne savent plus préparer à l'antique. Ou, s'ils savent encore, ils préfèrent aller au plus aisé. Ils appellent « académisme » – pour s'en gausser et s'en dispenser – les heureux apprentissages techniques de la tradition.

Fromental retourna le tableau. Aucune étiquette de galerie ne figurait sur les montants de la toile. Mais sur un tasseau avait été tracée au crayon la mention : « achetée à la galerie Émilien Steiner » – avec une date qui remontait au mois précédent.

Dans la thébaïde de Séverin Des Hélues, une nouvelle surabondance d'objets ne découragea nullement Noblet. C'était le goût de l'époque, et il avait l'habitude. Et puis, ce n'était pas toute cette bimbeloterie qui intéressait la réquisition judiciaire, mais uniquement la peinture : celle qu'on trouvait dans les espaces entre les rayonnages de la vaste et aquatique bibliothèque de cuir olive, et aussi sur les parois du monumental escalier de chêne, dans les chambres de précieuse atmosphère...

– Ce Chardin a dû être fabriqué la semaine dernière, grogna Noblet. Je m'étonne de la réputation d'esthète raffiné de ce M. Des Hélues... que je n'ai pas eu l'honneur de rencontrer. Se fût-il adressé à moi, je lui eusse évité pareille bévue ! Mais beaucoup de réputations flatteuses, hélas, sont fondées sur du vent. Ou plutôt sur du bruit ! Ce bruit de gamelle creuse que relaient et amplifient vos gazettes. Ainsi voit-on portés aux nues les philistins, les béotiens et les jocrisses de tout acabit !

Fromental sursauta. Il était en train de feuilleter un catalogue des acquisitions déniché dans la bibliothèque. Peu de temps avant sa mort, Des Hélues y avait noté un « Chardin, livré par la galerie Steiner ».

— Qu'avez-vous dit, monsieur ? s'écria le faux policier en refermant brutalement le registre.

Noblet continuait de marmonner, en passant en revue les sanguines, les pastels, les aquatintes, les chalcographies, les gouaches, les aquarelles, les eaux-fortes... Il tourna le nez vers Fromental et fronça le sourcil comme s'il se chagrinait de le trouver là, figure incongrue parmi les chefs-d'œuvre décoratifs.

— Je dis qu'il faudrait y passer du temps, jeune homme ! Beaucoup de temps pour vous estimer plus justement ces « papiers ». Ce que vous me demandez est impossible.

— Mais, avant..., vous avez dit « philistin », « béotien », « jocrisse » ?

— Ces mots vous déplaisent ?

— Non... Seulement...

— Quoi ?

Fromental restait suspendu, dans l'embarras. Cyprien et sa hiérarchie avaient fait en sorte que la presse et le public fussent maintenus dans l'ignorance des fameux bristols injurieux. À part des gens de l'appareil judiciaire et quelques domestiques, seul l'assassin connaissait l'emploi particulier de ces mots : philistin, béotien, jocrisse.

Noblet pouvait-il être le mystérieux meurtrier, l'auteur de toutes ces mises en scène impitoyables ?

Fromental en tremblait d'effroi romanesque. Tout était possible, après tout : même le hasard apparent qui l'avait conduit chez l'expert après un modeste cheminement labyrinthique. Le hasard n'est-il pas le complice du mensonge autant que celui de la vérité ?

— Oh, ma foi, rien ! dit-il en renonçant à expliquer sa réaction.

— Ces mots sont bien ceux qui s'imposent, je n'y peux rien, grommela Noblet en reprenant ses auscultations. *Ignorantus ignoranta ignorantum !*

À la tombée de la nuit, ils se présentèrent à l'hôtel d'Ermont. Dans le fiacre, Fromental avait averti Noblet : un fils naturel occupait temporairement les lieux en la gracieuse compagnie de Junie de Kerval, danseuse de l'Opéra. Et il avait aussi interrogé l'expert sur le rôle que pouvait jouer Hyacinthe Péridot dans la mise en place de la fondation. Mais Noblet prétendit tout ignorer. Il n'avait traité qu'avec le mari, jusqu'à sa mort ; et la veuve n'avait pas fait appel à ses services. Il n'avait aucun souvenir d'une quelconque jeune secrétaire de Mme Isa Ermont.

— Vous allez en voir, des merveilles ! prévint le vieil homme. Mais, comme je connais assez ces œuvres que j'ai fait entrer dans la collection, vous me permettrez de passer au plus vite. Je ne tarderai sans doute pas à vous dénicher une de ces petites faussetés qui seules semblent vous intéresser.

Le majordome solennel se profila en haut du perron.

– Monsieur est absent et Mademoiselle s'apprête à sortir. Je ne pense pas qu'elle puisse recevoir ces messieurs, prévint-il d'une voix crépusculaire.

– Monsieur est de la police, et ce sont les tableaux que nous voulons voir... Montrez donc votre papier, monsieur Fromental.

Fromental se contenta de sortir à moitié le précieux sésame plié dans sa poche de poitrine. Il frémissait à l'idée de découvrir bientôt cette magnifique galerie privée dont Hyacinthe lui avait promis vainement la visite.

Junie de Kerval survint, avec un air contrarié. Elle reconnut l'écrivain qui n'était pour elle qu'un policier.

– Ah !... Encore vous, inspecteur !

Fromental ôta son chapeau pour saluer avec une courtoisie souriante à laquelle aucun véritable inspecteur ne se serait obligé.

La jeune femme ne portait plus la robe lilas, mais la toilette pervenche impatiemment attendue. Elle s'apprêtait à enfiler un manteau de demi-saison bordé d'une mince fourrure cendrée, aux reflets d'indigo, lorsque Fromental fut intrigué par l'éclat des bijoux qu'elle portait.

Des bijoux qu'il n'avait jamais vus, mais dont Hyacinthe avait parlé.

Dans son petit carnet vert, Fromental en avait noté les trop vagues indications : « bagues de saphir et de perles... diamant... petite chaîne de cou... camée de la reine Hortense ». Peu après, un portrait photographique de la « béotienne », déniché par Cyprien, avait tout précisé et fixé dans la mémoire de l'écrivain. Ces bijoux se trouvaient maintenant aux doigts et au cou de Junie de Kerval, hormis la petite chaîne au fermoir rompu...

Dès qu'il l'eut questionnée à ce sujet, la jeune femme confirma sans souci :

— Un joaillier va nous la réparer.

— Et d'où vous arrivent ces joyaux, mademoiselle ?

— Et comment savez-vous que la chaîne de cou était brisée, monsieur ?

— Ces bijoux appartenaient à Mme Isa Ermont. Ils lui ont été dérobés quand on l'a assassinée ici même ! tonna Fromental avec un geste vengeur qui désignait la chambre où avait eu lieu le meurtre.

Junie poussa un cri d'oiseau blessé. Elle porta une main à sa bouche, à son front ; puis, ayant élevé vers le ciel la courbe de ses bras, elle glissa en pâmoison avec une grâce ralentie.

Une bonne arriva avec des sels, une autre avec un linge humide, une troisième avec du vinaigre. Le majordome contemplait de sa hauteur avec une indifférence blasée.

Quand Mlle de Kerval eut repris ses esprits et que tout le monde eut cessé de parler en même temps, Fromental s'intéressa aux aveux d'une petite boulotte qui se disait cuisinière.

— C'est de ma faute, monsieur, et j'espère qu'on ne va pas me chasser à cause de ça... L'autre fois, en allant au marché, j'ai été abordée par un brave gars que connaît mon fiancé, un « pays » à lui, et c'était à propos d'une belle affaire de bijoux dont il devait se défaire au plus vite pour payer son voyage amoureux avec une dame... Un voyage à l'étranger, qu'il disait... Moi, j'ai toujours rêvé d'un homme qui m'emmènerait en voyage à l'étranger, loin d'ici, très loin ! En Suisse, j'aimerais bien... J'en ai parlé à Mademoiselle qui en a dit deux mots à Monsieur. Ils se sont retrouvés au cabaret et l'affaire a été faite. Moi, je ne savais pas que c'étaient les bijoux de la dame qu'a été tuée ici... J'aurais jamais dû venir dans cette maison, ça porte malheur, ces endroits-là, on me l'avait pourtant assez dit !

Noblet ne s'était pas intéressé à la banale et rebattue syncope féminine, ni aux crapuleux agissements domestiques. Sa préoccupation, c'était la peinture. Il avait filé dès que possible, sous la conduite du majordome. Il revint pour annoncer sans se soucier des conversations :

– Dans la chambre de Mme Ermont, au milieu du bal des « pompiers », ce prétendu *Ange musicien aux cyprès* attribué à Masaccio n'est qu'un pastiche de Renaissance italienne. Assez bien tourné, je dois le reconnaître. Le mâtin qui a nous brossé ça ne manque pas de tour de main dans l'illusion ! Sans doute encore une heureuse trouvaille de votre galerie Steiner...

Fromental acquiesça sans surprise. Il tenait sous son regard la cuisinière penaude à laquelle il demanda sur un ton de détective pondéré :

– À quoi ressemblait-il, cet ami de votre fiancé ?
Vous le connaissiez bien ?

– Moi ?... Je ne l'avais jamais vu ! C'est lui qui m'a
raconté qu'il était du même pays que mon Gaston. Il
portait une veste de ratine vert sombre. Et il a dit
comme ça qu'il s'appelait Raoul.

XXIV

MORT D'UN SIMONIAQUE

> Un tableau est aussi difficile à faire qu'un
> diamant gros ou petit à trouver.
>
> Vincent Van Gogh,
> *Lettres à son frère Théo.*

Depuis peu, on installait dans Paris, sur les trottoirs et dans le recoin de certains murs, des cabines téléphoniques publiques dont la plupart des passants ignoraient comment ça marchait. Qui payait et comment ? Fromental n'en savait rien non plus. Et, comme il réussissait sans peine à se faire passer pour un inspecteur de la Sûreté, il se permit de demander au majordome de l'hôtel d'Ermont de se mettre en liaison avec la Préfecture au lieu de tenter dans la rue une aventure ridicule. Il avait vu Cyprien téléphoner depuis la galerie Steiner, ce qui lui avait permis de réviser la manière de manœuvrer avec aisance cet engin qu'il n'avait guère eu l'occasion d'approcher.

En demandant le bureau de son ami, il soigna son geste, et, au premier grésillement de la ligne, cria à tout hasard : « Ne coupez pas, mademoiselle, ne coupez pas ! »

Une voix d'homme fatiguée lui répondit que l'inspecteur Abel Cyprien était rentré chez lui.

Les courses en fiacre finiraient par engloutir le maigre viatique déjà fortement ébréché par les deux soupers avec Hyacinthe et avec Lou. On était à peine au milieu du mois et aucun article n'avait été terminé et livré ; le roman avançait par à-coups, il s'en faudrait de plusieurs mois de travail avant qu'il ne soit mené à bien. L'à-valoir consenti par l'éditeur de la rue Auber devrait être utilisé précautionneusement : c'était beaucoup d'argent pour un littérateur, mais bien peu de chose pour un petit-bourgeois de commerce ou d'industrie empressé à régaler de jeunes personnes qui avaient pris l'habitude d'être gâtées. Fromental ne devrait pas se tromper de rôle.

Jeanne parut heureuse d'accueillir à nouveau l'ami de son mari. Elle s'inquiéta sur-le-champ de son éventuelle famine. Fromental n'avait rien avalé depuis la mortadelle du matin, il accepta sans faire de manières l'assiettée d'épais potage de légumes devant laquelle on l'installa d'autorité.

Le couple avait fini de souper. Genoux croisés, Cyprien fumait une pipe devant le fenestron ouvert sur la fraîcheur tiède de la Seine. Un printemps rayonnant s'annonçait. Jeanne termina sa vaisselle tout en faisant frire du beurre pour l'omelette. Elle demanda à son époux de couper du jambon et de déboucher du vin.

La nostalgie conjugale revint effleurer l'homme de lettres, mais il n'oubliait pas sa vocation ; il s'évertua à savourer le plaisir de ce moment simple où la nourriture était chaude. (Il songeait à Raoul, son frère en repas solitaires, avec un reste de ragoût sur un réchaud dont on pouvait parier qu'on ne l'allumait pas à chaque fois... Et ce même ragoût, au fil des jours, mangé froid bien souvent et sans véritable appétit...) Il raconta son enquête.

— Tout ce que tu me dis là est bien intéressant, apprécia Cyprien quand son ami en eut terminé avec le bilan des expertises et les suppositions qui en découlaient.

Il parut réfléchir en activant le débit nuageux de sa bouffarde avant de reprendre, tandis que les œufs battus clapotaient dans la poêle :

— Pour les débours, ne te tracasse pas, il y a une « caisse de secours »... Je te ferai tenir quelques louis. Noblet sera indemnisé. Toi aussi. Mais je pense à cette histoire de bijoux... Est-ce par hasard que Raoul est venu les négocier de cette façon ? Bizarre !

— Pourquoi dis-tu « bizarre » ? Les gens auxquels on vole des bijoux ne sont-ils pas toujours plus intéressés que d'autres à les racheter, en raison de cette affection particulière appelée « valeur sentimentale » ?

— Sans doute, mais c'est se jeter dans la gueule du loup.

– Notre assassin doit fuir au plus vite... Chère Jeanne, cette omelette est absolument parfaite !... Raoul a peut-être tenté de négocier les objets autrement, sans succès. Pour finir, il n'a plus le loisir d'être trop regardant sur les risques qu'il est amené à prendre...

– Sans doute... sans doute ! marmonna Cyprien avec cet air qu'il avait parfois de penser ailleurs et plus loin. Mais pourquoi les nouveaux résidents de l'hôtel d'Ermont ne nous ont-ils pas avertis ?

– Ce genre de bonne affaire douteuse n'est jamais criée sur les toits, voyons ! Et puis, la petite danseuse de l'Opéra m'a paru sincère : elle ignorait l'existence de ces bijoux volés à une morte.

– Ouais... je suis moins convaincu que toi de la sincérité de ces donzelles qui s'évanouissent dans la vie aussi bien que sur la scène. Et puis, le supposé fils secret de Charles-Népomucène n'est pas très bien noté dans nos services. J'ai eu d'autres renseignements : petites escroqueries ordinaires, menaces visant à l'extorsion de fonds, et des chantages n'ayant pas abouti à des plaintes constituées – tout juste une ou deux mains courantes. Il n'est même pas certain qu'il soit le fils adultérin d'Ermont, lequel a préféré payer pour éviter un scandale à un moment de sa vie où il n'en avait vraiment pas besoin. Un peu long à t'expliquer... Mais nous savons bien que ces gens qui accumulent les richesses n'ont pas vraiment mouillé leur chemise. Et leurs talents privés coïncident rarement avec nos vertus officielles... Les honnêtes travailleurs ne font jamais fortune.

— Toi, tu finiras chez les Irréductibles de la Bièvre !... Et la fille ? Junie de Kerval ? Tu as appris quelque chose ?

— Elle s'appelle Ursule Trinquet. Père inconnu. Sa mère était danseuse. Très jolie femme sous l'Empire, convoitée et bien entretenue, avant de prendre des rides et du poids, de glisser dans la chopine. Devenue gambilleuse de guinguette et de bastringue où elle a racolé ce qu'elle a pu, elle a fini pierreuse à Vincennes, autour des casernes. Retrouvée morte dans un fossé du château. Cause inconnue. Elle est tombée de la contrescarpe. Ou quelqu'un l'aura poussée... Classé sans suite.

— Comment peux-tu me raconter des histoires pareilles ! s'offusqua Fromental. On dirait un de ces détestables et décourageants romans naturalistes...

Cyprien continua comme si de rien n'était :

— La fille a été élevée à la campagne. Sa mère a donné tout ce qu'elle pouvait pour que sa petite devienne Cosette plutôt que Fantine... Mais, tu vois, la pente était déjà bien savonnée.

— Après qu'elle a été la maîtresse d'Auduret-Lachaux, nous retrouvons la demoiselle bien vite installée à l'hôtel d'Ermont, non ? C'est intrigant, tout de même ! En un tournemain, elle est passée du lieu de notre premier crime à celui du deuxième...

— Et ça n'est jamais bon, ça, de se retrouver à chaque fois sur le lieu d'un crime !

— Mais comment est-ce arrivé, tu le sais ?

Cyprien hocha plusieurs fois, lançant des panaches de fumée vers le plafond. Il se donnait l'air d'un homme qui ne veut plus rien dire de ce qu'il sait. Fromental s'impatienta. L'inspecteur finit par lâcher en riant :

— Tu te souviens de Violeta, qui partageait avec Junie cet appartement de la rue de la Michodière ? Eh bien, c'est par elle que la rencontre s'est faite. Au cimetière du Père-Lachaise, tout simplement, le jour de l'enterrement d'Isa Ermont – qui, comme tu le sais, préférait les jeunes femmes aux jeunes gens... Sans exclusive, d'ailleurs : pour plus d'une, la mode est de s'y adonner juste un peu, à l'occasion... Junie avait accompagné son amie, et notre petit chevalier d'industrie était là, bien sûr, au cœur de sa nouvelle manœuvre. Comme tu le sais, rien ne vaut un chagrin pour enflammer les sens et rapprocher les cœurs. Souvent les fiancés te diront qu'ils se sont rencontrés aux noces d'un frère ou d'une cousine. Mais il y a aussi les funérailles, avec leurs impitoyables coups de foudre et leurs liaisons bien plus charnelles, avivées par la présence de la mort et du temps détruit...

— Eh bien, mon vieux, je te sens en verve pour nous écrire là-dessus autre chose qu'un rapport de police ! gloussa l'écrivain.

Mais Cyprien ne riait pas. Soudainement soucieux, attentif, il s'était figé sur sa chaise et tenait son brûle-gueule à bout de bras, suspendu dans l'atmosphère enfumée.

— Vous n'avez rien entendu ?

— Quoi ?

— L'air a vibré... Et, peu après, comme un lourd fracas dans le lointain, de l'autre côté de la Seine...

Ils tendirent l'oreille, restèrent un moment immobiles et silencieux, échangeant des regards évasifs. Tout était calme.

Cyprien alla chercher dans le buffet une bouteille de prunelle.

— Ce peintre... comment tu l'appelles, déjà ? demanda-t-il avec l'air de songer à autre chose.

— Phaleyton... Félix Phaleyton.

— Il va falloir le surveiller de près, si ce que tu m'as dit est vrai.

— Il exposait régulièrement à la galerie Steiner... Sans trop de succès, d'après Noblet.

— Pas seulement ça, mais ce diagnostic de grande maîtrise technique et d'habileté picturale...

— J'ai pu les constater moi-même au vernissage des Rose+Croix. Phaleyton a beaucoup de savoir-faire, mais son inspiration est comme une accumulation de pastiches qu'aucun souffle original ne vient renouveler.

Cyprien hocha la tête.

— Dans ce cas, il devrait avoir du succès !... Dès potron-minet, nous irons lui rendre visite.

Ils n'eurent pas à attendre le matin.

Au troisième petit verre de gnole irriguant les inépuisables souvenirs de collège qu'évoquaient les deux compagnons, les agents Courtin et Grandier vinrent frapper au volet. Dans un même balbutiement, les deux compères annoncèrent que les anarchistes avaient fait sauter la caserne Lobau, à deux pas de l'Hôtel de Ville. Comme ce nouvel attentat mobilisait toute la permanence judiciaire, le divisionnaire demandait à l'inspecteur de se rendre rue des Chamaillards, du côté est de la rue de Tolbiac dont le tracé n'était pas tout à fait terminé, avec mission de prendre en charge une affaire d'assassinat qui ne le changerait guère de sa routine... Et puis, il n'était qu'à deux pas.

Escortés de leurs ombres muettes – Courtin et Grandier –, Cyprien et Fromental partirent sans attendre, dépassant en la regardant à peine la haute cheminée de brique de la toute neuve usine d'air comprimé de la Sudac, pour monter vers le haut des Chamaillards par les fortifications et le boulevard Masséna, jusqu'au bastion dit de « la pente des Bossettes ».

Ils trouvèrent sans peine le nouveau lieu du crime : une masure tapie sous la lune d'argent et qui avait pu être une « folie » du siècle passé, petite villégiature campagnarde alors située à Ivry, qui devait paraître déjà loin de la capitale et vivifiée par le bon air de la campagne. Derrière des palissades de planches disjointes s'alignaient des jardins potagers, et des rangs de vigne descendaient vers la Seine.

Fromental expliqua que les artistes, qui tous n'étaient pas logés à Montmartre ou dans la plaine Monceau, recherchaient ces bâtisses délabrées propices au travail d'atelier et aux entreposages. Ainsi le sculpteur Rodin s'était-il installé, pas si loin, du côté du boulevard des Gobelins, dans la vieille Folie Neufbourg où il conservait ses plus grands marbres. Il y avait travaillé dur avec sa jeune maîtresse, Camille Claudel.

Deux sergents de ville s'évertuaient à repousser les curieux qui se haussaient pour tenter d'apercevoir quelque chose dans la bicoque où vacillait la flamme d'une lampe à pétrole. Cyprien commanda à Courtin et Grandier d'aider leurs collègues à établir un cordon de sécurité. Puis il poussa Fromental devant lui, et ils entrèrent.

Assis devant une toile de belle dimension qui représentait un paysage de vallons, de ciel et d'arbres, le peintre était au travail. Un enfant l'observait, nez en l'air. Un chat jouait à ses pieds. Une femme se tenait dans son dos ; la pointe du châle qu'elle agrippait devant elle, loin de masquer sa totale nudité, au contraire la révélait par sa blancheur écrue. Le long des murs étaient adossés une kyrielle de témoins pétrifiés, couleur sépia, terre de Sienne ou noir d'ivoire. La barbe drue et sombre de Félix Phaleyton était pointée dans l'axe de son bras qui tenait le pinceau ; l'autre bras soutenait en apparence une large palette où dominait l'écarlate du sang qui gouttait encore du membre sectionné. Car, comme à chaque fois, le meurtrier avait mutilé sa victime, emportant cette fois un bras – et non pas le torse, comme l'avait imaginé amèrement Cyprien. La palette dissimulait la blessure et l'absence du bras, le temps d'une illusion fugace.

— Gustave Courbet... *L'Atelier du peintre*, murmura Fromental avec effarement.

Il se tourna vers les figures astucieusement disposées alentour : des esquisses, des peintures en pied plus ou moins achevées ou à peine ébauchées. L'enfant n'était qu'une silhouette de carton qui aurait pu servir de réclame à un marchand ; le chat était empaillé ; la fille nue était celle d'une toile finie et vernissée – le mouvement de son cou et la courbure de sa nuque faisaient encore et toujours songer à Hyacinthe.

Cyprien avait entrepris avec circonspection le tour de la mise en scène : il constata que le bras qui brandissait le pinceau était fixé à travers la toile au moyen d'un fil de fer, et que le manche d'un poignard dépassait à peine des reins de la victime, caché dans l'ombre de la chaise sur laquelle le peintre s'était « tué à la tâche ». Un bristol accroché au revers du tableau disait : *Mort d'un simoniaque.*

— C'est quoi, encore, cette foutaise ! grogna l'inspecteur.

On le sentait mécontent d'être une nouvelle fois confronté à cette série énigmatique dont il avait voulu régaler son ami, mais qui l'empêchait de tenir son rôle dans la grande épopée terroriste du moment. Ces assassinats de style beaux-arts l'excluaient de l'actualité.

Fromental expliqua :

– On appelle « simoniaque » celui qui fait commerce des biens spirituels, celui qui vend ou achète à prix temporel des choses de l'esprit. C'est du langage ecclésiastique. Dans les Actes des Apôtres, on apprend que Simon le magicien proposa à saint Pierre de lui acheter le pouvoir de donner le Saint-Esprit par l'imposition des mains, et que le chef de l'Église repoussa violemment cette offre.

– Et comment s'est terminée cette fâcheuse négociation commerciale ?

– Mal ! Autant que je m'en souvienne, Simon fut précipité du haut des airs. À moins qu'il ne se soit fait enterrer vivant en prétendant ressusciter le troisième jour, selon une autre source. Mais ça n'aurait pas marché.

– Tu parles ! Mais quel rapport avec notre affaire ? Cette histoire de Rose+Croix catholique, l'ordre du Temple et du Saint-Graal... tu y crois, toi ?

Fromental fit une moue évasive. Il comptait bien sur Raoul pour tout lui expliquer.

– Ce Raoul, j'aurais bien voulu le rencontrer, grommela l'inspecteur. Voilà un meurtrier en fuite qui trouve encore le temps de peaufiner la mise en scène de ses crimes...

– Une sorte de fou mystique, à n'en pas douter. Et convaincu d'une mission vengeresse qu'il doit remplir jusqu'au bout, coûte que coûte.

Pensifs, ils s'éloignèrent du cadavre, traçant en cercles concentriques la piste de leurs investigations, enjambant une guitare qui traînait à terre à côté d'un chien naturalisé qui, comme le chat, devait servir de modèle au peintre cherchant la vérité du vécu dans le factice et l'imaginaire. Et, tout autour, dans une étrange pénombre, il y avait ces regards mis en peinture, ces silhouettes empruntées par Phaleyton au confrère plagié. Fromental s'étonna :

— Curieuse mise en scène ! Pour la première fois, un tableau qui est, à l'origine, dépourvu de meurtre ou de violence. Courbet avait voulu peindre une allégorie de la réalité. Le peintre au travail y était le seul être actif au milieu des contemplateurs qui représentaient pour lui la société humaine, répartis en deux groupes : les indifférents au monde de l'art et ceux qui y prennent part. Au centre, l'enfant et le modèle nu incarnent la perception sensorielle de la vérité. Est-ce que notre assassin a voulu nous livrer ici une dernière leçon résumant d'une façon définitive son propos ?

— Hum... tout cela est bien mystérieux. Et assez inquiétant, je l'avoue. Une énigme sans issue ? Et peut-être le dernier meurtre de cette série ?

— Dans cette mise en scène, bien que mort, le peintre est le seul être réel. Tous les autres ne sont qu'image ou simulacre. J'y vois comme une allégorie morbide, l'ineffable cruauté de toute représentation picturale ! s'enflamma Fromental.

— Quand tu expliqueras ça au juge, je doute qu'il puisse te comprendre aisément, grommela Cyprien en reprenant ses investigations.

De pièce en pièce, le coup de patte de Phaleyton, habile et impeccable, s'exprimait à travers un amoncellement de formats superposés et abandonnés à tous les stades de leur élaboration. Sous des draps rabattus, les deux enquêteurs silencieux, interloqués et somme toute respectueux, découvrirent un florilège de tableaux de maîtres anciens en cours de réalisation. Dans une resserre que ne menaçaient pas les crevasses de la toiture, de fraîches copies terminées, des « à la manière de », attendaient leur expédition pour la galerie Émilien Steiner...

Mais ce qui fascina le plus Fromental fut ce portrait de Hyacinthe en saint Sébastien maniériste, tout en élongations dignes du Parmesan ou même du Greco, et qui semblait se pâmer d'une étrange volupté révulsée sous l'impact des carreaux d'arbalète qui perforaient son corps adolescent.

XXV

PORTRAIT D'UNE COURTISANE
FIN DE SIÈCLE

> La Vérité n'est-elle pas la grande Roulure de l'esprit, la Traînée de l'âme ?
>
> Joris-Karl HUYSMANS, *En rade.*

A
u matin, en se tournant dans la direction qu'on pensait être la bonne, on pouvait apercevoir une fine et indolente colonne de fumée qui serpentait dans un ciel sans nuage. À en croire les passants, c'étaient les derniers vestiges de la caserne de la Garde républicaine qui se consumaient. Pourtant, les journaux du matin n'avaient pas fait état de dégâts si considérables. Les habitants de la rive gauche, qui avaient eu à subir le premier attentat et l'amplification des rumeurs, regardaient de loin la rive droite que les ragots carbonisaient à son tour.

— Croyez-vous que cela soit vrai ? interrogea la voix doucereuse de M. Huysmans.

Fromental s'était accoudé au parapet du quai des Grands-Augustins. Il ruminait son fiasco. En se rendant à La Botte de paille, il pensait anéantir dans une orgie rageuse et succincte l'image obsédante de Hyacinthe. Au contraire, il n'avait réussi qu'à l'amplifier. Ayant commis la sottise de monter avec une fille qui lui ressemblait par l'étroitesse de ses hanches et la dureté de son regard, il n'avait fait que se mettre en déroute. Vexé, humilié, il s'était enfui jusqu'aux abords du fleuve et maintenant le contemplait comme s'il allait s'y précipiter.

— Quoi donc ?... ragea-t-il en se retournant. Une fumée n'est qu'une fumée...

— Qu'importe ! insinua le maître Joris-Karl. Et « Qu'est-ce que la vérité ? », dit-il en citant malicieusement la « parole d'Évangile » de Ponce Pilate à Jésus, qu'on trouve dans saint Jean et à laquelle, hélas, les croyants s'intéressaient bien peu.

La fraîche conversion au catholicisme romain de l'auteur jusque-là très décadentiste d'*À rebours* et de *Là-bas*, s'était colportée à petit bruit, comme une rumeur de plus. Fromental, méfiant, tourmenté par d'autres tentations, salua son aîné d'une courbette silencieuse qui lui sembla presque cléricale – ce dont il s'agaça.

— Vous avez bien changé, me semble-t-il ! considéra Huysmans en aiguisant son regard sous l'ombre de son large feutre. Est-ce la poursuite de cette idée de roman de police qui vous donne cet aplomb ? J'ai le sentiment que vous n'êtes déjà plus le modèle de personnage auquel je songeais... Bah ! il ne tient qu'à vous d'être autre chose que ce que les autres croient comprendre. L'écriture nous change. Elle ne modifie pas seulement nos personnages, mais finit par nous y faire ressembler... Même si cette ressemblance n'est parfois qu'un travestissement, voire une inversion complète de notre personnalité, à de certains moments... Nous nous peignons en blanc pour dissimuler nos ténèbres. Et à d'autres nous nous barbouillons de noirceur pour mieux faire resplendir notre lumière.

– Cher maître, je veux bien le croire... Mais là-dessus vous en savez plus long que moi. Si ce roman judiciaire est mené à bien, il ne sera jamais que le troisième publié sous mon nom. À moins que je ne prenne un pseudonyme.

– Je ne vous donnerai aucun conseil en la matière. On reçoit un nom de baptême, et parfois on choisit le sien. (Il regarda sa montre, puis la fumée qui se dispersait au loin.) Mon jeune ami, il faut que je vous quitte : un certain abbé Mugnier m'attend à Saint-Thomas-d'Aquin. Je vous souhaite le bonjour.

Il s'éloigna sans attendre, tout sautillant, pour répondre à l'appel de Dieu.

Fromental se retrouva plus morose que jamais, livré à ses propres égarements. Il voyait le monde partir en fumée, et détestait d'instinct ceux qui paraissaient avoir trouvé des réponses à l'incertitude et à l'angoisse que le machinisme triomphant avait fait naître dans la cervelle des enfants perdus de cette fin de siècle.

Il s'éloigna à son tour, voulant chasser son spleen par une longue marche. Que cela plût ou non à M. Huysmans, il écrirait un divertissant roman de police, et semblerait s'amuser de la mort qui rôde. À chacun sa méthode !

Il lui fallait retrouver Hyacinthe.

Elle était le vrai lien entre toutes les victimes de cette série meurtrière, elle avait travaillé avec chacune d'elles, et, à l'évidence, jouait un rôle décisif dans cette filière de faussaires.

Les deux derniers meurtres pouvaient faire croire à la vengeance d'un collectionneur à qui l'on avait vendu de faux tableaux : Phaleyton, l'exécutant, et Steiner, le marchand. Mais les autres ? Ils n'avaient apparemment été que les victimes de ce trafic. Eux aussi auraient pu vouloir se venger. Mais c'était eux qu'on avait bafoués, tués, mutilés.

Quand Fromental se retrouva rue Montpensier, il n'eut pas plus de chance que la fois précédente : Hyacinthe n'était pas chez elle, on ne l'avait pas aperçue ces derniers temps, on ne pouvait rien dire sur elle. L'écrivain repartit, plus teigneux que dépité, soudainement encouragé par la difficulté de son enquête et la multiplication des impasses. Il se souvint de Lou, de sa bonne humeur prête à tout et de la boutique Aux fleurs de France, rue des Abbesses. Un tramway l'emporta vers Pigalle et Montmartre.

– Oh ! comme je suis contente, monsieur ! s'exclama la jeune femme en le reconnaissant. L'autre soir, vous m'avez rendue si triste... Je n'avais pas su remplir ma tâche et Mlle Jacinte, au lieu de me gronder, s'est mise à rire de moi... Elle a eu beau dire que c'était vous qui la faisiez rire, que c'était de vous qu'elle se moquait, j'ai quand même pris ça pour moi... Venez !

Elle ôta son tablier, rajusta au passage quelques bouquets dans un seau, fit un clin d'œil aux deux grisettes qui semblaient tenir la boutique avec elle, et poussa Fromental au-dehors. Du regard il cherchait la devanture d'un mastroquet à peu près convenable parmi ces assommoirs parfumés à la vinasse qui fleurissaient le long de la rue.

— J'habite là-haut, dit Lou en bousculant son visiteur vers un couloir nauséabond. On y voit tout Paris, c'est joli comme tout.

Fromental, qui pensait devoir mener un interrogatoire serré, avec une autorité inflexible d'agent de la Sûreté, se trouva dépouillé de toute initiative. La vivacité joyeuse de Lou l'amusait. C'était à l'évidence une bonne fille, de celles qui s'attachent à un homme sur un regard, un pli de pantalon, un retroussis de moustache, et qui, sans jamais remettre en cause leur attachement par des liens si bébêtes, savent donner bien plus que leur gandin ne saurait leur offrir. Séduites dans leur plus jeune âge, et bientôt dévergondées, elles sont de ces femmes que la nécessité et la trahison acculent à la galanterie, mais sans que puissent jamais se tarir les beaux rêves désespérés de leur cœur généreux.

L'agilité avec laquelle Lou grimpa les escaliers et le cliquetis de ses talons sur les marches rappelèrent au littérateur l'heureux temps de Marthe et de sa bohème sous les toits. Était-ce à cause de cette simple robe de toile, de ce caraco, de ces cheveux à l'abandon ? Sans sa toilette de soupeuse, Lou n'était qu'une petite fleuriste sans malice. Et puis, sa ressemblance avec Hyacinthe semblait d'une soudaine évidence.

– N'avez-vous pas dit Jacinte au lieu de Hyacinthe ?

– La différence n'est pas bien grande... Mais c'est moi que vous vouliez voir ? Ou allons-nous encore perdre notre temps ?

Elle était arrivée à un palier, tournait une clé, ouvrait une porte. Fromental s'était essoufflé à la poursuivre, son crâne bouillonnait sous son chapeau. Quand il découvrit la pièce, ses sens s'emballèrent : il crut revisiter le décor exact de son passé, il en retrouva tous les émois ; dans la pénombre d'un rideau resté tiré devant la fenêtre, son rêve ancien lui montra Marthe, son rêve du moment lui imposa Hyacinthe... Il enlaça la jeune femme, la serra, l'enferma dans ses bras.

– J'aime mieux ça, dit-elle en se laissant renverser.

Dans l'étreinte, Fromental continua de poursuivre ses fantômes. Il chercha et trouva la jouissance qui pouvait mettre un terme temporaire à ses énervements. Lou se montra consciencieuse et dévouée, muette sur son propre secret.

Quand le rideau fut ouvert sur le soleil inondant les toits de la capitale et que la cuvette fut vidée dans la gouttière, ils parlèrent, causant comme de vieux amis. Lou dit qu'elle était contente de ne pas voir l'homme s'enfuir sans délai, et que ce moment était à prendre « au béguin », puisque Mlle Jacinte en avait déjà acquitté le prix, l'autre fois, par avance.

— Mais pourquoi dites-vous encore « Jacinte » ?

— C'est ainsi que je la connais : Jacinte de Cambreuse.

— Comment donc ?

— Jacinte de Cambreuse, je vous dis ! Un joli nom de courtisane, n'est-ce pas ?

La stupéfaction de Fromental était visible. Lou s'en délecta.

— Oh ! vous ne saviez pas ?... Je suis désolée. C'est sans doute pourquoi on s'est mal compris, l'autre soir, au restaurant Coquet.

— Je vous ai parlé de Hyacinthe et vous laissiez entendre que vous ne la connaissiez pas.

— Hyacinthe comment ? demanda-t-elle avec espièglerie.

— Péridot, à ce qu'il paraît, grommela Fromental avec dépit.

— Eh bien, je n'ai pas menti ! Moi, je ne connais pas de Hyacinthe Péridot... Je ne connais que Jacinte de Cambreuse, élevée chez les Visitandines de Clermont et ayant fui un mariage bourgeois qui ne lui convenait pas.

L'écrivain malheureux cherchait à se remettre de cette découverte désolante. Il avait pris Lou comme si elle était Hyacinthe, la sœur de Hyacinthe, sa cousine, son amie... Il avait voulu nier la vénalité de la rencontre qui dégradait l'image obsédante de Hyacinthe, sainte ambiguë, martyre symbolique et antique. Et voilà maintenant qu'on lui révélait la courtisanerie de cette jeune femme insaisissable !

— Mais qui donc entretient Jacinte de Cambreuse ? demanda rageusement Fromental.

— Oh ! Jacinte est trop sauvage pour ça, très insoumise, rembarreuse et quant-à-soi. Une artiste, à sa façon. Elle aime et fréquente les milieux artistiques...

— Je sais.

— On dit qu'elle excelle dans son genre... celui des parties fines, avec ceux qui se font appeler « décadents ». Elle a une particularité et se fait payer en conséquence. Hé oui ! mon pauvre monsieur, votre Hyacinthe, c'est une courtisane à la mode du moment, d'un genre assez spécial ! Je l'ai rencontrée Chez Laure, vous connaissez ?

— J'ai entendu parler de ce restaurant où se retrouvent les dames qui préfèrent les dames... Et vous en êtes ?

— Oh ! moi, monsieur, j'aime l'amour, c'est tout ! J'ai pas besoin de choisir un parti. Ça m'amuse d'un côté comme de l'autre. Tenez, aujourd'hui, j'ai un cachet pour une représentation avec une camarade... J'aime bien le théâtre aussi, je vous l'ai dit. J'aimerais faire mieux que ce que je fais, mais... Ce soir, on va s'aimer sur une petite scène de rien du tout. Après, comme ça semble exciter beaucoup ces messieurs – deux femmes qui se déshabillent et qui se caressent –, j'espère faire quelques rencontres... Ce qui compte, c'est que les hommes puissent croire qu'ils sont en train de vous faire changer de camp, n'est-ce pas ? Parfois, aussi, avec la môme, on se fait embarquer toutes les deux... Le triolet, ça me plaît assez. Et vous ?

Fromental n'était pas à l'aise, partagé entre l'indifférence objective du romancier – qui doit tout encaisser pour des raisons narratives – et son attirance plus charnelle, autant que spirituelle, bien sûr, pour le monde équivoque révélé par Lou.

– Et Hyacinthe sera parmi vous ? ... Je veux y aller, je veux être là !

– Il s'agit d'une soirée très privée. Je n'ai pas le droit.

Fromental songeait aux rapports de la police des mœurs qui faisaient état des vices secrets de Gustave Auduret-Lachaux, le « roi du calorifère », première victime de la série : la boucle était peut-être en train de se boucler. Et puis il y avait eu des allusions très claires aux goûts saphiques d'Isa Ermont. Les perversions de Des Hélues étaient connues. Steiner était fasciné par Hyacinthe, il l'avait constaté de ses propres yeux. Quant à Phaleyton, il suffisait de regarder sa peinture pour conforter tous les soupçons... Oui, la boucle était bel et bien en train de se nouer ! Et Fromental se devait d'être là au moment de serrer lui-même le collet, s'il le fallait.

– Jacinte de Cambreuse vous a-t-elle dit que je travaille pour la police ?

– Il paraît que vous écrivez des livres, et des articles pour les journaux. Jacinte m'a dit aussi de me méfier, que vous étiez de la rousse... Mais les bourriques, je les connais, ce ne sont pas des gens comme vous.

– N'empêche, j'en suis quand même ! Et si vous me facilitez les choses, en retour, je pourrai vous aider à l'occasion, si vous avez des ennuis... Il ne s'agit pas d'une affaire de mœurs – ce n'est pas mon rayon –, mais d'une affaire criminelle. Je ne causerai aucun trouble à votre soirée. Il faut seulement que je puisse approcher Hyacinthe. Qu'en dites-vous ?

– C'est une soirée masquée, prévint Lou avec un reste d'hésitation.

XXVI

LES ATTRAITS PARTICULIERS
DE LA DÉCADENCE

> L'androgyne ailé et barbu monté sur un
> cube et couronné de flammes.
>
> Éliphas LEVI,
> *Dogme et rituel de haute magie.*

L e fiacre, qui avait peiné dans la montée des Champs-Élysées, descendait au petit trot l'avenue de l'Impératrice jusqu'à la porte Dauphine. Ensuite il faudrait franchir les fortifications et traverser le Bois, par l'allée de Longchamp et la route de la Muette, jusqu'au Tir aux pigeons. À la mare Saint-James, on tournerait à main droite pour s'arrêter sans fracas à quelques pas de l'hôtel particulier dont les fenêtres occultées feraient croire que tout y sommeillait...

Lou répétait à nouveau ses directives d'une voix qui trahissait son inquiétude. Fromental souriait dans l'obscurité, bien qu'une indiscutable appréhension l'étreignît également. Il s'imaginait partant à l'aube pour un de ces duels de la bonne société dont Joris-Karl Huysmans lui avait fait la recommandation narquoise. Mais, sous la voûte des grands arbres du bois de Boulogne, c'était seulement la nuit qui arrivait ; et il ne serait que témoin des joutes amoureuses promises par Lou.

– Sous le porche seulement, les masques ! Il n'y aura pas de lumière. Si quelqu'un se trouve trop près, nous attendrons un instant qu'il file. À mon avis, tous ces gens se connaissent, ils savent qu'ils seront là, mais ils tiennent à se cacher quand même. C'est comme un jeu d'enfants... un jeu de sales mioches qui font de vilaines choses et ne veulent pas être trop regardés.

Elle rit. Ses dents brillaient comme des perles. Fromental eut envie de lui mordre la bouche. Il aurait eu tout le temps d'asseoir la jeune femme sur ses genoux et de la froisser un peu, mais il pensa que l'artiste n'avait pas besoin d'être bousculée ainsi avant d'entrer en scène.

À travers la vitre, il scrutait les voitures qui s'éloignaient et celles qui approchaient, celles qui roulaient bord à bord et qui les dépassaient, empruntant la même route. Ces visages entrevus, aussitôt mangés par l'obscurité, étaient-ils ceux qui bientôt se dissimuleraient sous un masque de satin noir ? Il voulait croire que ces messieurs solennels et ces femmes lointaines roulaient comme eux vers des plaisirs interlopes. Et il jetait de tous côtés des regards nerveux et comme traqués. Sans doute était-il aussi observé à son tour, quand il croyait n'être que le voyeur des autres.

La main de Lou vint se poser sur sa cuisse qu'elle pressa entre ses doigts.

– Tout ira bien, dit-elle pour le rassurer comme si c'était lui qui devait s'exhiber. Soyez discret, c'est tout.

Hachée par les feuillages naissants, la lumière d'ombres chinoises de cette nuit pâle multipliait les chimères et les extravagances. Fromental ferma les yeux, dodelinant au rythme des ressorts.

Quand Lou le tira par la manche pour le faire descendre, car on était arrivé, il crut s'être endormi et pensa continuer un rêve : des silhouettes muettes glissaient le long des murs et disparaissaient dans la cour ténébreuse d'un hôtel particulier que l'écrivain crut reconnaître comme étant celui du comte de La Rochefoucauld ; Lou, dont le visage disparaissait sous la large capuche d'un domino, l'aida à ajuster son masque qu'il avait bien failli oublier dans la poche de sa cape ; des chuchotements et des corps emmitouflés le poussèrent ; il gravit un escalier ; sa compagne avait disparu ; il se laissa conduire par les bruissements et les murmures qu'entrecoupaient parfois un ricanement mâle ou le rire de gorge d'une femme énervée.

Il prit machinalement le verre de punch que lui tendait une main gantée. Il but d'un trait, tout en cherchant à percer les anonymats de cette mascarade. Derrière la double fente de son loup, il se sentait plus espion que jamais. Il reconnut certaines silhouettes, soupçonna des visages, sans se défaire de l'impression qu'il devait être lui-même observé et identifié. La barbe chaldéenne du Sâr Mérodack Péladan le trahissait assez, et il n'était guère difficile de déchiffrer autour de lui ses courtisans habituels.

La proximité de cette pseudo-société secrète trop aisément identifiable rassura Fromental. Il se retrouvait en pays de connaissance, même si ce pays était celui des assassins. N'était-ce pas ce qu'il cherchait à découvrir ?

Quasi nues sous une tunique de voile, le regard cerné d'un khôl charbonneux, des demoiselles vêtues à l'égyptienne promenaient des brûle-parfums d'où s'exhalaient des vapeurs d'encens. Fromental redouta un poison pernicieux qui enflammerait les sens de l'assemblée. La décadence avait également mis à la mode toutes sortes d'excitants et de stupéfiants. On pouvait craindre une orgie.

La lumière électrique s'éteignit. Les chandelles n'éclairaient plus qu'une petite scène dont les rideaux d'outremer s'ouvrirent sur une toile peinte représentant un rivage méditerranéen bordé de colonnes grecques, et isolé du public par une gaze qui conférait à ce décor l'allure irréelle d'un grand tableau décroché du mur. Des arpèges de flûte se firent entendre, doux et mélancoliques comme la syrinx des poètes antiques.

Et le spectacle commença.

Ce fut d'abord une tendre idylle, une charmante pastorale où, passé le temps des minauderies initiales, une petite bergère très innocente se retrouva à lutter avec son amant qui ne l'était pas encore, mais le devint bientôt.

Une nymphe effarouchée traversa le salon, poursuivie par un satyre au meilleur de sa forme. Leur union vint s'accomplir sur la scène au milieu des toussotements, relayés d'applaudissements d'abord timides, qui, sans tarder, se déchaînèrent pour souligner de manière « artistique » la cruelle réalité des ébats.

La pastourelle violentée, c'était Violeta – Fromental s'étonna à peine de la retrouver ici ; et, malgré le fard et la perruque, il avait reconnu sans peine la nymphe : c'était Lou, bien sûr. Comme prévu au programme, les deux jeunes femmes entreprirent de se consoler dans les bras l'une de l'autre.

La scène saphique dura assez longtemps. Fromental n'y trouva pas les émois promis par la rumeur. Il se demandait si Babeth serait là, elle aussi ! Et pourquoi pas Junie de Kerval ? Il lui sembla qu'il pouvait convoquer dans cet interminable rêve toutes les suspectes de ses investigations policières et de ses hantises romanesques.

Inspirées par la mythologie, les saynètes se succédèrent, presque toujours arrangées comme des tableaux antiques, selon les critères de la poterie érotique primitive, l'esthétique de lupanar des fresques de Pompéi ou l'art des plus aventureux peintres classiques. (L'enquêteur secret de la Sûreté nota cette similitude d'approche avec la série de meurtres qui le préoccupait.) Zeus devint taureau pour enlever Europe, et le Minotaure s'empara d'une jeune vierge crétoise. Un cygne naturalisé devint l'amant jupitérien de Lou, devenue Léda, et Fromental se souvint de ces bestioles empaillées qui traînaient dans l'atelier de Phaleyton. On vit bondir et s'accoupler toutes sortes de chèvre-pieds et de centaures, d'animaux mythiques et divins dont le poil se décollait et dont les plumes voltigeaient dans la lueur sourde des bougies.

Quand un paroxysme fut atteint, c'est une sorte d'extase lyrique qui s'installa avec le redoublement des musiciens dont le nombre avait augmenté au fil des tableaux. Chaque instrument était entré à son tour dans la partition, tous jouaient maintenant à l'unisson. Une lumière particulière, née d'un petit faisceau électrique très moderne, vint couronner la cérémonie païenne par l'ostension symboliste, annoncée dans un chuchotis comme apportant sa dimension spirituelle à ce qui n'aurait pu être autrement qu'une soirée d'obscénité décadente : l'Androgyne primitif, clou de la soirée !

L'androgyne, cette créature bisexuée, ombilic de tant de mythes de l'amour et dont Platon, dans *Le Banquet*, avait fait le symbole de la perfection et de la complétude... L'androgyne qu'à sa suite les peintres comme les littérateurs fin de siècle, tels Gustave Moreau ou Joséphin Péladan, avaient célébré dans leurs œuvres...

Et l'Androgyne à la beauté ambiguë et rayonnante, c'était Hyacinthe... Tranquille et majestueuse, gracile et souple, souriant à lèvres closes, fermée sur son mystère, elle portait une tunique s'arrêtant aux genoux ;

ses jambes nues étaient longues et fines, ses mollets vigoureux. Vestales en longues robes blanches, Lou et Violeta encadraient cette conjonction d'Hermès et d'Aphrodite. Avec lenteur, elles délacèrent la tunique et la firent glisser par touches mesurées, la maintenant pour qu'elle ne tombât pas d'une pièce. Les seins menus furent dévoilés, à peine renflés sous la peau veloutée, cireux, vernissés comme un glacis de peintre. Puis les hanches incertaines et la toison ébauchée, d'une blondeur transparente. Le sexe, enfin, qui était bien celui d'un garçon, menu, cylindrique et pincé, qu'un éclair de lumière survoltée précisa d'une manière troublante avant que l'obscurité n'effaçât tout. D'une seule bourrasque, une machine de théâtre **avait** soufflé les chandelles.

Un portier inflexible interdisait la porte qui menait aux « loges ». Fromental fut débouté dans le même lot d'admirateurs impatients qui réclamaient chacun leur vedette, homme ou femme, en assurant de leur enthousiasme strictement artistique. On promit que les nymphes et les faunes reviendraient d'eux-mêmes se mêler aux mortels dès qu'ils se seraient déshabillés, lavés, démaquillés et rhabillés. Ils se montrèrent bientôt, en effet, un à un, déclenchant, lorsque la porte s'ouvrait un instant, une rumeur d'appréciation en même temps que des exclamations dépitées quand la figure qui apparaissait n'était pas celle qu'on espérait. Beaucoup s'enfuirent sans attendre, en la compagnie d'un adulateur ou d'une adoratrice.

Lou vint confirmer que plusieurs propositions se dessinaient pour elle. Comme elle en avait prévenu Fromental, il n'aurait pas à l'attendre pour la raccompagner. À moins qu'il se mît sur les rangs pour surenchérir – mais elle avoua que, l'ayant déjà pratiqué, elle aimait autant profiter de l'occasion pour augmenter sa clientèle par de nouvelles pratiques.

– Et Hyacinthe !... Vous m'aviez promis...

– Quoi ? De vous la montrer. Eh bien, vous l'avez vue ! Tout le monde l'a vue, notre Jacinte de Cambreuse. Au meilleur d'elle-même ! Croyez-moi, elle gagne mieux sa vie par sa... spécialité que par tous ces autres boulots qui semblent vous intéresser... Et ne l'attendez pas devant cette porte qui ne s'ouvrira plus. Elle ne viendra pas. C'est trop compliqué pour elle d'être à la fois sollicitée par les quatre sexes ! Elle n'en a que deux, après tout, gloussa-t-elle : un par en dessus, un par en dessous... Bon courage, monsieur !

Elle s'échappa, courant vers des mains impatientes qui se tendaient.

Fromental était triste comme la mort. Lou le sentit et, comme elle était décidément bonne fille, elle revint sur ses pas pour lui souffler à l'oreille :

– Arrangez-vous pour monter à l'étage. Il y a un autre escalier, du côté des écuries. Au bout du couloir, vous la trouverez peut-être. Gardez votre masque. Ne l'enlevez jamais, vous m'entendez ? Jamais !... Adieu, monsieur.

Fromental attendit un peu avant de regagner la sortie le plus naturellement du monde. Il s'arrangea pour être à bonne distance des partants qui le précédaient et de ceux qui le suivaient. La cour était plus sombre encore. Le cœur en chamade, il tourna le coin sans encombre, repérant les écuries à leur odeur de cheval et de paille. Il trouva sans difficulté l'autre escalier dont il gravit les degrés avec précaution, car rien ne l'éclairait tandis que le loup de conspirateur rendait sa vision imprécise.

Le couloir lui parut interminable, avec la longue succession de ses portes et son tapis feutré où butait parfois la pointe de ses bottines. Loin, là-bas, un rai de lumière filtrait. Quand il arriva enfin, ce fut comme s'il avait perdu tout son souffle. Et, bien que tout semblât désert, il sentait comme une ombre maléfique attachée à ses pas. Il gratta au bois de la porte.

— Qui est là ?

— C'est moi, Georis Fromental...

— Je ne veux voir personne, souffla Hyacinthe après un silence. Vous moins que quiconque. Mais, bien sûr, ça ne pouvait être que vous !... Hyacinthe n'existe pas. C'est une autre femme... Partez !

— Je ne m'en irai pas. Partout je vous ai cherchée.

— Croyez-vous ?... Votre « partout », ça n'est pas beaucoup. Et vous m'avez trouvée sans peine... Fuyez, je vous l'ai dit. Pourquoi vouloir me revoir ?

— Parce que je... je vous...

Emporté par une émotion dont il mesurait mal la réalité, le sérieux ou la rouerie, il faillit glisser des banalités à travers la porte. Que cherchait-il vraiment ?

Le savait-il ? Si ce n'était aller jusqu'au bout de sa fascination...

Il comprit qu'il perdrait toutes ses chances en débitant ces cajoleries par lesquelles les femmes acceptent de succomber : quelques phrases d'une idiotie considérable y suffisent. Ensuite, quand le mâle repu s'éloigne vers d'autres proies, c'est leur tour d'entonner les éternels couplets de la trahison et de l'abandon – qu'elles ont le toupet de considérer comme une douloureuse surprise !

– Il faut que je vous parle ! insista Fromental. Vous savez que je travaille avec la police criminelle. Si vous vous dérobez, je peux faire ici un scandale qui conduirait à quelque arrestation. Il n'est pas possible que je m'en aille, et vous ne pourrez pas me chasser. Alors, autant m'ouvrir votre porte.

Il n'ajouta rien et attendit.

– La porte n'est pas fermée, murmura bientôt une voix rauque qui avait l'essoufflement d'un abandon.

C'était la voix de leur première rencontre. Il frissonna de la tête aux pieds, de sa main brûlante fit jouer la poignée, et poussa la porte.

XXVII

ANIMAL TRISTE

> J'ai vu la Beauté : un jour, un soir ? je
> ne sais plus.
>
> Hugues REBELL,
> *Les Chants de la pluie et du soleil.*

Fromental reprit conscience dans la lumière laiteuse d'un jour sans ombre, réveillé par
d'étranges glissements, des chocs assourdis, des
piaffements dans la cour, un trot de sabots qui s'estompait dans la distance au fur et à mesure que les
idées lui revenaient. Il se dressa en sursaut. Il était seul
dans un vaste lit sans désordre apparent, sans
empreinte, sans parfum.

Et pourtant...

Ne s'était-il pas enivré toute la nuit de l'odeur tour
à tour boisée, minérale et marine de ce corps auquel
il s'était uni ?

Il ne voulait pas croire qu'il n'avait fait que rêver.
Ce punch qu'on lui avait fait boire dès son arrivée,
quel philtre à effet retardé contenait-il ?

Ses vêtements étaient rangés sur un fauteuil. Il se leva, s'habilla à la hâte, jeta un coup d'œil dans la cour où un vieux serviteur engourdi faisait glisser un balai de noisetier. Puis il alla jusqu'à la porte, piétinant ce qu'il crut être un cadavre de chauve-souris et qui le fit bondir de côté en étouffant un cri. Mais ce n'était qu'un chiffon de tissu noir, rigide et satiné : le masque !

Non ! il n'avait pas ôté son masque ! Jamais !

Et pourtant... Le masque n'était plus sur son visage, il gisait sur le parquet, oiseau de nuit au présage fatal.

C'était arrivé par inadvertance, quand la fatigue l'avait vaincu et que le sommeil l'avait englouti. Cette transgression involontaire avait-elle fait disparaître Hyacinthe, telle une Eurydice au sortir des Enfers ?

Il entrouvrit la porte, inspecta le couloir : la perspective était vide. Il descendit, contourna le bâtiment, salua d'un signe de tête le balayeur qui parut ne pas le voir ni entendre le martèlement de ses bottines sur le pavé (mais il imagina que cet homme sans visage devait déjà tout savoir de lui).

Arrivé sous le porche, le fuyard s'arrêta, parut réfléchir, puis revint en arrière, gravissant cette fois l'escalier de façade. La porte était entrebâillée, il entra. Il semblait n'y avoir personne. Il franchit d'autres portes, se fourvoya avant de retrouver enfin le salon où, la veille au soir, le mouvement des invités l'avait poussé et où la rumeur et les lumières avaient alors indiqué le juste chemin.

Tout le décorum avait disparu : plus de petit théâtre, ni de buffet, plus de chaises ni de chandeliers... C'était un salon aristocratique, sans doute meublé grand style et haute époque par plusieurs générations. Mais tout restait invisible sous des housses de toile écrue. Cet arrangement n'était pas sans rappeler celui de l'hôtel du Marais où avait été assassiné le « philistin » Auduret-Lachaux...

Fromental eut peur de se retrouver seul face à un nouveau crime. Il prit la fuite.

Avec une tristesse d'animal battu et les idées en désordre, il partit vers le carrefour des Sablons. Ses jambes le portaient mal et tout l'intérieur de son corps lui paraissait vide, creusé par une désespérante fatigue faite d'abandon et de dégoût.

Il s'assit à la devanture d'un marchand de thé, de chocolat et de café. On lui servit un petit-déjeuner à la mode du quartier, ce qui ressemblait plutôt à un goûter gourmand d'après-midi avec des pâtisseries anglaises, alors qu'il aurait eu envie d'omelette et de saucisson.

Il n'avait rien résolu, avec Hyacinthe, il n'avait pas posé les questions par lesquelles il pensait justifier sa quête. Ce qui s'était passé entre eux n'avait rien eu d'un interrogatoire décisif avec le principal témoin et premier suspect d'une série de meurtres. Ce qui s'était passé entre eux avait été... d'ordre privé.

Il demanda de quoi écrire. On lui apporta une écritoire copieusement équipée pour les lettres d'amour, les lettres de rupture, les lettres d'affaires, les lettres d'invitation, les lettres « de château » et « de digestion », les lettres que la *high society* rédige à l'encre appropriée sur des papiers de qualité. Il y avait là un mignon alignement de flacons de diverses couleurs et un éventail de feuilles de bouffant et de couché, de vergé, de pur chiffon, avec, à nouveau, toutes les couleurs de l'arc-en-ciel en teintes pastel. Pour un écrivain, il suffisait d'un banal double feuillet et d'une plume noire ou bleu sombre. Il écrivit, chassant par les mots, et l'oubli physique qu'ils procurent, ce qui pouvait expliquer sa tristesse d'âme. En devenant personnage de sa propre fiction, il se consolerait peut-être un peu.

Elle avait cédé. Et ça ne lui plaisait pas. Il aurait souhaité un élan réciproque, une complicité, un appétit partagé. Mais le sourire résigné était celui d'une femme qui consent sans vouloir déplaire, qui s'abandonne sans vibrer, sans exprimer ou simuler un désir. Elle avait laissé son corps à disposition. Nul soupir, aucun geste, pas la moindre parole n'avait laissé entrevoir une jouissance. Elle s'était laissé prendre avec une passivité tranquille, mais sans sécheresse. Son anatomie d'éphèbe était restée nue sous le peignoir de soie parcouru de grands oiseaux sombres qui volaient vers des lacs lointains. Dans une fièvre d'incertitude, il était parti à la conquête et à l'exploration de cette chair livrée debout, rivée dans l'attente d'un tourment accepté sur la colonne de son supplice. Il avait pu contempler cette nudité lisse et y faire glisser ses mains comme s'il eût parcouru un marbre ou expertisé une peinture. Le sexe était petit et resserré entre des cuisses un peu maigres. Et ce sexe était unique et féminin. La verge garçonnière n'était plus là, rangée dans un écrin de cuir repoussé qu'il fut défendu d'ouvrir. Un secret, un outil de travail, son gagne-pain le plus certain. Elle avait refusé d'en dire davantage, comme effrayée au seuil de la transgression d'un mystère sacré auquel tant de gens voulaient croire, si elle-même s'en moquait probablement – à moins qu'elle n'en fût victime. L'avertissement de Lou s'était révélé exact : Hyacinthe avait voulu échapper au désir de l'écrivain par peur de le décevoir ; et elle avait envoyé vers lui une sorte de sosie idéal, sans doute avec moins de mépris à son égard qu'il ne l'avait cru. Quand la lampe avait vacillé avant de s'éteindre et que les dernières braises de l'âtre s'étaient écroulées pour mourir, il avait cru prendre Hyacinthe, mais n'avait saisi dans l'obscurité que le fantôme de Lou, modelant son plaisir sur le souvenir si proche de l'étreinte sans malice qu'il avait connue dans le lit de la fleuriste. Et n'était-ce pas le plus triste, cette impossible coïncidence de la femme qu'il voulait avec celle qu'il avait eue ?

Fromental écrivit longtemps, dans une frénésie presque meurtrière, avant de tout froisser, de tout déchirer, de tout jeter. Le caniveau emporta ces confettis d'un lendemain de fête qui étaient aussi des larmes. Finies, les tristes déconvenues de la nuit ! Il fallait vivre.

Un sifflet de fumée blanche monta vers le ciel maintenant dégagé et qui brillait d'une lumière bleutée. Un roulement métallique ferrailla à l'ouest : c'était le tramway à vapeur qui remontait l'avenue de Neuilly et conduisait ses voyageurs jusqu'à la place de l'Étoile. Fromental y sauta d'un pas ragaillardi.

En arrivant chez lui, l'écrivain était décidé à ne plus tant se mêler de jouer au policier. Dénouer cet imbroglio était le travail de Cyprien. Lui, avait à ordonner son propre roman, et il avait assez de matière pour remettre son imagination en route. Il venait de perdre celle qu'il avait nommée « Iris » dans l'ébauche du projet vendu à cet éditeur du quartier de l'Opéra. Il se sentait ivre d'une liberté reconquise. De Hyacinthe il ne serait plus question... Il resterait enfermé chez lui à écrire. Et Odilon cesserait de lui faire reproche, par une indifférence appuyée, de ses absences continuelles et désordonnées.

De Hyacinthe disparue il restait pourtant bien éploré. Il n'avait pas imaginé se servir de la jeune femme comme d'une prostituée, et c'était à peu près ce qui était arrivé... Il l'avait plutôt rêvée en secrétaire idéale. Elle avait travaillé pour la fondation Ermont, pour la galerie Steiner : c'était une femme libre qui ne vivait pas des bénéfices crapuleux de la galanterie ou de ceux d'un mariage. Il aurait pu l'engager à son service. Elle aurait été la servante de ses jours et la compagne de ses nuits... Mais pouvait-il s'acoquiner avec une aventurière qui s'exhibait nue dans des par-

ties fines en arborant un sexe mâle postiche ? Non !
c'en était bien fini des manigances de cette « Jacinte
de Cambreuse » ! Manigances dont Cyprien l'avait
d'ailleurs averti dès leur première rencontre.

On frappa à la porte. Courtin ou Grandier ?... C'était
le concierge. S'épuisant à perdre ce qui lui restait de
souffle après cette escalade dont il espérait bien une
indemnisation comme l'exprimait sans attendre sa
paume à demi ouverte, l'homme expliqua de manière
hachée qu'un petit commissionnaire avait apporté ce
« mot de billet ». M. Fromental n'étant malheureusement pas là, le gamin avait insisté sur l'urgence de cette
lettre et sur la nécessité de le gratifier d'au moins cent
sous pour prix de sa célérité. Le pipelet en avait donné
vingt. Certain qu'il n'avait rien sorti de sa poche, fidèle
en cela aux usages de sa profession scélérate, Fromental
en accorda quarante pour solde de tout compte.

L'enveloppe lilas fit battre le cœur malmené du littérateur aux résolutions chancelantes. Le parfum le trou-
bla intensément : cette senteur blonde et musquée, qui
semblait s'être échappée d'un lit abandonné au matin,
était allée se blottir dans les pliures de la lettre :

*On vous attend avec impatience, Monsieur et cher Ami,
rue des Boulangers, numéro 27, dernier étage, dans l'atelier
du peintre Pierre Carrier.*

*Tout vous sera expliqué, vous saurez me pardonner,
accourez sans délai.*

Hyacinthe, qui vous embrasse.

Sous l'œil faussement impassible d'Odilon, Fromental alla aussitôt ressaisir sa canne et son chapeau. Le chartreux comprit qu'on l'abandonnait à nouveau. Il regarda ailleurs dès que Fromental se fut tourné vers lui avec un air d'excuse.

XXVIII

MORT D'UN RÊVE

> J'ai ouvert ma poupée pour regarder
> dedans... j'ai vu.
>
> Guy de MAUPASSANT, *Découverte*.

— À Baker Street, au trot ! commanda Fromental au cocher avant de préciser aussitôt en bon français : rue des Boulangers, s'il vous plaît, au numéro 37.

Entre la Halle au vin et les Arènes de Lutèce, la rue des Boulangers formait une équerre tordue qui lui donnait une allure de coupe-gorge où les idiomes, les chants, les coutumes et les regards paraissaient aux promeneurs d'un exotisme menaçant. De nombreuses familles italiennes s'étaient regroupées dans ce secteur et beaucoup y vivaient de la pose artistique. Plusieurs centaines de modèles, hommes, femmes et enfants, s'y trouvaient en louage à des prix de moitié inférieurs à ceux qu'il fallait payer pour des équivalents français (mais on pouvait aussi aller les choisir au « marché aux modèles » de la fontaine Pigalle). Était-ce pour la

329

proximité de ce vivier que le peintre Pierre Carrier s'était installé par ici ? Ce n'était pas un quartier d'artistes, mais seulement une sorte de lieu de « fournitures ». Fromental avait écrit un jour une chronique sur ce sujet. Mais il ignorait tout de ce Pierre Carrier chez qui Hyacinthe lui avait donné rendez-vous.

Il monta les escaliers d'un immeuble vétuste où du linge séchait aux fenêtres. Des femmes aux yeux de braise le croisèrent, répondant à ses saluts par une fierté hautaine. Elles étaient souvent vêtues de demi-haillons ; et leurs enfants, vautrés en travers des marches, s'occupaient à des jeux d'adresse ou de hasard qui les faisaient hurler sans cesse.

Les deux derniers étages se révélèrent plus calmes, et même étrangement désertés. C'était comme si personne n'habitait à ce niveau, que tout était resté sans locataires ou à la disposition d'un unique propriétaire. La carte de visite « *Pierre Carrier, artiste peintre* », était neuve et semblait avoir été épinglée le jour même sur la porte.

Un mauvais pressentiment étreignit Fromental. Il avait transgressé sa décision d'abandon au moment même où il la prenait, et il se sentit coupable d'inconstance autant que d'imprudence : il était parti trop vite, sans chercher à prévenir Cyprien comme il aurait dû. Était-il encore temps de faire demi-tour ? Seule l'épaisseur d'une porte le séparait de la vérité, si Hyacinthe n'avait pas menti.

Il se pencha, collant son oreille au bois écaillé et devinant, sans en saisir le sens, un conciliabule

étouffé entre un homme stoïque et une femme éper-
due. Du pommeau de sa canne, il frappa avec une
discrète prudence.

Rien ne répondit. Il toqua de nouveau.

— Qui est-ce ? demanda la voix de Hyacinthe.

— C'est moi, Georis.

La porte s'ouvrit. Au travers d'un bric-à-brac d'atelier où rien ne paraissait cohérent, Fromental aperçut
en profil perdu le visage effarouché de la jeune femme.
Des lignes brisées s'entrecroisaient. Des chevalets et
des tréteaux se cognaient, des consoles et des balustres
se bousculaient sous un enchevêtrement de draperies
et de filins. Tout cela formait une sorte de décor
linéaire et anguleux qu'on aurait pu dire « abstrait » et
qui avait quelque chose de nauséeux.

Pour aller vers Hyacinthe, Fromental entra sans
réfléchir, poussé et tiré à la fois par une force invin-
cible. La porte se ferma, repoussée du pied par
l'homme qui le menaçait maintenant d'un massif
revolver d'ordonnance.

— Entrez donc, monsieur Fromental, je vous en
prie ! invita Émilien Steiner, vêtu des habits de son
factotum Raoul.

L'écrivain toisa le marchand d'art avec stupéfaction.
Au milieu de sa barbe roussâtre, ses lèvres dessinèrent
un parfait petit cercle d'étonnement. L'autre parut
s'en amuser.

— Je vous vois bien surpris !

— Un certain rébus aurait pu m'avertir, si je l'avais
déchiffré à temps, avoua Fromental. Je m'étais trop

amusé à appeler Baker street cette rue à cause de l'adresse londonienne d'un certain détective britannique qui y habite... Mais ce n'est pas notre propos... En allemand, *Stein* veut dire « pierre », n'est-ce pas ? Et *Steiner* désigne un « carrier ». Il n'y a pas d'autre « Pierre Carrier » que vous, je suppose ?

— En effet. Je loue cet atelier depuis fort longtemps, avec l'étage du dessous pour un meilleur silence. Ici je peux méditer en paix. C'est ma retraite mystique... Autrefois, j'espérais devenir peintre. J'ai essayé. Sans succès... Félix Phaleyton, en tentant de me donner des cours, n'a fait que me convaincre de l'inutilité de toute persévérance. Mais, loin de me détourner de l'Art, cette humble révélation m'a au contraire élevé au plus haut. Il n'est pas qu'une façon de servir la Beauté, mon ami Péladan et mes compagnons de la Rose+Croix me l'ont assez affirmé et confirmé. Sans parler de Richard Wagner dont la musique m'a entraîné sur les cimes de l'évidence... Et puis Nietzsche aussi, bien sûr... Si Dieu est mort, L'Art remplace par conséquent la religion... Pierre Carrier est redevenu Émilien Steiner, marchand d'art. (Avec un mouvement incitatif de son arme, il commanda :) Allez là-bas, s'il vous plaît, monsieur Fromental, près de Mlle Péridot, oui... En faisant porter chez vous ce mot écrit sous la contrainte, je ne pensais pas que vous alliez venir si vite, monsieur Fromental. C'est donc que vous y tenez beaucoup, à cette petite demoiselle ?

Fromental traversa l'atelier qui était plus vaste que son encombrement pouvait le faire croire. Il aperçut la dépouille d'une robe lilas sur laquelle gisait un chapeau emplumé masqué d'une voilette à grosses mailles, à côté d'un de ces étroits couteaux à lame affilée appelé « désosseur ». Son regard s'arrêta sur un empilement de gros cahiers en toile verte marbrée (les livres comptables de la galerie d'art Émilien Steiner, assurément), avant d'effleurer avec une fausse nonchalance des accessoires pour compositions historiques – un glaive, une hallebarde, un mousquet, une baïonnette – qui se trouvaient malheureusement hors d'atteinte sans une grande prise de risques.

La jeune femme était enchaînée au fût d'une demi-colonne d'onyx veiné d'or et de pourpre, qui n'était sans doute qu'une lourde copie de plâtre. Sa robe avait été dégrafée et rabattue jusqu'à la taille, dévoilant son torse mince. Elle était agenouillée et son regard éploré se tourna vers celui qui représentait une espérance et un soutien, bien que lui aussi tenu à merci.

– Ne serait-elle pas touchante en Marie Stuart s'apprêtant à être décapitée à la hache ? apprécia Steiner. En Anne Boleyn aussi, malheureuse épouse de Henry VIII ? Ou en Jeanne Grey, qui fut reine d'Angleterre pendant neuf jours et dont le « pompier » Paul Delaroche nous a laissé un tableau qui aurait pu inspirer ma mise en scène... ? Mais je n'appelle pas chef-d'œuvre huit mètres carrés d'anecdote bien léchée !

Fromental avait aperçu, calé contre un billot, une hache dont le fer brillait.

– C'est du carton bouilli, je vous préviens, dit Steiner qui avait suivi le regard de son prisonnier. Et puis, c'est assez d'une décollation ! On m'accuserait de manquer d'imagination. Pour notre petite Hyacinthe, j'ai prévu le martyre de sainte Agathe. Vous voyez ce que je veux dire : les seins tenaillés et arrachés, ensuite offerts à Dieu sur un plateau. Ce thème délicat a intéressé de nombreux peintres.

Hyacinthe poussa un cri et tira sur ses chaînes qui cliquetèrent comme un long frisson de Grand-Guignol.

– Vous êtes fou ! murmura Fromental. Vous êtes complètement fou !

Cette constatation conventionnelle n'ébranla pas la souriante sérénité de Steiner.

– L'amour de l'Art n'est-il pas une folie, en effet ? Et cette folie ne mérite-t-elle pas tous les éloges ?... Nous discutions de sainte Agathe quand vous êtes arrivé. Il y a le tableau de Guido Reni, avec ce si joli mouvement de la main pour tenir le pied du compotier aux deux seins en friandises, comme des sorbets. Et puis la très gracieuse composition de Zurbarán qu'on trouve au musée de Montpellier... Mais les seins de Hyacinthe sont décidément trop modestes pour pouvoir suggérer ces beaux fruits galbés, vous en êtes sûrement d'accord !

Fromental resta de marbre. Il aimait les seins bourgeonnants de Hyacinthe, ces deux petites éminences en coquille, douces, boudeuses et effrontées.

L'autre poursuivit dans un sourire :

– Hyacinthe n'était-elle pas l'Idéal Androgyne qu'on adorait dans l'Antiquité ? L'être parfait que j'aimais chastement, du plus parfait amour ? Elle le savait, elle l'acceptait. Avec vous, elle m'a trahi ! Elle a rompu notre alliance !

Fromental se tourna vers la jeune femme, silencieuse dans sa détresse.

— Elle ne dit rien et cela vous inquiète, remarqua Steiner. Qu'aurait-elle à dire qui ne soit inutile ? Je n'aurai aucune pitié, elle le sait : Masas est un dieu sans pardon et je ne suis pas sans raison la réincarnation de cette divinité chaldéenne...

Il se redressa comme pour une incantation, ouvrant le compas de ses bras et cherchant à allumer dans son regard une flamme démoniaque. Fromental s'avisa trop tard qu'il aurait pu profiter de cette seconde théâtrale pour tenter un assaut. Mais Steiner le pointait à nouveau dans sa ligne de mire.

— La nuit dernière, j'étais là, parmi les masques, proclama-t-il. J'étais là, comme une ombre sur vous, quand la chasteté a été rompue. (Fromental retrouva l'inquiétude de ses soupçons de la veille : son sixième sens ne l'avait pas trahi !) Je pourrais me venger dans la cruauté, mais je le ferai dans la sainteté... Je vais donc m'en tenir à mon choix initial : le martyre de sainte Agathe par Bernardino Luini, qu'il a lui-même légendé afin de m'offrir le texte qu'il faut à ce nouveau bristol : *Mort d'un rêve...* Voilà qui convient à la situation, vous l'admettrez. L'ambiguïté si particulière du visage de Mlle Péridot s'accorde parfaitement au style de ce peintre lombard de la Renaissance. Bien sûr, un saint Sébastien, à la Mantegna par exemple, eût peut-être été meilleur. Mais Phaleyton m'a chipé l'idée... Saint Sébastien percé de flèches, ce sera donc pour vous, cher monsieur ! (Il désigna une lourde arbalète fixée à un trépied et installée dans l'axe d'une autre colonne cannelée.) Tout est prêt, comme vous pouvez le constater. Vous n'avez qu'à prendre place... *Mort d'un plumitif...* Cela vous paraît-il acceptable ?

Il tendit un bristol sur lequel étaient tracés ces mots. Fromental fit mine de le prendre, mais le laissa tomber. Il comptait sur le réflexe de Steiner qui allait se baisser instinctivement pour le récupérer. Muscles bandés, il se tenait prêt à lui sauter dessus.

— Ramassez ça immédiatement ! hurla Steiner en reculant d'un pas pour le menacer plus fermement de son arme.

Fromental s'exécuta à regret.

— Mais, pourquoi ! ? s'insurgea-t-il. Pourquoi tous ces meurtres ?

— Parce que vous n'êtes tous que des béotiens, des jocrisses et des philistins ! L'Art, vous ne l'aimez pas ! Moi seul peux l'aimer... Vous le prostituez en l'achetant, vous le déshonorez par l'immensité de votre incompréhension et de votre ignorance. On peut vous vendre n'importe quoi : des simulacres, des parodies, des copies... Les clients que Mlle Péridot m'a fait rencontrer, je leur ai proposé quelques tableaux dont certains étaient faux... Les plus séduisants, sans doute... Que croyez-vous qu'ils ont choisi ? En vérité, je leur ai fait subir là un petit examen de passage !

– Un passage de vie à trépas, ironisa lugubrement l'écrivain.

– Ils n'ont eu que ce qu'ils méritaient. Ils se sont révélés incapables de départager le vrai du faux, d'exalter la vérité et de flétrir le mensonge.

– Et c'est là que Félix Phaleyton vous a bien aidé...

– Créateur désolant, mais faussaire remarquable, Phaleyton m'a fourni les pastiches nécessaires. Seulement, il s'est dévoyé, lui aussi. Ce qui n'était d'abord que l'arme d'un jugement divin et sans appel devenait pour lui un commerce et un trafic. Il ne voulait plus que s'adonner à la fausseté et allait bientôt submerger ma galerie de ses productions douteuses... Après le temps du jugement, vint celui du châtiment. Une vengeance d'esthète, vous l'aviez compris.

– Des assassinats à considérer comme des beaux-arts, n'est-ce pas ? (Steiner acquiesça, l'air de recevoir un heureux compliment.) Et composés comme des tableaux de la meilleure peinture...

– Vous me flattez... Mais c'était en effet mon intention.

– Seulement, ce sont des tableaux... morts.

– Dont l'exemple ne sera pas oublié. Cette suite de brèves et exquises expositions me survivra et passera à la postérité... Si vous saviez les nuits de cauchemar que tout cela m'a coûté, les nuits de fantasmes et de mauvaise sueur... Vous aurez bientôt votre place dans cette galerie, cher monsieur Fromental. Quelques carreaux d'arbalète dans votre corps pâlichon, et vous deviendrez chef-d'œuvre à votre tour. C'est un honneur que je vous fais !

— Dois-je aussi m'en montrer flatté ?

— Vous le pouvez... Si seulement vous ne vous étiez pas entiché de cette pauvre petite Péridot ! Elle me servait de rabatteuse et, non sans une orgueilleuse superstition de sa part, a fini par croire que c'était elle qui portait malheur... En vous orientant vers ma galerie, vous avez fait tout basculer. J'ai dû improviser.

Il se tut pour dévisager Fromental avec une attention soucieuse.

— Je n'ai aucun souvenir d'un saint Sébastien barbu. Voilà qui est contrariant. Aurions-nous le temps de raser cette méchante barbe ?

— Plutôt mourir ! s'exclama l'écrivain.

XXIX

RIGOR MORTIS POST MORTEM,
IN EXTREMIS FIAT LUX

> Le démon ne peut rien sur la volonté,
> très peu sur l'intelligence et tout sur l'ima-
> gination.
>
> Joris-Karl HUYSMANS, *L'Oblat.*

Ficelé à la colonne de carton-pâte, presque nu, mais les reins ceints d'un linge au drapé antique, Fromental avait réussi à épargner sa barbe et sa pudeur.

À l'autre bout de l'atelier, Steiner réglait son dispositif.

– Mon intention n'est pas de vous faire souffrir, monsieur Fromental. Le premier trait de cette arbalète vous atteindra en plein cœur... je l'espère ! Le reste sera du décorum. Après coup, je vous tirerai quelques pointes ici et là, dans le flanc, dans la cuisse, sous la clavicule et dans le gras de ce bras que je vous ai un peu relevé vers la nuque, en une pose assez réussie, je dois l'avouer... Quant à mademoiselle Hyacinthe, je vous épargne son agonie. Je pense l'étrangler avant de lui arracher ses pétales de sainte Agathe... La rigueur de la composition reste une affaire *post mortem*.

— *Rigor mortis*, tenta de plaisanter Fromental avec accablement.

Hyacinthe le fixait avec les yeux d'un désespoir très doux. Son visage reposait sur l'ébréchure de faux marbre de la colonne tronquée. Sa posture adoptait d'instinct l'abandon douloureux des saintes martyrisées.

Steiner installa une première flèche dans la rainure de son arme ancienne.

— Je crois que c'est le moment d'y aller, murmura-t-il.

— C'est le moment, allons-y ! cria dans son dos la voix assourdie de Cyprien.

La porte s'ouvrit avec fracas, comme sur une explosion. Les agents Courtin et Grandier surgirent en braquant leur arme réglementaire. Ils étaient en chaussettes et portaient leurs godillots autour du cou, suspendus par les lacets.

— Haut les mains ! crièrent-ils d'une même voix.

Dans un dérisoire mouvement de fuite, Steiner eut un geste qui déclencha malencontreusement l'arbalète. Un déclic tranchant fut suivi d'un choc mat. Hyacinthe hurla :

— Nooon ! Georisss !

Cyprien s'était jeté sur Steiner et l'assommait d'un coup de crosse.

– Qui faut-il remercier en premier, saint Sébastien ou saint Cyprien ? demanda Fromental d'une voix blanche. Pour être franc, j'ai prié ces deux saints patrons de m'accorder leur intercession.

Le carreau de l'arbalète déréglée s'était fiché dans le buste de plâtre d'un possible Narcisse ou d'un improbable Actéon.

– « Mort d'un turlupin » ! déclara l'inspecteur Cyprien en ramassant son chapeau dans la poussière.

Émilien Steiner n'était pas mort. Il aurait à répondre de ses crimes. Des criminologues, tels des experts en art préoccupés par les craquelures d'une œuvre douteuse, se penchaient déjà sur les bosses de son crâne.

L'affaire n'éclata pas au grand jour, comme on aurait pu le croire. D'abord jugulée, comme l'on sait, par les précautions de la Préfecture autant que par la prééminence d'autres événements, elle trouva son dénouement policier le jour même où explosait, au coin de la rue de Berlin et de la rue de Clichy, une nouvelle bombe de Ravachol, destinée cette fois au procureur Bulot. Comme on s'était saisi de Steiner, rue des Boulangers, dans un immeuble principalement occupé par des immigrés italiens, on mit son arrestation dans le même lot que celle de tous les supposés anarchistes raflés aux quatre coins de la ville – et dont les abominations réelles ou supposées valaient bien tout ce qui se colportait à propos de cette racaille.

On orthographia son nom « Steneri », on le rebaptisa
« Emiliano » et personne ne vint opposer de démenti.

— Mais comment as-tu fait pour en arriver là ?
demanda Fromental à son ami quand ils se retrouvèrent attablés, une fois passés les premiers émois de
l'intervention et fournies les justifications évasives du
moment.

La petite maison de la porte de la Gare baignait
dans une tiédeur pleine d'amitié et de senteurs. Jeanne
venait de déposer solennellement un long plat ovale
où s'allongeait, sinueuse et alanguie, une langue de
bœuf à la rouge sauce charcutière. Cyprien se saisit
d'un coutelas et commença à débiter de fines tranches
moelleuses. Fromental songeait à d'autres dépeçages et
au plat particulier promis à la malheureuse Hyacinthe.

— Je te l'ai dit, exposa l'inspecteur, c'est en décou-
vrant chez Steiner ces damiers, ces échiquiers et tous ces
ouvrages consacrés aux jeux de l'esprit que j'ai saisi
combien ce type, même s'il était mort, était justement
celui qui pouvait se montrer capable d'organiser une
série de meurtres théâtralisés comme ceux auxquels
nous avions droit... Un bon joueur d'échecs doit être
capable de prévoir plusieurs coups à l'avance, en se
ménageant à chaque fois une issue. Même dans sa folie,
notre assassin obéissait à une logique, à un système que
nous pouvions reconstruire. Petit à petit, les tableaux
morts nous sont devenus à peu près intelligibles, et nous
avons fini par comprendre le pourquoi des étiquetages.

Chaque assassinat se référait à une peinture ou se voulait une œuvre d'art dont le titre s'étalait sur un bristol. Par contre, les mutilations restaient obscures, la règle nous échappait. N'avons-nous pas eu le sentiment d'un rébus bien difficile à déchiffrer ?

L'écrivain acquiesça. Avec une fascination légèrement horrifiée, il suivait les gestes de son ami qui tranchait la viande avec une aisance qui, après tout, ne devait pas être si éloignée de celle avec laquelle l'assassin avait procédé. On surestimait certainement la difficulté de ce genre de découpage.

– Or la justification de ces mutilations était toute simple, continua Cyprien. Il s'agissait de nous y accoutumer afin que nous cessions de nous en étonner. C'est ainsi que la disparition de la tête de la victime, en s'ajoutant aux autres excentricités macabres constatées, nous a paru normale. En d'autres circonstances, elle aurait été infiniment suspecte. Un corps sans tête est par principe celui d'un inconnu... Et, devant le corps de Raoul, dont Steiner avait fait disparaître la tête, nous avons cru trop facilement que la victime était en fait le marchand d'art. Ce cadavre était vêtu comme Steiner tel que tu l'avais vu la veille, et se trouvait à son domicile : tout avait dès lors un air d'évidence. Toutes les mutilations précédentes n'avaient été perpétrées que pour endormir notre méfiance au moment de cette découverte cruciale.

– Autant qu'il m'en souvienne, tu n'as pas semblé nourrir de soupçons contradictoires, fit remarquer Fromental.

— Ce qui a pu se passer dans ma propre caboche, tu n'en sais rien ! souligna jovialement l'inspecteur. L'idée du « joueur d'échecs » faisait son chemin. Il nous a d'abord fallu considérer que c'était Raoul, l'assassin ; alors qu'en fait c'était lui la victime. La fausse piste des bijoux a été mise sur notre route ; mais la revente aux occupants de l'hôtel Ermont m'a semblé d'une trop grande évidence : en se montrant ainsi, le pseudo-Raoul voulait à tout prix nous faire croire qu'il était bien en vie. Dans ces cas-là, rien ne vaut de bons témoins visuels, d'accord. Mais les témoins en question ne l'avaient jamais vu auparavant, semble-t-il. Tout se déroulait presque trop logiquement, et les crimes sont rarement logiques jusqu'au bout. Ils sont le plus souvent tout simples et tout bêtes. Et les plus bêtes sont souvent ceux qui réussissent le mieux. À se vouloir trop malin, on se fait prendre... bêtement ! Passe-moi ton assiette.

— Heu... plutôt vers la pointe. Pas de ris visqueux, s'il te plaît... Épargne-moi les gluantes délices du viscéral !

— Hé, je te retrouve ! Voici la petite pointe d'une langue qui n'a jamais menti, proposa Cyprien en déposant dans l'assiette un morceau qui avait la forme d'un cœur, et qu'en deux coups de cuillère à pot il nappa de sauce aux cornichons émincés.

— En tout cas, tu t'es bien gardé de me tenir au courant de ce petit raisonnement qui se bricolait dans ta tête, sembla lui reprocher Fromental.

— Et toi donc ! Tes fricotages avec la fille Péridot...

— Tu m'avais bien demandé de la surveiller, non ?

— Ouais... et je dois t'avouer que c'était un peu pour te mettre à l'abri. Dès le début, j'ai pensé que tu courrais moins de risques à te confronter à cette aventurière qu'à notre meurtrier, plus viril et féroce.

— Résultat, nous avons failli y passer tous les deux !... Enfin, tu remercieras Courtin et Grandier. Si tes deux adjoints à godillots n'avaient pas déniché chez Steiner une quittance de loyer au nom d'un certain « Pierre Carrier, rue des Boulangers », je serais sans doute exposé à la morgue en saint Sébastien barbu... Il s'en est fallu de peu.

Cyprien regarda son ami avec malice. Il ajouta, après avoir humé goulûment le fumet de la langue en sauce :

— Mais ton concierge nous aura surtout prévenus en temps utile quand est arrivée la fausse missive de cette Hyacinthe... Je lui avais demandé de lire ton courrier.

— Sale mouchard !

L'inspecteur répliqua avec un air de ne pas trop y croire :

— Il faut avoir confiance en la justice de son pays. La police fait son devoir et protège les honnêtes citoyens, qu'est-ce que tu crois !

Quelques jours plus tard, François Claudius Kœnigstein, dit Ravachol, fut arrêté dans le restaurant

Véry, celui du boulevard Magenta. Moins d'un mois plus tard, une bombe de représailles détruisait l'établissement, faisant deux morts. Et l'homme de lettres Georis Fromental se battait en duel.

Tandis que la France frémissait sous les terreurs de l'anarchie et les menaces des « fanatiques de la révolution sociale », un échotier avait consacré à Jacinte de Cambreuse un « portrait vérité » assimilant la jeune femme aux intrigantes de la plus basse espèce, « ces amazones saphiques, hélas trop à la mode chez les dépravés ». On était loin de l'Androgyne idéal.

Parmi tous les amis et appuis que Hyacinthe croyait peut-être avoir, Fromental fut le seul à réagir. Par un frais matin ensoleillé et tout bruissant de ritournelles d'oiseaux, il se retrouva donc à l'orée du bois de Vincennes, derrière la mairie de Saint-Mandé, face à un confrère qui le toisait avec une hébétude égale à la sienne.

Défendre ainsi l'honneur d'une demi-mondaine aux mœurs douteuses paraissait assez absurde. Mais tous les motifs de duel sont grotesques, lui assura Joris-Karl Huysmans qui avait bien voulu être son témoin. Cyprien s'était récusé, sa position de fonctionnaire lui interdisant toute participation à cet acte illégal.

Avant d'accepter avec délectation d'être témoin de son jeune confrère, le célèbre écrivain, à nouveau croisé au carrefour de la Croix-Rouge, avait recommandé un maître d'armes du Cercle Dauphine qui s'avéra être le fils bâtard de Charles-Népomucène, devenu séquestre de l'hôtel d'Ermont et de Junie de Kerval... Le second témoin était donc cet as du pistolet qui avait certainement déjà tué plus d'un homme. Encouragé par les battements de mains ravis de sa compagne, il s'était fait un plaisir et un devoir d'enseigner au plus vite au plumitif surnuméraire de la Sûreté la manière la plus convenable de loger une balle dans la cuisse d'un offenseur.

À la lisière du Bois, les rideaux tirés d'une voiture rangée le long de la chaussée de l'Étang s'écartaient de temps à autre : ces minces doigts gantés ne pouvaient être que ceux de Junie de Kerval, sans doute accompagnée de Violeta et de Babeth... Et pourquoi pas de Lou, puisque les circonstances de ce duel avaient pris un tour si romanesque ? Toutes ces petites femmes dont le parfum avait enveloppé le romancier et inspiré ses songes se devaient bien d'être là ! Sans pouvoir, hélas, compenser l'absence de Hyacinthe...

Hyacinthe, dans l'ignorance du drame qui se jouait maintenant, avait pris le train du Havre pour s'embarquer sur un clipper. Elle voulait refaire sa vie, partir sur d'autres bases. Natalie, la toute jeune fille du peintre Alice Pike Barney, élève de Whistler (qui venait de s'installer rue du Bac), lui avait obtenu un viatique et des recommandations auprès de son père, Clifford Barney, le magnat des chemins de fer américains. Les rêves de Hyacinthe n'avaient plus rien à voir avec ceux de Fromental.

Entre eux la dernière heure s'était déroulée dans l'hôtel d'Ermont pour la visite promise de ces collections d'art ancien que les tribulations de l'enquête avaient sans cesse différée. Une visite furtive comme un adultère, dont l'émotion si particulière brouillait encore les pensées de l'écrivain.

Devant toutes les splendeurs dévoilées dans la pénombre, Fromental avait murmuré que, s'il peinait à comprendre qu'on pût tuer pour l'amour de l'art, il comprenait qu'on pût aimer l'art jusqu'à la folie... Il avait serré Hyacinthe dans ses bras. Au pied des splendeurs italiennes de la Renaissance, la jeune femme s'était donnée pour la seconde et dernière fois, et sans plus de ferveur à ce qu'il avait semblé. Elle avait gardé la même fermeté consentante, sans indifférence ni mépris. Son corps d'éphèbe brûlait pourtant, malgré les apparences. Et Fromental avait évoqué cet instant magique où le marbre de Galatée s'était mué en chair vivante sous les caresses de son sculpteur Pygmalion...

— Savez-vous, mon jeune ami, que c'est à cet endroit même qu'Émile de Girardin, le fondateur de *La Presse* et du journalisme moderne – celui dont les pages comptent plus de réclames que d'articles –, a tué en duel son confrère Armand Carrel, du *National* ? Il y a de cela plus d'un demi-siècle. On transporta le malheureux républicain agonisant chez son ami Louis Peira où il expira, avenue du Bel-Air, tout près d'ici, sur la route de Saint-Mandé que nous avons prise en venant.

— Vous n'aurez qu'à m'y déposer au retour, soupira Fromental à travers ses lèvres glacées. Et merci pour ces paroles réconfortantes !

— Ne vous tracassez pas, rassura Huysmans. Vous allez vous en sortir avec une égratignure, tout au plus. Ni vous ni votre adversaire n'avez envie de compromettre la livraison des feuillets que vous avez à rédiger avant la fin de la semaine... Ensuite votre gloire est assurée. Je vous promets que votre roman de police partira à vingt mille dès la première mise en vente !

On commanda aux duellistes de se tenir prêts à tirer. Fromental leva un bras incertain ; il devina la grimace de son maître d'armes qui n'y trouvait certainement pas la souple fermeté répétée à l'entraînement. Là-bas, si terriblement loin, lui sembla-t-il, l'homme de lettres devina dans un brouillard la silhouette de son adversaire qui vacillait autant que la sienne.

Invitation

Le roman de Monsieur
Georis Fromental

Une étude en mauve,
ou Iris écharpée

est à nouveau disponible

Il s'agit d'un roman judiciaire au très vif succès et dont l'éloge n'est plus à faire. À la demande de ses nombreux admirateurs et admiratrices, l'auteur se fera un plaisir de dédicacer son œuvre à

La Librairie de l'Art Indépendant

rue de la Chaussée-d'Antin, le mardi
17 novembre
à partir de 18 heures

Entrée libre

Table des matières

Œuvres de Jean-Pierre Croquet

ANTHOLOGIES

Noëls rouges, 25 histoires mystérieuses pour le temps de la fête, Julliard, 1989.
Tableaux rouges, 25 histoires mystérieuses pour le temps des Beaux-arts, Julliard, 1990.
Frissons de Noël, Éditions du Masque, 1998.
Petits Crimes de Noël, Éditions du Masque, 1999.
Noëls noirs, Éditions du Masque, 2000.
Du sang sous le sapin, Éditions du Masque, 2001.
L'Heure des fantômes, Éditions Hoëbeke, 2001.
Y aura-t-il un crime à Noël ?, Éditions du Masque, 2002.
Griffes de sang, Éditions du Masque, 2003.
Mystères et bûches glacées, Éditions du Masque, 2003.

BANDE DESSINÉE

(en collaboration avec le dessinateur Benoît Bonte)

L'Étoile sanglante, Éditions Soleil, 2000.
La Folie du colonel Warburton, Éditions Soleil, mars 2000.
L'Ombre de Menephta, Éditions Soleil, 2001.
Le Secret de l'île d'Uffa, Éditions Soleil, 2001.
Le Vampire du West End, Éditions Soleil, 2002.

Œuvres d'Alain Demouzon

ROMANS

Gabriel et les Primevères, Flammarion, 1975.
Mouche, Flammarion, 1976 ; Fayard, 2005.
Le Premier-né d'Égypte, Flammarion, 1976 ; Fayard, 2005.
Un coup pourri, Flammarion, 1977 ; Fayard, 2005.
Le Retour de Luis, Flammarion, 1977 ; Fayard, 2005.
La Pêche au vif, Flammarion, 1978 ; Fayard, 2005.
Mes crimes imparfaits, Flammarion, 1978 ; J'ai lu, 1981. (Prix Mystère 1979 de la critique.)
Adieu, La Jolla, Flammarion, 1978 ; J'ai lu, 1981.
Monsieur Abel, Flammarion, 1979 ; J'ai lu, 1983.
Section rouge de l'espoir, Flammarion, 1979 ; J'ai lu, 1983.
Quidam, Flammarion, 1980 ; J'ai lu, 1984.
Bungalow, Flammarion, 1981 ; J'ai lu, 1986.
Château-des-Rentiers, Flammarion, 1982 ; J'ai lu, 1987.
Paquebot, Flammarion, 1983 ; Jai lu, 1989.
La Perdriole, Flammarion, 1984.
Lune rousse, Flammarion, 1988.
N'importe où avec une fenêtre, Seghers, 1990.
Dernière station avant Jérusalem, Gallimard/Série Noire, 1994.
Assomption pour les charlots, Le Masque, « Intégrale », vol. 1, 1994.
Melchior, Calmann-Lévy, 1995, Pocket, 2006.
Melchior et les innocents, Calmann-Lévy, 2000, Pocket, 2007.
La Promesse de Melchior, Calmann-Lévy, 2000, Pocket, 2006. (Prix Polar 2000 du salon de Montigny-lès-Cormeilles – Prix Mystère 2001 de la critique.)
Le Bandoulier du Mississippi, Fayard, 2001.
Melchior en automne, Calmann-Lévy, 2003.

Le Griffadou, Fayard, 2004.
Agence Melchior, Fayard, 2006.

NOUVELLES

Le Complot du Café rouge, Ramsay, 1984.
Le Crime de la Porte jaune, Ramsay, 1985.
Le Mystère du Dragon noir, Ramsay, 1986.
La Petite Sauteuse, Seghers, 1989. (Prix de Littérature gourmande.)
Saints-Sylvestres, Badiane (h.c.), 1992.
Toutes les vies de Natacha, Calmann-Lévy, 1999.
Histoires féroces, Fayard, 2002.
Bouclard mène l'enquête, Isoète, 2002.
Les Enquêtes du commissaire Bouclard, Fayard, 2002.
Chagrin d'amour, autobus 83, Éden « Fictions », 2003.
La Petite Sauteuse, nouvelle édition, Fayard, 2003.

JEUNESSE

Le Rêve d'Antonin (dessins de Jean-Paul Savignac), Messidor/La Farandole, 1986.
Contes du Gobe-Mouches, La Table Ronde, 1990 ; Kid Pocket, 1998 (Prix Octogone d'ardoise du Centre international d'études en littérature de jeunesse).
Contes d'Excalibur, La Table Ronde, 1993 ; Pocket Jeunesse, 1998.

DIVERS

Mystère au musée du Chat (photographies de Jacques Nestgen), Aubier, 1984.
Fugue (BD, dessin de Michel Duveaux), Dargaud, 1987.

Hôtel Bellevue (photographies d'Agathe Eristov), La Nompareille, 1990.

Le Gendarme des barrières (photographies d'Alain Demouzon), Patrice de Moncan, 1993 ; Arcadia, 2003.

« *Intégrales* », en 3 volumes, Le Masque, 1994, 1996, 1998 ; réédition des romans parus chez Flammarion de 1975 à 1983, ainsi que des trois recueils de nouvelles énigmatiques publiés chez Ramsay.

Leçons de ténèbres, chroniques de littérature policière (1980-2000), Encrage/Les Belles Lettres, 2004.

Photocomposition Nord Compo
Villeneuve d'Ascq

CET OUVRAGE
A ÉTÉ ACHEVÉ D'IMPRIMER
SUR ROTO-PAGE
PAR L'IMPRIMERIE FLOCH
À MAYENNE EN SEPTEMBRE 2007

Imprimé en France
Dépôt légal : octobre 2007
N° d'éditeur : 91677. N° d'imprimeur : 69135
35-17-3694-3/01